CHARACTER

【アルーシャ】

バニエスタの指輪の
姫にして領主候補。
豪快な性格の巨乳美人!

【モナ】

元学者の女性。研究と
バニエスタを愛するが、
熱心が過ぎることも…

【メル】

外部の女性都市出身の職人。
優しい大人の女性だが
むっつりすけべ。

【ファティエ】

聡明なバニエスタの領主。
領民思いだが冷徹にも
見えるクール美女。

【イルゼ】

女性都市ウィメのグラマー領主。
アリストとともに
転移してしまう。

【アリスト】

この世界で希少な、
女性に優しい貴族の息子。
突然、バニエスタに転移した。

【エフィ】

イルゼに仕える
真面目でHなメイド。
アリストの転移に巻き込まれる。

左遷《させん》先は女性都市！ TB

Bunny & Beach

～バニーの街でいちゃラブハーレム～

著／一夜澄

イラスト／アジシオ

VN
Variant Novels
TAKESHOBO

CONTENTS

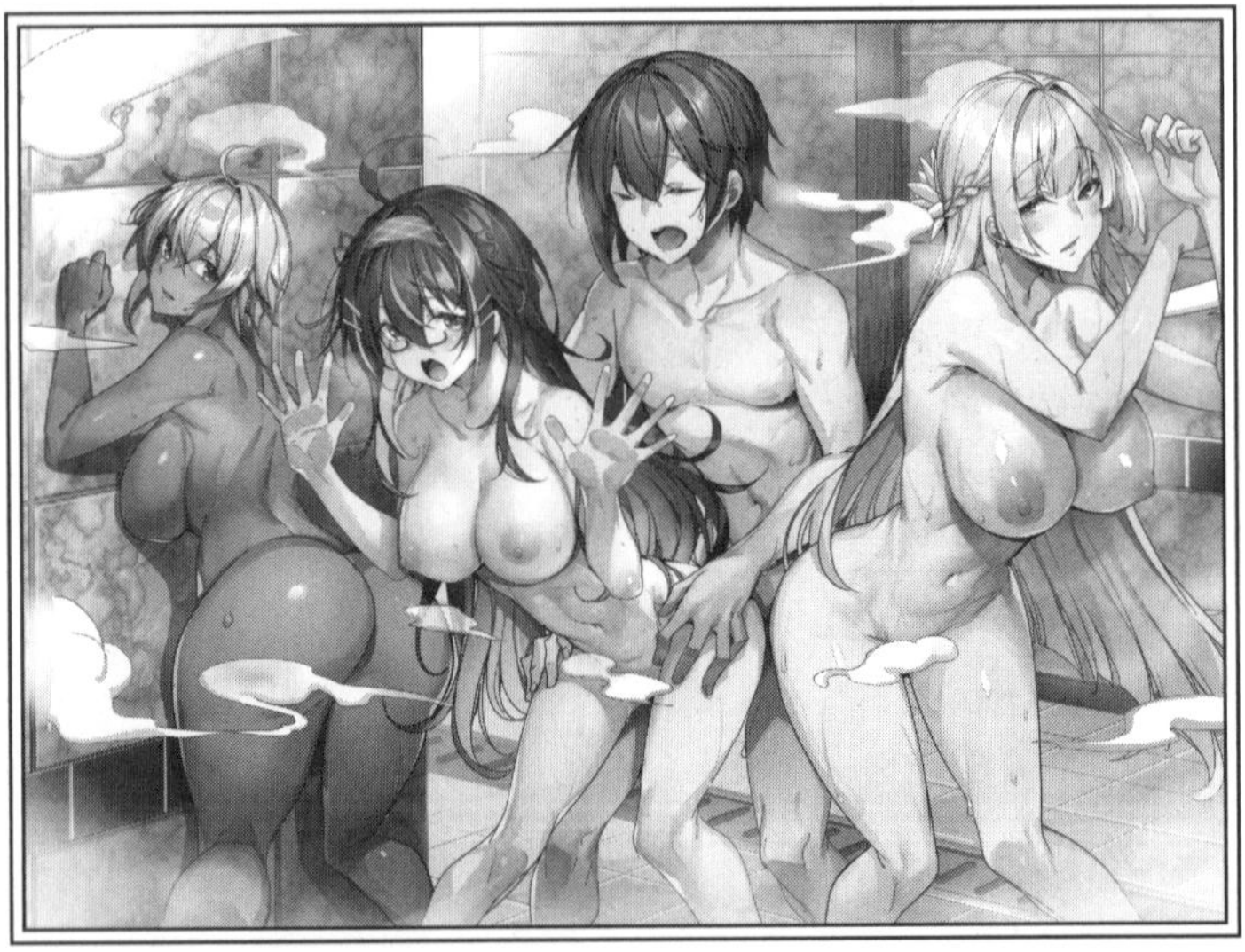

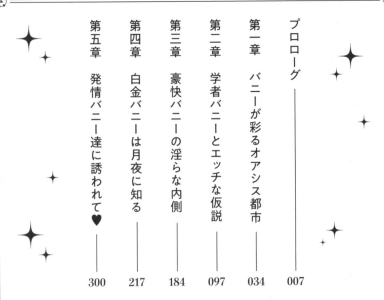

プロローグ

バンドンの件が落ち着き、すっかり異世界の秋が深まった頃。

俺がウィメ自治領の宮殿で休日の昼下がりを過ごしていると、美しい女性から声をかけられた。

「アリスト様。本日は何かご予定ございますか？」

上品だけれど親しみやすい顔立ちに、秋の日差しに輝く金髪。

ざっくりと開いた胸元から零《こぼ》れ落ちそうな爆乳が眩《まぶ》しいその美女は、ウィメ自治領の領主様――イルゼさんである。

彼女に対し、俺は少し気恥ずかしさを持って苦笑する。

「実は何も予定が無くて……」

働きすぎ！　と各所の女性から半ばクレームのような心配の声が噴出したことで、俺は現在長期の秋休み中であった。

もちろん皆の心遣いはありがたいし、それだけ心配してもらえるのも嬉しい。

（でも長い休暇の良い使い方が分からない……！）

かつての俺はコンビニバイトに明け暮れ、休日はエッチなゲームに費やす童貞であった。

そして、異世界で新しい趣味を見つけたわけでもない。

（有意義に過ごしたいとは思うんだけど。これというのが見つからないんだよなぁ）

せっかくの休暇に手持ち無沙汰な俺に対し、イルゼさんはこんな提案をしてくれた。

「それなら本日は宮殿の図書室でお過ごしになりませんか？　『読書の秋』とも言いますし♪」

彼女に言われ、俺は宮殿の図書室の存在を完全に失念していたことに気づいた。

宮殿に来たばかりの頃に存在を教えてもらっていたのだが、転生して以来なんやかんやと賑《にぎ》やかな毎日だったため、俺はすっかりそのことを忘れてしまっていたのだ。

「それはいいですね。あ、でもそれなら着替えたほうがいいかな……？」

この世界では男性は女性に比べ非常に数が少なく、大きな権力を持っている上、彼らは女性達のことを毛嫌いしている。

そのため会話はおろか、姿を見せることすら極力避けようとするのだ。

結果として彼らは首都という場所に引きこもって強権を振るう、女性達にとっては憧れの対象でありながら取り扱い注意な存在だった。

そのため俺が気軽に姿を見せた場合、下手すると卒倒しちゃう人も現れる。

だから一般の領民の皆さんの前では変装が基本であった。

ただイルゼさんはそんな事情もしっかりと加味してくれていたらしい。

「今日は一般開放の日ではありませんから、アリスト様もいつもの格好でごゆっくりお過ごしになれますわ。アリスト様の貸し切りです♪」

イルゼさんの細やかな心遣いに、俺の胸中はぽかぽかと暖かい気持ちに満たされる。

「ありがとうございます。じゃあお言葉に甘えて……」

そうして早速部屋に向かおうとする俺だったが、すぐにその足は止まることになる。

美人領主様が放った素敵な稲妻に打たれ、硬直してしまったからだ。

「も、もしよろしければご一緒しても？　わたくし、今日の執務は午後からお休みですので……その、お側《そば》にいたいのですけれど……♡」

「っ!!」

頬をほんのり染めたイルゼさんの衝撃で、俺はちょっと飛び跳ねていた可能性すらある。

歓喜に震える俺が首を縦に何度も振ったのは言うまでもない。

「え、ええ……！　行きましょう！」

「良いのですか!?　ふふっ♪では参りましょうっ、アリスト様っ♪」

そしてイルゼさんの素敵な笑顔を合図に、俺達は改めて図書室へ向かったのだけれど。

まさか部屋に入って小一時間もしないうちに――

「んっ♡はぁっ♡かたいっ♡ありすとさまのぉっ♡また硬くっ♡なりましたわっ♡」

――イルゼさんとずっぷり繋《つな》がってしまうとは思っていませんでした！

(くっ……イルゼさんの膣中《なか》、すごい気持ちいい……っ)

貸し切りとはいえ図書室で昼間から肉欲に溺れてしまうのはどうかと思う。

でもこの事態に関してはイルゼさんにも責任がある……と主張したい！

だって彼女は図書室に入った途端、たわわに実った果実を俺に擦《こす》り付けつつ。

『アリスト様……わたくしのおっぱい、お嫌いになってしまいましたの……?』

と上目遣いで迫ってくる、という本日二度目の甘い稲妻を放ってきたのだから!

その結果、俺は図書室の木製テーブルの上に彼女を押し倒し、手や口で散々彼女のおっぱいが大好きであることを表現した後。

その膣穴に肉棒を挿入し、猿のように腰を振ってしまっているのである……。

「あっ♡あっ♡ありすとさまっ♡ありすとさまぁっ♡もっと突いてくださいましっ♡」

既に幾度かの射精を受け止め、たっぷりとほぐれたイルゼさんの膣。

そこは受け止めた衝撃に反応して、今日も肉棒を淫らに絞る。

「くぅっ……!」

締め付けによって押し寄せる快感を堪《こら》えつつ、俺は改めて亀頭を奥へと突き入れる。

するとイルゼさんは、図書室に設置された木製テーブルの上に横たえた身体を弓なりにした。

「あぅっ♡ふかぁいっ♡い……くッ♡いくいくッ♡んはぁああッ♡♡♡」

一糸まとわぬ姿の爆乳美女が嬌声を上げ、濡れそぼった蜜壺から潮を吹く。

扇状的な様子を目の当たりにし、俺も到底我慢《がまん》なんてできなかった。

「出るッ……イルゼさんっ、イク……っ!」

「おッ♡き、きてくださいましっ♡おッ♡あっ♡あああっ♡」

――ビュルルルッ!!! ビュクッ!! ビュルルルッ!!

「あっ!?　あついッ♡あああッ♡おしゃせい……ッ♡んッ♡また……イグぅッ♡♡♡」

きつく抱き合いながら、彼女の膣中《なか》に入り切らないほどの精を流し込んでいく。

その間も精を導くような蠕動《ぜんどう》を止めないイルゼさんの蜜穴。

それはどこまでも気持ちよく、途中幾度かの小さな射精を余儀なくされた。

(イルゼさんに搾《しぼ》られるの、本当に気持ちいい……!)

やがて快楽の波は少しずつ収まっていき、俺は射精後の心地よい気怠さに息をつく。

「ぁっ……♡ッ……♡ぅッ……♡」

一方でイルゼさんは未《いま》だどこか心地よい場所をさまよっているようであった。

身体を不規則に震わせつつ、かすれたような声を出している。

「ありしゅと、さまの……おしゃせい……♡すてきです、わ……♡」

うわ言のように言ってふにゃりと微笑《ほほえ》むイルゼさんは、いつもより少し幼気《いたいけ》だ。

そんな彼女の様子に胸が高鳴った時。

(ん……?)

俺がふと気配を感じ振り返ると、そこにいたのは。

「え、エフィさん……いつからそこに……っ!?」

白いメイドブリムに黒のレースで出来た肘までの手袋。

胸のほとんどが見えるスケスケのブラウスに、歩くだけでパンティが見える短いスカート。

そんな素敵すぎるメイド服を着こなす宮殿メイド——エフィさんであった。

「そっ、その、つい先程……たまたまこちらに……」

頬を真っ赤にしながらも、エフィさんは厚手のタオルを差し出してくれた。

「アリスト様、こちらで汗を……」

「は、はい……」

なんとも気まずい空気が流れる中、つい敬語になりながらそれを受け取る。

そして冷静に戻っていく頭で反省していた。

（やってしまった……）

俺が転生したばかりの頃から寝泊まりをさせてもらっている施設、宮殿。

そこは女性ばかりが暮らす『女性都市』であるウィメ自治領のお役所であり、執政を担う領主様の邸宅であり、その領主様をサポートするメイドさん達の住居でもある。

その一方で都市の文化的な資料を保管する役割も担っているそうで、主に歴史的な資料や、書店では手に入りにくい本が収められている部屋がこの図書室なのだ。

（そんな部屋で……いくらイルゼさんに誘惑されたからと言ってこれは……）

書物を読むためのテーブルには、一糸まとわぬ姿でぴくんぴくんと身体を震わせる領主様。

床には男物の服と、イルゼさんのドレスやスケスケの下着が散乱している。

エフィさんにセックスを見られるのは初めてではないし、三人一緒に夜を過ごすことだって少なくない。

とはいえ、今日のこれは流石に羽目を外し過ぎだよね……。

「その……ご、ごめんなさい、エフィさん。掃除は俺が……」

せめてもの贖罪《しょくざい》として、というか当然の役割としてそう申し出たのだけれど、エフィさんの返事は予想外のものだった。

「い、いいいえ！　お掃除は私のお仕事ですから……その、絶対駄目です……」

「えっ？」

俺はエフィさんに驚く。

いつも優しい彼女から『絶対駄目』と強い言葉が出るとは思ってもみなかったからだ。

しかしそこからのエフィさんの行動は更《さら》に俺を驚かせた。

「おっ、お掃除は……」

エフィさんは言うが早いか俺の前に跪《ひざまず》いたかと思うと。

「お世話係のお仕事ですから……はむっ♡」

まだ愛液にまみれた俺の肉棒を、そのおしとやかな口で咥《くわ》えこんでしまったのだ。

「あっ!?　え、エフィさん……っ……？」

唐突なフェラチオに戸惑いの声をあげても、エフィさんの動きは止まらない。

「んちゅっ……♡ぇろっ♡ちゅぱっ♡きれいに、ひまふね……ちゅぱっ♡」

ペニスを咥えつつ、上目遣いで素敵なことを言ってくれるエフィさん。

その頬が赤らんだままなのを見るに、きっと自身の行動に羞恥《しゅうち》を感じているんだとは思う。

けれどエフィさんが発情しているのはすぐに分かった。

「じゅるっ♡じゅぞっ♡んぷっ♡じゅぽっ♡」

彼女のフェラチオはお掃除というにはあまりに情熱的であったからだ。

「ちゅぱっ♡ぇろっ♡ちゅぽっ♡」

頬《ほお》の裏側に亀頭を押しあてつつ、横からカリ首を舐めしゃぶられ俺は思わず呻《うめ》く。

「くあっ……エフィさん、それ……っ」

エラの隅々まで舌が絡みつく快感は凄《すさ》まじい。

が、メイドさんの責めは終わらない。

「ぷはっ♡」

肉棒を一旦口から解放すると、今度はしなやかな手でペニスを扱《しご》き始めたのだ。

「ちゅっ♡んっ♡んっ♡きれいに、いたしますね♡」

彼女の手は黒レースの手袋で覆われている。

だから手淫によってペニスに加わる感触も素手とはまた違ったものだ。

「ちゅっ♡んっ♡いかがですか♡痛く、ありませんか♡」

「うん……気持ちいいよ……っ！　あっ」

レース生地に存在する模様の部分、そしてそうでないスケスケの部分の感触が織りなす特有のリズムと、素手よりも幾分かはっきりした凹凸《おうとつ》感が肉棒を襲う。

（絶妙にあったかくて、柔らかくて。これ本当に良い……！）

すっかり翻弄される俺に、メイドさんは情事の時だけに使う特別な呼び方で囁《ささや》いた。

「旦那様……申し訳ありません……♡」

「えっ？」

唐突な言葉に驚く俺の前で、彼女はこちらに背を向けるようにして立ち上がる。

そして正面の本棚に片手をつき、ただでさえ短いメイドスカートを更に上へとめくりあげた。

「そっ、その、私が未熟なせいでお口だけでは綺麗に出来なかったので……。こ、こちらでもお掃除させていただけませんか……っ……♡」

空は美しい茜色に染まっている。

夏よりもどこか澄んでいるように見えるそれは、秋晴れの最後を飾るにふさわしい色合いだ。

でも俺にとっての異世界の秋は、どうやら落雷だらけの季節らしい。

耳まで赤くしたエフィさんがめくりあげたスカートの下を見て、俺は本日三度目の落雷を受けたのだから……！

（エフィさん、パンツ穿《は》いてないっ!?）

そこには無毛の割れ目があるだけだった。

無論、俺が脱がしてはいないし、彼女が脱ぐような仕草を見せたわけでもない。

（ってことは、この部屋に入ってくる前から……）

驚きと興奮が綯《な》い交《ま》ぜになった状態で、俺は改めてエフィさんの生尻へと視線を移す。

そしてそのすけべな視線を感じたのか、いじらしいメイドさんはぴくんっと身体を震わせた。

「……っ……」

頬を真っ赤にしつつ、とてもお掃除とはいえない熱っぽいフェラチオをしてくれて。

羞恥を感じながらもスカートをまくり上げて俺を誘ってくれる。

「エフィさん……っ!!」

俺は完全に硬さを取り戻した肉棒で、すぐにエフィさんの膣中へ侵入してしまった。

「あっ!? んは……ぁッ♡だんなさま……ッ♡」

嬌声とともに締め付けを増す肉壁をかきわけて進む。

亀頭が膣奥へと突き当たると、彼女は熱い吐息を漏らしながらその背を反らした。

「んん……はぁ……っ♡」

その際、彼女の背中越しにゆさりと揺れる横乳が見える。

それはエフィさんの身体のラインが華奢《きゃしゃ》であり、かつ彼女の乳房はそれに見合わず豊かなことを示していた。

（おっぱいでレースのブラウスがパンパンになってて……えっちすぎる……っ！）

堪《たま》らず俺は双球に両手を伸ばし、それを揉みしだく。

「あっ♡はぁんっ♡だんな、さまっ♡」

この世界の女性達は乳房をカップで包むようなブラジャーを身に着けることは一切無い。

エフィさんも例外ではなく、その果実はスケスケのレース生地のブラウスで包まれるのみ。

そのため羞恥と興奮で熱くなった彼女の体温も、適度な反発を持つ果実の感触も、俺の掌でしっかりと楽しむことができる。

もちろん、硬くなった乳首を探し当てるのも簡単だ。

「あっ！　そ、そこはっ♡あっ♡ぐりぐりっ♡だめですっ♡だんなさまぁっ♡」

言いつつも腰をくねらせ、挿入された肉棒を膣中で擦り上げるようにするエフィさん。

身体を重ねた時のエフィさんが時折無意識にやるこの『おねだり』行為を受け、いよいよ彼女の膣奥を責めたてようとして……俺はブレーキをかけた。

今日はもう少しだけエフィさんのいじらしいところを見たくなってしまったのだ。

「え、えっと……エフィさん。今日はいつから、下着穿いて無かったの……？」

俺は言葉に出した後、すぐに後悔した。

（こ、これじゃあセクハラ親父じゃないか……）

精一杯意地悪そうな声色を出そうとしたことが、ますます気持ち悪さを助長している。

けれど青髪のメイドさんは笑いだしたり、俺を押しのけたりすることは無かった。

そればかりか、

「……っ……こ、ここに来る前に……そのっ……」

恥ずかしそうに小さな声で応じてくれるではないか！

（か、可愛いっ！）

ずきゅんっと胸を打たれ、俺はつい彼女の首元に顔を埋めてしまう。

さらさらの青髪から香る、異世界のシャンプーの匂い。

それを吸い込みながら、俺はもう少しだけセクハラ発言をさせてもらうことにした。

「下着を脱いで来ちゃった……ってこと？」

「は、はい……あっ♡あぁっ♡い、イルゼ様のこっ、声が聞こえてしまったので……んぁっ♡」

「そ、そっか……聞こえちゃってたんだね。ごめんなさい……」

改めて申し訳なさを感じる俺に、彼女は首を横に振って潤んだ瞳を見せてくれた。

「い、いいのです……んっ♡イルゼさまは、あっ♡湯浴みをなさってから、旦那様を、はぁっ……♡と、図書室にお誘いになっていましたから……はぁんっ♡」

「え……」

俺はその言葉を聞いて急激に興奮が高まるのを感じる。

それには二つの理由があった。

一つはイルゼさんが最初から『その気』であったと分かったこと。

そしてもう一つは、エフィさんからもはっきりとシャンプーの匂いがしていたからだ。

(つまりエフィさんも……)

はじめからそのつもりだった、ということに違いない。

タオルを渡しに来たのはあくまで口実でしかなかったのだ。

「ふーっ……ふーっ……！」

俺はいよいよ獣じみた鼻息を鳴らしつつ、エフィさんの両乳首を、スケスケブラウスの上からやや乱暴に引っ張った。

「あぁんっ♡だんなさまっ♡ちくびっ♡急に、お強くしちゃだめぇっ♡」

彼女の乳肉とそれを包むレース模様が大きく伸ばされ、メイドさんの身体が大きく震える。

「あ、あ、あああっ♡ちくびっ♡ちくびイクッ♡イッ……クぅううッ♡♡♡」

ぷしゃあっと愛液が吹き出し、図書室の床を汚す。

肉付きの良い尻肉がぶるぶるっと波打ち、きゅうきゅうと膣壁が締まっていく。

それはエフィさんが絶頂している証拠だったけれど、俺の腰は止まることが無かった。

もっと彼女の痴態が見たいという欲望を抑えることはできなかったからだ。

「あぅッ♡い、いまはぁっ♡へんになりますぅううッ♡♡♡」

「ふーっ!! ふーっ!!」

容赦の無いピストンはエフィさんの肉体だけでなく彼女が掴まる本棚をも揺らす。

棚からは数冊の書籍が落ち、俺の視界には奥に並べられた資料物であろう木彫《きぼ》りの像が映った。

物言わぬ像の視線が気恥ずかしく感じられるが、エフィさんが身体をくねらせる様へ視線を移せば、それはすぐに些末なことになる。

「はぁっ……! はぁっ……!」

「だんなさまっ♡だんなさまぁっ♡あっ♡ぉんっ♡」

牡《おす》の荒い息と牝《めす》の嬌声。

図書室にはまるで似合わない音が俺の牡を刺激する。

「あっ♡あっ♡だ、だめですッ♡お、奥をゴリゴリしたらっ♡また出ちゃいます、からぁっ♡」

「エフィさんがいけないんだからね……っ! 下着を脱いで部屋に来るなんてっ!」

理不尽だとは思うけど、彼女の行為が可愛すぎたのがいけないのだ。

俺はエフィさんのブラウスを乱暴にはだけ、生の乳首を改めてつまみ上げた。

途端に彼女の腰はガクガクと浮きあがり、再び愛液を吹き出す。

「んぁあああッ♡♡♡」

つま先立ちになって震えるエフィさん。

そんな彼女を休ませもせず、今度は両腕を引っ張りながら激しく膣奥を突き上げた。

「あっ!? だんな、さまっ♡それぇっ♡そんなに奥にされたらぁっ♡わたし、もっとっ♡変になってしまいますっ♡」

「変になっていいからっ！ もっと変になっちゃうエフィさんを見せてっ！」

「あぅっ!? ゆ、ゆるしてっ♡くださいませっ♡あ、ああっ♡また出ちゃうっ♡きたないおつゆでてしまいますぅッ♡♡♡」

「エフィさんから誘ったんだからねっ！ ほらっ！ もっと気持ちよくなってっ！」

言いながらぐりぐりと子宮口を押しつぶす。

乳房を震わせながら、エフィさんは再び快楽の波へと巻き込まれていく。

「ああああッ♡♡♡」

そして彼女はやや濁った、それでいて男を最も興奮させるような嬌声を上げ始めた。

「おッ♡ほぉんッ♡あッ♡あッ♡」

まさに牝を感じさせる声。

可憐で貞淑な雰囲気を持つ彼女の中にも、性に溺れる女の側面があるのだ。

それを感じるほどに、玉袋の中がぐつぐつと煮え立つ。

「エフィさんッ！」

半ば叫ぶように言い、俺は猛烈なピストンへと移った。

肉棒を何度も膣奥へぶつけ、ただただ射精へと至るためだけに腰を振る。

乱暴な動きだけれど、それでも彼女は歓喜の声を上げ、愛液を撒き散らす。

「んッ♡あッ♡ら、らんなさまっ♡らんなさまぁッ♡しゅごいですぅッ♡」

呂律《ろれつ》が回らなくなるメイドさん。

と、そこで俺は予想外の快感を得ることになった。

「じゅぞぞぞッ♡」

「はぅあっ!?」

下半身から立ち上る、浮遊感のある快楽。

唐突なそれに驚き振り返ると、そこには俺の尻へと躊躇《ちゅうちょ》なく顔を突っ込む領主様がいた。

「い、イルゼさんっ!?」

全裸の彼女は俺と目が合うと、いたずらっぽく微笑み。

「んふふっ♪ぢゅううっ♡ちゅぱっ♡ぇろぇろっ♡」

更にアナルへ吸い付き、べろべろと舐め回してくる。

「あっ、うはぁっ……!!」

情けない声をあげた俺に気を良くしたのか、イルゼさんの手が俺の玉袋を揉みだした。

その間も彼女の舌が止まることはなく、ぞわぞわとした悦楽が俺の背筋を襲う。

（ああっ、気持ち良すぎるって……ッ！）

肉棒はエフィさんのよく締まり、濡れる膣穴で。

後ろの敏感な部分はイルゼさんの舌技と、しなやかな指で。

身体の前後すべてが快感で支配され、あっという間に再生産されていた精が駆け上がる。

「ああ、出るッ……！　エフィさんの膣中《なか》にっ……ぜんぶ出すよ……ッ!!」

「あっ♡き、きてくださいッ♡おッ♡だんなさまの熱いのっ♡いっぱいほしいですぅッ♡」

「おだしになって♡じゅちゅっ♡ずぞぞっ♡」

二人の女性の声を聞きながら、俺はエフィさんの膣奥へ思い切り亀頭を押し付ける。

すると可憐なメイドさんは下品な声を出しながら、天を仰ぐように背筋を反らした。

「おんッ♡♡♡」

俺はそんな美少女を逃さないように後ろから抱きしめ、露出した片方の乳房を握る。

そしてもう片方の手で強引に彼女を振り向かせ、思い切り唇を奪うと。

「んむぅッ♡」

（出る……ッ!!）

イルゼさんの舌技に追い立てられながら、エフィさんの中で思い切り果てた。

――ドビュルルッ!!!　ビュルルッ!!　ビュクッ!!

びちゃびちゃと膣奥へ精がぶつかった途端、可憐なメイドさんのくぐもった声が上がる。

「んんんぅぅうううぅッ♡♡♡」

俺によって膣も乳房も唇も押さえられたエフィさんに逃げ場は無く、鈴口から新たな精が放たれる度に絶頂を続けていく。

「んッ♡♡♡んんッ♡んむッ♡～～～～～～ッ♡♡♡」

しかし一方で逃げ場が無いのは俺も一緒だった。

入り口、中央、奥と三つの箇所で肉棒を締め上げるエフィさんの膣中《なか》だけでも凄まじい快感なのに、イルゼさんの舌技も終わっていなかったからだ。

「ぢゅううぅっ♡ぇろぇろぇろっ♡ありすとひゃま♡まだおしゃへいひてくださいましっ♡」

普段は触りもしないようなところを容赦なく舐め回され、同時に玉袋を揉みほぐされる。

もっと射精せよ、という領主様の命令に俺は耐えきれるはずもなく……。

（ま、また出るッ……！）

今日何度目になるか分からない射精が、再び始まってしまう。

――ビュルルルッ!!　ビュクッ!!　ビュルルルッ!!

肛門への口淫に耐えきれず、エフィさんから唇を離しながらの射精。

今度は彼女の嬌声が響き渡った。

「ぷはっ♡あっ♡またぁっ♡イグっ♡イギまずぅううぅッ♡♡♡」

きっと他のメイドさんにも聞こえてしまっているに違いない。

けれどそのことを思うと、どこか俺は誇らしい気持ちになってしまう。

こんな素敵な人を、快楽に狂わせちゃったんだぞ……と。

（エフィさんも、イルゼさんも……気持ち良すぎだよ……ッ！）

状況に高ぶった気持ちがもう一度小さな波を起こし、新たな射精に至りかけたその時。

「!?」

俺は書棚の奥に見えていた狐の像に釘付けとなった。

木彫りの狐の像に見えたそれが光を放ち、キラキラと輝く粒子に変化していったからだ。

（えっ、えっ……!?）

そしてもう一つ驚くべきことがあった。

それは周囲の状況だ。

図書室の景色も、エフィさんの身体も、俺のお尻に顔を突っ込んでいるイルゼさんも。

その全てが時間が停止したように固まっているのである。

（あ、あれ!?　声が……出ないっ！　身体も……！）

何故かは分からないが、俺も身じろぎ一つできない状態であった。

体勢も変えられないし、首を回すことすらできない。

そんな中、狐の像から変化したキラキラと輝く粒子だけが、風に漂うように宙を舞い……。

（えっ、なんかこっちに来た!?）

エフィさんの尻肉を掴んでいた俺の右手の薬指に、するすると纏《まと》わりつきだした。

蛇のように動く粒子が指に寄ってくる奇妙な光景。

普通はそれに対し恐怖を感じそうなものだが、俺は何故か嫌な気分にはならなかった。

金色に輝く粒子が美しいからか、それともほんのりそれらが暖かく感じられるからだろうか。

やがてそれらは右手の薬指の上で一つの形をなしていく。

（指輪……？）

それは可愛らしい黄金色の狐が全身で指に巻き付く……というか、じゃれるような形で抱え込むデザインの指輪であった。

そしてその指輪からは、ぽかぽかとした陽だまりのような暖かさが伝わってくる。

（ど、どういうこと……？）

あまりに唐突で、かつ非現実的な状況に俺の混乱は深まるばかりだ。

しかし俺がその混乱への対処方法を思いつく暇も無く、さらなる現象が起きる。

今度はその指輪から大量の光が溢れ出したのだ。

（わっ！）

驚くべきことに、大量に溢れ出る光は目に見える光景すべてを塗りつぶし始めた。

あったはずの本棚、エフィさんの姿、イルゼさんによって責め立てられていた感触まで、全てが薄れていく。

気づけば身体の感覚もおぼろげになり、まるでどこかへ身体を忘れてきたかのようだ。

（一体何が起きてるんだ……っ!?）

一体この現象が何なのか。

俺の身に、この図書室に何が起きたのか。

エフィさんやイルゼさんは無事なのか。

不安と混乱が頂点を極め、視界に映る全てが真っ白になった時。

「!!」

今度はおぼろげになっていた身体の感覚が、急激に戻っていくのが分かった。

両脚で立っている感覚、呼吸をしている感覚。

忘れ物だった身体が今、どんどん自分の意識の下へリアルな質感を持って戻ってきた。

同時に真っ白に埋め尽くされていた視界も、まるで濃い霧が消えていくかのように通常のものへと戻っていく。

(気持ち良すぎて白昼夢か何かを見てしまったのかも……いやはや情けない……)

ひとまず身体の感覚が戻ったことで、俺はそんな結論へとたどり着く。

その上でまずはイルゼさんとエフィさんの姿を視界に入れたくて、霧の晴れ出した周囲へと視線を彷徨《さまよ》わせた。

「エフィさん、イルゼさ……ん……?」

だが俺は、密着していたはずの二人の存在が消えて失せていることに気がついた。

更に室内の構造も何かおかしい。

(な、なんか狭くなってないか? 天井も高くなっているような……)

加えて目に入る本棚もどこか妙だった。

さきほどまで見ていたそれとは違い、何やら見慣れないオブジェが大量に並んでいるのだ。

しかもその棚には梯子《はしご》がかかっており、その上に更に本棚が据《す》えられているではないか。

(こんな高さのある本棚、あったっけ?)

何かが変だ。

そう思った俺は少し眉をひそめ、改めて目を凝《こ》らし——

「っ!?!???」

——硬直することになった。

なぜなら物が散乱する床の一角に、知らない女性が股を広げて座っていたからである。

(え……えっ……!?)

それは、エフィさんと同じくらいの年頃に見える女性だった。

深い緑色と所々に入った明るい緑が特徴的な、少しボサボサ感のある長髪。

そして髪と近しい色の丸い瞳に、赤いフレームの眼鏡をかけている。

唐突に現れたように思えたその女性は、俺のほうを見ながら口をパクパクと動かし、

「あ……ぁ……」

と小さな声をあげていた。

おそらく俺も似たような表情をしていただろうことは想像に難《かた》くない。

ただし、声を出すことはできていなかった。

（あ……ぁ……）

ただ俺が声を出せなかった原因は、この不思議な状況以外にあった。

それは見知らぬ女性が身に着けていた衣装である。

（バニーガール……ッ！？！？）

頭には大きなウサギ耳を備えたカチューシャ。

首元には青い蝶ネクタイを備えた襟。

身体には青の際どいレオタードを身に着け、むっちりとした脚は網タイツに包まれている。

そう……彼女が身に着けている衣装は紛れもなくバニーガール衣装なのだ！

（お、おっぱいおっきい……！）

しかもその胸元は大胆に開いていて、乳首以外を隠す気があまり無いデザイン。

彼女の爆乳は、その谷間も含めほとんど露出しているといってもいい。

そして殊《こと》に俺の目を惹《ひ》いたのは、更に視線を下げた部分である。

（えっ!?　な、なんで……!?）

というのも、彼女はレオタードの股間部を左手で横にずらしていたのだ。

そのため、ピンク色の女性器はしっかりと露出している。

それればかりか、彼女はそこに思い切り指を突っ込んでいるではないか。

つまり……目の前の女性は。

（バニー姿で……おっ、オナニー、してたってこと……っ!?）

俺がその事実に行き当たると、緑髪の女性の顔はみるみるうちに茹で上がり始めた。

そして次の瞬間。

「ふぎゃあああっ！？！？！？！」

彼女は驚き逃げる猫のような声を出す。

そしてもうスペースなど無いというのに、更に後ろへと下がろうとした。

それによって、今度は本棚そのものが倒れそうになってしまう。

「ちょっ、あ、危ないっ!!」

とっさに俺がその本棚を押さえ、壁へと戻した時。

俺の両腕に柔らかいものが押し付けられた。

「アリスト様っ!!」

「旦那様っ!!」

それはイルゼさんとエフィさんのおっぱいであった。

すかさず、といった様子で俺の両腕を自らの谷間へと挟み込む二人。

「ご無事でしたのね……っ！」

「良かったです……っ！　アリスト様……！」

全裸のイルゼさんと、はだけたメイド服を着たエフィさん。

理解し難い現象が続く中、二人の顔を見たことによる安堵《あんど》はとても大きかった。

「二人とも……今までどこに……!?」

彼女達は揃って潤んだ瞳を見せながら、ふるふると首を横に振った。

「それが分かりませんの……。急にあたりが眩しくなったと思ったら、この状態で」

「わ、私もです。アリスト様のものを受け止めた途端に視界が真っ白になって……」

「そうだったんだ。でも良かった、二人とも無事で……！」

とはいえ事態は混迷を極めていた。

「……そ、それで……ええと……。これは、どういうこと、ですの……？」

イルゼさんが目を白黒させるのも無理はない。

部屋には全裸の俺とバニーガール姿の女性。

更にそこに、全裸と半裸の女性二人が集《つど》う……という奇天烈《きてれつ》な状況なのだ。

今ここにいる誰もが、状況説明を欲しているだろう。

しかしバニーガール衣装の女性には、その説明役は難しそうであった。

「お、おとこっ……おと、おとこのひと……っ……ふへへ……」

彼女はどこか遠いところに視線をやり、ぴくぴくと震えていたからである。

しかし状況は更に混迷を極めることになる。

突然ばんっと部屋の扉が開き、別の女性が入ってきてしまったからだ。

「ちょっとモナ、いきなり変な声だしてどう――」

それは赤いドレスを身に着けた小柄な女性だった。

しかしすぐさま彼女はその表情を凍らせてしまう。

「――は？」

そして室内には束の間の静寂が訪れるが。

その女性の視線が俺の股間部へ到達した時。

「ひゃぁあああっ！？！？」

部屋にはもう一度、女性の悲鳴が響き渡ったのだった。

第一章　バニーが彩るオアシス都市

二度の悲鳴の後、しばらくして。

俺達は物にあふれる部屋の中で、衝撃の事実を知ることになった。

「え、えっと……つまり俺達は別の都市へ転移してきちゃった……ってこと、ですか……？」

俺の言葉にこくりと頷《うなず》いたのは、部屋の床に正座した赤いドレスの女性だ。

「は、はい……モナが言うとることは、うちも信じ難《がた》い部分はありますが……」

彼女はメルという名前だそうで、おでこを出した茶髪ショートが良く似合う。

次に口を開いたのはその隣に座るモナさん――俺が光に包まれた後、初めて出会った青いバニー姿の女性であった。

「えとっ……す、少なくとも、ここは女性都市『バニエスタ』で、あ、アリスト様達がいらっしゃったというウィメ自治領とは別の女性都市でしゅ……」

緊張のためか語尾を噛みながらも彼女は立ち上がり、部屋の一角にある書籍の山に手をかける。

「そ、それで……ば、バニエスタはジェント砂漠の中にありましゅので……」

モナさんがせっせとその山を崩すと、そこに現れたのは外の景色が良く見える窓だ。

するると今度は、床に正座していた俺達三人が声を上げる番であった。

「「「なっ……!?」」」

窓から見えるのは巨大な湖と、その周囲に広がる砂浜。

その砂浜沿いにはヤシの木を思わせる木々と、様々な色合いの建物が立ち並ぶ。

まるで南国のリゾート地かのような景色であったが、しかし異質な部分もあった。

（み、湖の上に白いピラミッドが浮いてる!?）

どんな仕掛けは知らないが、湖面の宙空に白く巨大な四角錐《しかくすい》が浮いているのだ……！

そんなウィメ自治領とはかけ離れた景色を前に、俺とイルゼさん、そしてエフィさんの三人は言葉を失ってしまう。

「「「……」」」

そんな俺達に対し、モナさんは更に続けた。

「あのっ、ウィメ自治領からバニエスタへは馬車で四日以上かかります……。で、ですが皆さんのお話の通りであれば、ほぼ一瞬でウィメの図書室からご移動なさった、と推察されます」

室内にある日めくりカレンダーの日付と、茜色に染まった空はその言葉を裏付けている。

続いて、彼女は本の山から分厚い一冊を取り出して広げて見せた。

「そして転移の、げ、原因は……多分、こちらかと……」

そしてそこに描かれた古い絵を見て、俺達は目を見開くことになった。

「「「こ、これは……！」」」

それはあの狐の像――俺達が突然光りだすのを目撃した像が描かれていたのだ。

驚く俺達にモナさんは説明を続けた。

「こ、これは『イルナルの像』と呼ばれるとても古い物、です……。い、色々な説はありますが……賢者様が作った像だという説もあるんです……」

太古の昔、魔法の力に増長した人間は神の怒りを買い、多くの男性と強大な魔法の力を失った。

そしてその際、セックスで子を成すということも取り上げられてしまったという。

『賢者様』というのはそうした神話の時代に生きたとされる存在で、魔法を使った奇跡の儀式で子を成す方法――『魔法交配』を編み出したと伝わっている。

伝承の真偽はともかくとして。

この世界では『魔法交配』という儀式によってしか子供が生まれないのは事実であり、だからこそ賢者様は非常に高度な技術を持っていたとされる。

そしてその凄《すご》い人が例の狐の像も手掛けた、という説があるというわけだ。

「世界に一対だけ存在する像で、中には転移の魔法が込められていたと伝わっています。そしてその一つがボクの部屋、えっと、この部屋にあって……」

モナさんは分厚い書籍を戻し、床に散らばっていた木片を集める。

そうして彼女がブロックのようにそれらを組み立てていくと、そこには図書室で置いてあったもの、そして書籍に描かれていたのとそっくりな像が現れた。

「「!!」」

俺達三人がそれに目を見開くのを確認しつつ、彼女は話を続ける。

「皆さんのお近くにあったものと、ボクの部屋にあったこれが、何らかの反応をしたものと……」

「……それで俺達はウィメの図書室から、この部屋へ転移した……？」

「は、はい。信じ難いこととは思いますが……現に皆さんはこちらへいらっしゃった。そしてボクもメルも魔法は使えません。加えてこの像も皆さんがいらっしゃる直前に、非常に強く発光する現象を起こしていたので……」

緊張のためか、やや震える声で言うモナさん。

「その……お話を否定したいわけではないのですけれど」

そんな彼女に対し、切り出したのはイルゼさんであった。

「賢者様に関連するような貴重な物は、どれも首都で保管されているはずですわ。ですから女性都市に、しかも女性の私室にそれが存在するというのはちょっと……。それにあの像はただの飾りとして置かれていたものでしたわよね、エフィ」

「はい。寄贈の記録等も無く、ニュート様も昔の領主様が趣味でお買い上げになった物ではと」

するとモナさんは気まずそうに視線を落とす。

何やら言いにくい事情があるらしい。

「え、ええと……その……」

言葉を探す彼女の代わりに口を開いたのはメルさんであった。

「……『賢者様が関連したものは世界に沢山あり、首都はその一部、特に男性が考える歴史に都合が良いものだけを保管している』」

メルさんはまるでどこかで暗記した知識を話すようにそう言う。

なぜかモナさんがぴくりと反応したが、理由はメルさんの続いた言葉で明らかになった。

「それがモナの学説なんです。うちもそれは信じとらんかったんですが……。転移魔法と言えば、歴史上賢者様以外の方が行使できたことのない伝説の魔法です。その上で皆さんが経験なさったことと合わせると、賢者様の御業《みわざ》と考えるほうが納得できると言いますか……」

メルさんの意見にイルゼさんは頷き、改めて青いバニーさんに顔を向けた。

「つまりこの狐の像は賢者様がお作りになったものだけれど、首都がそうお認めにならなかったもの……ということですわね？」

それに対し、モナさんはぎこちなくもしっかりと首肯する。

「は、はい……！」

彼女の真剣な表情を見つつ、俺はここまでのことを振り返ってみた。

（像が放った光に包まれて、気づけば知らない部屋にいた。そして窓の外に明らかにウィメではない光景が広がっている……）

それにバンドンで見た『神の涙』のことを思えば、首都が嘘をつくのは全く不思議じゃない。

更に今俺が生きているのは、魔法が存在し、突飛な常識が闊歩する異世界なのだ。

……となれば、俺の結論は一つ。

（うん、これは転移しちゃってますね！俺達！）

というわけで、俺がモナさんの主張を呑み込むのにさして時間は必要なかった。

そしてそれは両隣の美女も似たようなものだったらしい。

「イルゼ様。やはり私達は……」

「ええ。とても不思議な体験をしてしまった、と考えるべきですわね」

彼女達は顔を見合わせて頷きあい、スッキリとした表情を見せる。

一方のメルさんとモナさんは非常に不安そうであった。

「あのぅ……ぼ、ボクの言っていること、本当に信じてくれるんですか……？」

「う、うちが言うのもあれですけど、相当変なこと言うとるとは思うんですが……」

当事者よりも不安気な二人に対し、俺は少し笑ってしまう。

イルゼさんとエフィさんもくすっと笑みを浮かべた後、少々茶目っ気の混じる声で言った。

「アリスト様の存在に比べれば、賢者様が転移の力を持った道具を遺《のこ》されていることくらい、ごく普通のことのように思えます」

「エフィ、良いことを言いますわね。確かにそう考えると、転移の一つや二つ、大した不思議ではございませんわ♪」

伝説の魔法が込められていたという像を前にそれは言い過ぎじゃないか、と俺は思った。

しかしそんな俺の考えとは裏腹に、メルさんとモナさんは深く頷いてしまう。

「確かに……。こんな男性がいらっしゃるなんて、うちは夢にも思うとりませんでした……」

「あ、あんな姿を見せてしまったボクも許してくださって……そ、そのっ……正直、転移魔法が実在したことより、信じられないです……！」

（あっという間に納得していらっしゃる!?　っていうかモナさんのオナニーシーンはむしろご褒美《ほうび》だったんだけど……！）

やっぱり俺の常識は通用しないなと再認識したところで、俺は重要なことに気がついた。

（……って、忘れてた！　俺とイルゼさん、未《いま》だに裸じゃん！）

色々突拍子もない話を聞かされたことで忘れていたが、俺とイルゼさんは一糸まとわぬ状態のままなのだ……！

今は部屋に落ちていた肌掛けっぽい布をひとまず拝借し、二人並んでその一枚をひざ掛け的に利用することで、なんとか下腹部を隠している状況であった。

ちなみにそれが正座でメルさん達と向き合っていた理由でもある。

「あ、あの……女性用の着るものを貸してもらえませんか？　あと、できたら俺も何か穿《は》くものがあったら嬉しいんですが……」

裸で転移してきておいてこんなこと言うのもどうかとは思った。

が、ありがたいことにメルさんとモナさんは非常に協力的であった。

「あああああ！　し、失礼しましたっ！　モナ、イルゼはんに服をお貸しして！」

「う、うんっ！　え、ええと、ちょうど買ったばかりのやつが……あった……！」

モナさんは本をかき分けて現れた箪笥《たんす》を探りだし、まもなくそこから大きな包みを取り出してイルゼさんへと差し出す。

「い、イルゼさん、これを使ってください……！」

「お手数をおかけして本当に申し訳ありませんわ……ありがたく使わせていただきます」

イルゼさんがお礼を言いながらそれを受け取ると、続いて俺の前にメルさんから別の包みが差し出された。

「あ、アリスト様はこちらを！　あの、大きさは少し小さいかもしれませんが」

「ああ、なんかすみません。こんな格好で来てしまったせいで……えっ!?」

受け取ったその包みの中を見て俺は驚く。

というのも、そこに入っていたのは黒のジャケットと黒のスラックス。

明らかに男性が身に着けそうな服だったからである。

「これって……？」

バニエスタは女性都市である。

となれば男性の滞在はほとんど無いし、女性を嫌う彼らが服を預けるというのも考えにくい。

一体どういうことなのか……とメルさんに聞こうとしたところで、部屋の扉がノックされ、その向こうから別の女性の声が聞こえた。

「モナー！　そろそろ『グランデ』の時間だよ〜！　お店に出てもらっていいー？」

その声にびくっと反応したメルさんとモナさんが、急いで応答する。

「ひゃ、ひゃい!!　す、すぐいきましゅ!!」

「ご、ごめんごめん！　今、モナもうちもちょっとばたばたしてて！　す、すぐ行くから！」

「あ、店長もいたんですね。分かりました、じゃあ先行ってます。モナも早めに来てね～」

扉から遠ざかっていく足音が完全に消えたところで、メルさんは俺達に言う。

「まだ、皆さんにお話ししなければいけないことは沢山あるんですが……。ここにずっといるとややこしいことになります。場所を変えさせてもらってもええでしょうか？」

俺達は彼女の真剣な眼差しに頷き、貸していただいた服に急いで袖を通すのであった。


無事に着替えを終え、俺達はメルさんの案内で部屋から出ることになった。

その後、赤い絨毯《じゅうたん》が敷き詰められた廊下を進むと、やがて立派な二枚扉に突き当たる。

そして先導していたメルさんがその扉を開け放った時。

「「「わぁ……！」」」

そこに広がった光景に、俺達は思わず感嘆の声をあげていた。

（お、大きい！　地域の体育館とか、ちょっとした展示場くらいの広さはあるぞ……！）

二階建てをぶち抜いたような高い天井と、その下に広がる巨大なフロア。

建物は大きなコの字形をしているらしく、凹んでいる部分には出入り口があり、そこからは茜色に染まるビーチと湖面、例のピラミッドも見える。

そしてフロアにはいくつもテーブルが置かれ、そこを行き交う女性達は何やら賭け事に興じているようであった。

「赤の二十！」

「わー!!　当たったー!!」

「ぎゃーーー!!　嘘でしょーーー!!」

女性達の悲喜こもごもな声から察するに、どうやらここはカジノのような施設らしい。

ただ一方で、俺が知っているカジノと大きく違う点もあった。

それはディーラーさんどころか、お客さんまで皆一様にバニー姿であることだ！

（な、なんてこった……この都市はこれが普通なのか!?）

際どいハイレグに谷間を大胆に露出する胸元、そして兎耳に付け尻尾《しっぽ》。

生足や黒いタイツ、網タイツに包まれた脚や、おっぱいの谷間も見放題……！

バニーガールの博覧会、いやバニーガール天国がそこには広がっていた。

（これじゃあ肝心の賭け事に集中できないよ!!　っていうか賭け事をしないまま眺めているだけで大勝利だよ!!）

ともあれ、兎さんだらけの様子に驚いたのは俺だけではない。

両隣に立つイルゼさんとエフィさんも、俺と同じく目を丸くしていた。

「本当に皆さん、この不思議な格好をしていらっしゃるのですね……」

「え、ええ。驚きましたわ」

しかし実は、そんな二人も既にバニー姿なのだ！

というのも服の無かったイルゼさんに手渡されたのがそもそもバニー服。

そしてエフィさんにも『あまり目立たないように』ということで、結局バニー服が手渡されていたからである。

「アリスト様、いかがですか……？　わたくしのこの姿、どこかおかしくはありません？」

そう言って頬を染めるのはイルゼさん。

そんな彼女は今、艶《つや》のある黒のレオタードを着こなす立派なバニーガールになっていた。

レオタードの胸元からは大きな果実が零《こぼ》れそうだし、適度な肉付きの生足も眩《まぶ》しい！

（良い……！　最高……！）

一方のエフィさんは、白レオタードのバニーさんに変身。

ランガードのついた黒パンストが、メイドさんらしい清純さを振りまいている！

「あの……私はどうでしょうか。こうしたものを身に着けるは初めてなので、アリスト様のお目汚しにならないようにしたいのですが……」

頭につけた兎耳を揺らし、お手本のような杞憂《きゆう》を抱いている二人。

まったく……なんと無用な心配か！

俺は思わず鼻の穴を広げながら、彼女らの過ちを指摘する。

「二人とも最高ですっ!!　めちゃくちゃ可愛いです!!」

そんな俺に対し、二人の兎さんは頬を赤らめつつ微笑《ほほえ》んでくれた。

「もっ、もったいないお言葉です♡」

「アリスト様ったら、本当にお上手で困ってしまいますわ……♡」

恥じらう二羽の兎を見ながら思う。

鬼に金棒というちょっぴり物騒な響きの慣用句は今、役目を終えたのだと。

（鬼くんと金棒さん、今までありがとう。これからは『美女にバニー』が君たちの役割を引き継ぐ時代なんだ。だからどうか安心して鬼ヶ島へ帰省してね！）

馬鹿なことを考えつつも、俺達はメルさんの先導に従ってフロアを進んでいく。

すると間もなく、大空間の中でも高級そうな絨毯が敷かれた一角へとたどり着いた。

そこには座り心地の良さそうなソファと、洒落たローテーブルが並び、賭け事をする場所よりも随分落ち着いた雰囲気だ。

ただ、他の空間と違うのは雰囲気だけではなかったようだ。

（ここって……）

白いワイシャツを思わせる服の上に、黒いベストとスラックス。

首元には蝶ネクタイをして、手には白い手袋。

そのフロアではそうした男性調の服に身を包んだ女性達が、バニー姿の女性達に飲み物を渡したり、一緒に談笑したりしている。

「バニエスタブルー二つお願いします」

「三番さま、ご指名です。エルくん、よろしくね」

「アトリアくんもうすぐお時間なので、伝えてもらっていい？」

聞こえてくる店員さん達の会話からも、そこがいわゆるホストクラブ的な場所であることは俺にもすぐに分かった。

と、俺達を先導していたメルさんに声がかかった。

「あ、メル店長、お疲れ様です！」

明るい声を出すのは、そのお店の店員さんだろう。

男装が良く似合っている。

「お疲れ様。お店のほうは落ち着いてる感じやね」

「ええ。『グランデ』が始まりますから、この後も観客席のほうにお客様は流れるかと」

と、その店員さんはメルさんの後ろにいる俺達に目を向けた。

「あ！　そちらの方がさっきお話ししてた新人さんと、そのお友達ですか？」

「そ、そうや。うちが街で声かけさせてもらったんよ。お友達も店員に興味ある言うてな」

「へぇ！」

瞳を輝かせる店員さんだったが、彼女が何か言い出す前にメルさんが口を開いた。

「じゃあ奥の部屋を使わせてもろていいかな？」

「あ、はい！　ではごゆっくり」

「ありがとさん。じゃあ三人とも、こっちへ」

メルさんとともに俺達は高級そうな一角を通り抜け、数段上がったところに用意された個室へと入ることになった。

そこはさきほどまでの大空間とは打って変わって、静かで落ち着いた部屋であった。

「どうぞ、そちらへお掛けください」

メルさんに勧《すす》められるがまま、俺達はその部屋に用意されたソファへと腰を下ろす。

彼女も俺達の対面にあるソファへと腰掛けると、早速この場所についての話を始めてくれた。

「ここは『ムミティ・バニー』という大規模娯楽施設です。それでこの部屋は、うちが経営をしている男装ホストクラブ『美兎館《みうさのやかた》』の個室席になってます」

メルさんの説明にほぅ、と驚きのため息をつくのはイルゼさんである。

「先程聞いた時は驚きましたけれど、本当にそんなものがあるのですね」

俺とエフィさんもその言葉には大いに頷く。

その様子にメルさんは苦笑した。

「ホストいう仕事はバニエスタにしか無いそうです。アリスト様、もしご不快な気分にさせてしもうてましたら、本当に申し訳ございません」

俺は彼女の言葉に大きく首を横に振った。

「い、いえ！　全然不快じゃないです」

というか、綺麗な女性の男装姿というのはそれはそれで大変よろしい。

ご不快どころか、さきほどの女性達の姿にはちょっぴり見惚《みと》れてしまったほどだ。

「それに俺としては非常に助かりました。メルさんがこの店の経営をなさっていなければ、こうした男装をお借りできなかったでしょうし」

俺の着ている黒のジャケットとスラックスもまた、この店のホスト役の制服であり、店主を務めるメルさんがたまたま洗濯済みのそれを持っていたからであった。

それを衣装部屋にしまいに行くところで、モナさんの部屋から悲鳴が聞こえ……俺達と出会うこととなったらしい。

(ほんとにツイてたよ……！　下手すれば俺は女装だったし)

改めて自分の幸運を噛み締めていると、メルさんは穏やかに微笑んだ。

「アリスト様は、ほんまに寛大な御方なんですね」

そう言うと彼女はすっと席を立つ。

そして個室の入り口がある壁とは逆側の壁、そこに掛かっていたカーテンに手をかけた。

「先に言うた通り、お伝えしたいことは色々とあるのですが……」

カーテンが開かれると、そこには大きな窓があった。

室内はそこから入る茜色の日差しに満たされる。

「今日は特別な催しがあります。それがお伝えしたいことにも関係するので、まずはこちらでご覧ください」

メルさんに手招きされ、俺達はその窓際に並ぶ。

すると、コの字形をしているこの建物が囲むスペースを見下ろすことができた。

そこがビーチになっているのは予想通りだったが、思っていたのと違う部分もあった。

(これって、ビーチバレーコート!?)

というのも、建物が囲むビーチの中央にはネットが立てられており、ビーチバレーと非常によく似たコートが用意されていたのだ。

更にコートと思《おぼ》しきエリアの周りには観客席も用意されているようで、そこにはずらりとバニー姿の女性達が座っている。

(異世界にもビーチバレーがあったってこと、かな……?)

が、この景色が珍しいのは俺だけではなかったらしい。

隣に立つイルゼさんとエフィさんもしっかり瞬きを繰り返している。

「あ、あの、これは……?」

「なにか、始まるんですの……?」

ただメルさんに何かを聞く前に、建物に囲まれたそのエリアに大きな変化が起きた。

――ワァアアアッ!!

最初に起きた変化は、観客席から上がった大きな歓声だ。

女性達は一斉に拍手を始め、その視線は一点に集まっている。

(な、なんだなんだ……?)

一体何事か……と俺も彼女たちの視線の先を追う。

すると視界に入ったのは、観客席の間に用意された道を歩く二つの人影だ。

(二人ともすらっとしているし、選手かな……?)

まず目に入ったのは、先頭を歩く女性だ。

その女性は透《す》き通るような白肌に長い金髪、そして涼しげな顔立ち。

拍手を受けても表情を崩さない様子は、まさにクール系の美女といった感じだ。

（ちょ、えっ……えええええっ!?）

ただ……彼女の服装は全くもってクールではなかった。

レオタードの胸元には布が無く、彼女の張りのある乳房はほぼ丸出し。

乳首は金色の小さなニプルカバーでぎりぎり隠れていて、何故か左右のカバーは洒落た金のチェーンで繋がっている。

その上でお腹もくびれも丸出しで、局部だって本当に最低限しか布が無いのである！

（いやいやいや！　あれってもはや逆バニーってやつでしょ!!）

白や青を貴重とし、ファーが付いたジャケットを羽織っているが、それが彼女の露出度を下げているわけではない。

そればかりか、よりゴージャスに彼女のほぼ裸みたいな服装を引き立てていた。

「ファティエさまー!!　こっち向いてくださいませー！」

「領主様ー！　今日こそ、領をお救いくださいー！」

ひときわ大きく聞こえる歓声から、逆バニー女性の名前は『ファティエ』であり、このバニエスタの領主様であることが分かる。

一方、同じ道を歩くもう一人の女性はその領主様とは対照的だった。

「おうお前ら、今日も盛り上がっていこーぜ!!」

健康的な褐色肌で、夕陽に輝く髪の毛は銀のショート。

男勝りな顔立ちの彼女は観客に対し手を振り、歓声を煽《あお》るかのように声をかけている。

「アルーシャさまー!! 素敵ー!!」

「うぉおお! アルさんっ! 今日もカッコいいッス!!」

彼女は『アルーシャ』という名前のようだ。

熱烈なファンが沢山いるようで、ファティエ領主に負けず劣らずの歓声が上がっている。

そして負けず劣らずなのは、その女性が身に着ける衣装の過激さもであった。

(わ! こっちは中東のお姫様みたい……だけど、やっぱ露出多すぎ!!)

アルーシャと呼ばれる女性の服装はレオタードではなく、ビキニ水着に近い。

赤を基調としていてやはり面積が少なく、肉感たっぷりのおっぱいは今にも零れ落ちそうだ。

それに引き締まったお腹から下腹部にかけてはギリギリまで布が無い。

そのせいで、鼠径部《そけいぶ》の線が際どいところまではっきり見えている。

(すごい美人が二人、揃ってあんなにスケベなバニー姿だなんて……)

あまりの光景に魂が抜けかかるが、それを呼び戻してくれたのがメルさんの声だった。

「これから行われるのは『バニーボール』という競技の、『グランデ』という試合になります」

彼女はそう言って、観客席を通り抜けた二人の女性を指さした。

二人の美女はコート外で軽くストレッチをした後、ネットを挟んで向き合うように立つ。

ただ俺はその状況に強い違和感を覚えた。

(限りなくビーチバレーっぽいけど……あれって二人で一チームだったはず、だよね?)

しかし現状、美女はそれぞれのコートに一人ずつ。

つまり一対一の個人戦という様相なのである。

一体どういう競技なのかと困惑する俺に、メルさんは更に驚く情報を付け加えた。

「グランデというのは、バニエスタ領主を決める試合形式です。今は現領主のファティエに対し、アルーシャが挑戦を続けているのです」

(領主を試合の勝ち負けで決めるのか……！)

なんとも変わった決め方だ、と驚いていると。

早速コートの中に変化があった。

コートに立つ二人の美女がそれぞれに不思議な靴を履いたのだ。

(スケート、シューズ……？)

その靴は前の世界にあった氷の上を滑るスケートシューズそっくり。

ただ二人がその靴を履いて立っている場所はビーチである。

前世の感覚からすると、あまりにチグハグした組み合わせだ。

だが俺がメルさんにその組み合わせについて質問する暇もなく、状況は更に動いた。

ネットの側《そば》にいる女性の凛《りん》とした声が響いたのだ。

「先攻、挑戦者アルーシャっ!!」

立っている位置的に、おそらく審判役なのだろう。

その女性の手から、顔よりも少し大きいくらいのボールが渡った。

青と黄のボーダーが入ったそれを褐色の女性が受け取る。

するとあれだけ歓声で沸《わ》いていた会場が、一気に静まり返った。

「「「……」」」

その静寂の中。

コートの端でボールを持っていた褐色美女はボールを宙へと投げた。

(サーブ……かな?)

だが次の瞬間、ウィメから転移してきた三人組は揃って息を呑む。

「「「……っ!?」」」

結論から言えば、それは確かにサーブであった。

しかし宙に浮いたボールは、彼女の手で相手コートへと送られたのではなかった。

「はっ……!」

力強い声を放った褐色美女が天高く跳《と》び上がったかと思うと、そのまま空中で思い切りそのボールを蹴っ飛ばしたのである。

(あ、足で打つのっ!? それにめちゃくちゃ跳んでたけど……っ!?)

彼女はおよそ二メートルほどはジャンプしていたと思う。

何しろ放り出したボールとほぼ同じ高さまで跳び上がり、それをサッカーのシュートかのように蹴り出していたのだから。

だが、驚きはそれだけでは済まなかった。

そのボールが飛んでいくコートにいたファティエ領主もまた、異常な動きをしたからだ。

「す、砂の上を、滑っていらっしゃいますわ……っ!?」

そう、彼女は砂の上をスケートするかのように高速で滑っていたのだ！

そして目にも止まらぬ速さで飛んでくるボールに追いつくと、当たり前のようにそれを右手でレシーブ。

強烈なサーブの勢いを完全に殺したようで、そのボールは綺麗に直上へと上がっていく。

（まさか領主様のほうも……!?）

俺のそんな予想は的中した。

金髪美女はぐっとしゃがみこむと、やはり対戦相手と同じくらいの高さまで跳び上がる。

そして茜色の空に高く舞い、自身でレシーブしたボールをその長い足で蹴り飛ばした。

「ふっ！」

——パァンっ！

破裂音に近い音とともに青と黄のボールは相手コートへと返っていく。

そしてそこからは両者の凄まじい応酬がはじまった。

（嘘だろ……！　一対一でビーチバレーしてる……!!）

互いに高速のスパイクを放ち合い、砂の上を滑ってレシーブ。

打ち上げた球を右へ左へと打ち分けたり、あるいは絶妙な回転をかけたり。

場合によっては相手のスパイクをそのまま空中で打ち返すようなプレーも炸裂する。

金髪美女と褐色美女。

二人の常人離れした試合は、まさに一進一退の攻防だ。

「インッ！　ボール、アルーシャ！」

「うぉおおおっ!!」

「アウトッ！　ボール、ファティエ！」

「きゃあああ!!」

それぞれが得点する度に、それぞれのファンであろう女性達の歓声があがる。

褐色美女はそれに手を振って応じ、金髪美女は涼しげな表情を崩さない。

見応えのある試合は更に続いたが。

「そこまでっ!!」

二人の実力は本当に拮抗《きっこう》していたようで、試合は引き分けとなったらしい。

空が茜色から夜暗に変わり始める頃、壮絶な試合は終わりを告げた。

――ワァアアアッ!!

再び会場は歓声に包まれ、その中を二人の美女が優雅に進む。

選手退場といったところだろう。

二人とも肌に汗が浮かんでいるようではあったが、領主様はクールに、そしてアルーシャという女性は再び手を振りながら去っていく。

「「「……」」」

一方の俺達三人は、客席から女性達がいなくなってもまだ言葉を発せずにいた。

それほどに、目の前で行われた球技の迫力は凄まじかったのである。

（二人の過激な衣装が序の口に感じられようとは……）

ただ試合の興奮が収まってくると、ふと気になることが出てきた。

それはこの『グランデ』と呼ばれる試合を見た理由についてである。

「えっと……この凄い試合と、俺達に話したいことが関係あるというのは……一体？」

俺がメルさんにそれを聞くと、イルゼさんとエフィさんも同じことを思っていたらしい。

はっとした様子で窓から離れ、こくこくと揃って頷いていた。

メルさんはそんな俺達に軽く頷き返し、再びソファへ戻るように促す。

「これからしっかりお話しいたします。アリスト様を領主のもとへお連れできない理由も、皆様にしばらくここでお過ごしいただかなくてはならない理由も」

「「「えっ!?」」」

そして俺達は、バニエスタからウィメへ帰還するためには、大きな障害が立ちはだかっていることを知るのだった。


アリスト達が『バニーボール』の試合に見入っていた頃。

ウィメ自治領の宮殿、その執務室ではメイドのケイトとオリビアが驚愕《きょうがく》の声をあげていた。

「あ、アリスト様達が、狐の像が持っていた転移の力で……」

「女性都市バニエスタに転移したぁ!?」

思わずソファから腰を上げる二人。

彼女らに対し、その対面に座る初老の男性は頷いた。

「信じ難いとは思うがな。今はその可能性が最も高いと言える」

威厳ある声を出したのは、アリストの父であるペレ伯爵であった。

彼はテーブルの上に載せられた木片を手に取りつつ言う。

「この砕けた狐の像については私も調べていた。そして執事にさせていた調査で、その片割れがバニエスタに存在する、ということも掴んだばかりだった」

彼は少し前にアリストからバンドンがある程度軌道に乗ったという手紙を受け取っており、息子であるアリストと、今後の彼の地について相談するべくウィメへやってきていたのだ。

(まさかこのような形で入れ違いになるとは……)

良くも悪くも絶妙なタイミングでウィメへ到着した彼は、オリビア達に改めて座るよう促しつつ、話を続けた。

「図書室から光が溢れ出ていることに気づいて部屋に入ると、三人は忽然《こつぜん》と消えていた。そして部屋にはこれが残されていた……という話であったな？」

ケイトとオリビアが揃って頷くのを確認し、彼は木片をテーブルに戻して言った。

「アリストを支援してくれているという貴殿らが、嘘を貴族に聞かせる間抜けだとは到底思えぬ。だとすればこの像は、賢者が遺した転移魔法が込められた像だった、と考えるのが妥当だ」

当然のように女性を〝貴殿〟と呼ぶ貴族に、ケイトとオリビアはとても戸惑う。

とはいえ実際嘘はついていないため、二人はぎこちなくも改めて頷いてみせた。

「で、では……この像は首都から何らかの理由で流出したもの、ということなのでしょうか」

恐る恐る問うたケイトに、ペレは首を横に振る。

「そうではない。おそらく、首都が賢者関連のものを全て保管している、というのが嘘なのだ」

「「えっ!?」」

驚きの声をあげる女性二人に、変わり者の大貴族は話を始めた。

「この世界には歴史がぷっつりと途切れている時代がある。それは知っているな?」

視線を向けられたオリビアは戸惑いつつ、その代表的なものを口にする。

「一万年前にあったっていう『空白の時代』……だっけ？　不自然なくらい記録が残っていない時代があるって話は聞いたことがあるわ」

うむ、とペレ伯は頷いた。

「そしてそれと同じように、我々が生きる今に詳細が伝わっていないものが他にもある」

彼の言葉にはっとしたのはケイトだ。

「あ、あの……それは『遺物《いぶつ》』のことでしょうか。工法や素材が未だ解明されていない物品や建造物が、学者の間でそう呼ばれると聞いたことがあります」

「その通りだ。加えて『賢者』、セックスなるもので子孫を残す『自然交配』。この二つも名が残っている割には不自然なほど記録が少ない。さて、この『伝わっていない』という特徴の一致は単なる偶然か？」

大貴族は左右に頭を振り、確信めいた声色になった。

「各所にある『遺物』は我々の技術では再現できぬほど高度なものだ。だとすれば高い技術を持ったと伝わる『賢者』との繋がりを疑うほうが無理というもの。そして遺物を追えば『自然交配』に繋がっていく可能性もある。だからこそ私は調査を進め、この像にたどり着いた」

彼の言葉を聞いた後、オリビアはペレ伯爵が手にする木片を見つめてつぶやいた。

「そして実際、この狐の像は魔法を封じ込めた『遺物』だったってことね……」

ただ、褐色美女はそこで怪訝《けげん》な表情を浮かべる。

「話は分かったわ。でも……伯爵が首都の言うことが嘘だなんて言って、大丈夫……なの？」

「大丈夫では無かった、と言える。私の持論やそれに伴《ともな》った遺物の調査といった行為が原因で、アリストが首都を出ることになったのだからな」

彼の言葉にオリビアとケイトは胸が苦しくなった。

ペレにとってアリストの左遷《させん》が望まぬものであったと、その声色から十分に感じられたからだ。

「いや、気にするな。本人が愉快そうにしているのだから、もはや言う事はない」

ペレは二人に軽く首を振ってみせた。

「今重要なことは、アリストとウィメ領主らはバニエスタにいる可能性が非常に高いということ。そしてかの都市は今、その周囲に『大流砂』が起きる時期であり、通常の馬車だと三か月ほどは都市との出入りができない……ということだ」

オリビアとケイトもそのことは知っている。

この時期はバニエスタの周囲の砂漠が不思議とうねり出し、馬車の車輪が取られてしまい、どうしても進めなくなる……という自然現象が起きるのは有名だからだ。

だからこそ二人の顔色は非常に暗くなった。

「何か大変なことに巻き込まれてなければいいけど。アリストって、なんか色々引き寄せる体質に思えることもあるし……」

「ええ。ニュート様も今は首都へ所用でお出かけですし、どうしたら良いのでしょうか……」

容易には安否も確認できない二人にとって、この事態は大変に憂慮すべきものである。

無論、今後情報が共有される他の女性達も同じように思うだろう。

ただ彼らの帰還はさほど難しいことではない、とペレは言う。

「領主は大流砂を越えられる馬車を所持していたはずだ。アリストが男であることを鑑《かんが》みれば、それを貸してもらうよう依頼することも難しいことではないだろう」

ただ、それでもペレはバックアップの案を動かすことにし、事実既に行動を始めていた。

「あくまで保険としてだが、足回りの良い馬車を、うちの執事に取りに行かせた。首都との往復になるから今しばらく時間はかかるが。その際、ニュートも連れ戻してきてもらうことになっている」

「「えっ⁉」」

驚きの声をあげる二人に、ペレは更に続けた。

「領の執政は一旦はニュートとメイドらで回せ。それから事については箝口令《かんこうれい》を敷いたほうが良い。首都へと伝われば、アリストにも領主らにも良いことはないだろう」

彼の言葉に、オリビアとケイトは頷く。

ペレはそれを確認した上で、懐から紙を取り出した。

「我々の馬車でもそのままでは流砂を越えられん。石の取り付けや木材の加工も必要だ。ジュリエ宝石商会の人間に素材を注文し、できれば作業に加わってもらえるよう要請してくれ」

紙にペンを走らせつつ、ペレは更に付け加えた。

「ここまでするべきか疑問に感じるかもしれぬが、アリストは少し特殊だからな。何が起きてもいいようにしておいたほうがいいだろう」

「は、はい！」

「ええ、分かったわ」

ペレの発言は彼の本心であったし、オリビアとケイトも充分に納得していた。

一方で、保険にしては十全すぎるというのも事実。

それでもペレがこうしたのは、どうにも胸騒ぎが収まらなかったからであった。

（なにやら嫌な、いや妙な予感がするが……）

良くも悪くも絶妙なタイミングでウィメへ到着した大貴族。

彼の予感は、やはり良くも悪くも的中してしまっていたのである。

砂漠のオアシスに転移し、バニーボールという凄まじいスポーツの観戦をした翌日。

澄み渡った青空の下、俺とイルゼさん、エフィさんのウィメ組は、モナさんメルさんと共にシックな色合いの馬車に揺られていた。

（砂漠の中だけど、湖とビーチのおかげで南国のリゾートって感じもするなぁ）

そんな都市では年に一度『大流砂』という現象が発生するそうだ。

その際は都市の周囲の砂がうねるらしく、普通の馬車では行き来できない。

出入りできる馬車は領主様が所持しているそうで、それをお借りするのが、ウィメへ帰る近道だと考えたのだけれど。

（この指輪のせいで領主様に嘆願にすらいけないとはなぁ……）

俺は自らの右手を正面にかざし、その薬指に巻き付いた指輪をしげしげと眺めた。

これはウィメからの転移の際、俺の指に現れたものだ。

（どうやっても外れないし、困ったもんだ）

と、俺の指を隣から覗き込んだのはエフィさんである。

「お狐さんが巻き付いているみたいで、とても可愛らしい形だと思いますが……」

右隣に座るウィメの領主様は可愛らしく頬を膨らませた。

「これが『呪いの指輪』で、身に着けているだけで領を混乱に陥れる悪魔だなんて。古くからの伝承を重んじておいでなのは分かりますが、アリスト様を悪魔扱いなんてますます納得いきませ――」

ただ彼女が言い終わらないうちに、俺がかざした手は唐突に伸びてきた女性二人の手によって下へと下へと押し込められる。

「わ、わわっ!?　アリストさま、駄目です！　隠してくださいっ！」

「ど、どうかおしまいくださいませ！　ここからは人も増えますし、もし見られてしもたら、アリスト様に何があるか分かりません」

「最悪、砂漠に放り出されちゃいますっ！　そうしたらアリスト様はカラカラのシワシワになっちゃいます……！」

「どうか手袋を！　男装ホストの格好なら、手袋をしていても怪しまれることはないので」

顔を青くしながら言うのは、対面に座っていたモナさんとメルさんだ。

俺は二人の必死な様子に気圧《けお》される。

「ご、ごめんなさい……！」

慌てて手袋を着け直すと、メルさんが申し訳なさそうな表情になった。

「うちは他所《よそ》の都市から来た女です。だからイルゼはんのおっしゃりたいことも分かるんですが、バニエスタでは指輪は特別なもの言いますか……」

そんな彼女にイルゼさんは頬を引っ込ませ、すぐに首を振って謝罪する。

「い、いえいえ！　お二人を責めたかったわけではなくって……。申し訳ありません、浅慮でしたわ。他都市のしきたりについて詳しくないのに、無遠慮なことを口にしてしまいました」

ですけれど、とイルゼさんは難しい表情になった。

「アリスト様が男性だと知ったとしても、この指輪を着けているのが分かれば、無理やりにでも外の砂漠へ放り出そうとするだろう……とモナさんは昨日おっしゃいましたね。だから領主様との面会は不可能だと。バニエスタの領主様はそれほど強引な御方なのですか？」

イルゼさんの言う通り、確かに昨日俺達はその話を聞いていた。

本来なら、この世界の女性が男性に対しそこまで強硬に出るなど、正直信じ難い。

（でも二人の反応を見ると、あながちそれも嘘じゃなさそうなんだよなぁ）

知り合ったばかりの二人が揃って俺の手を触って隠そうとし、かつ昨日もこの指輪の存在にメルさんとモナさんが気づいた時は軽い騒ぎになった。

『どうか……どうか絶対に人前で手袋を取らないようにお願いします……っ！』

そう言って俺に頭を下げたメルさんの悲壮な表情は記憶に新しい。

そして俺の指輪に対する反応の理由は、モナさんの口から明かされることになった。

「強引なことをされかねないのは、『指輪の姫』は呪いの指輪をつけた者を打ち払う役目を持つ、と代々伝わっているからです」

指輪の姫。

昨晩も聞いた言葉だが、どういう意味だろう。俺達三人は揃って疑問の表情だったのだろう。

モナさんはそれに気づき、まず指輪の姫という言葉から説明を始めてくれた。

「え、えっと……バニエスタには領の宝、神話の時代にバニエット様からもたらされたといわれる指輪が二つあります。どちらも金色をしていて、その指輪は所持者を選ぶ性質を持ちます」

バニエット様、というのはこの都市で信仰されている神様である。

兎の姿をしていたとされ、領民の女性達がバニー服を好んで身に着けるのは、そのバニエット様に対する信仰の一環でもあるという。

「指輪が所持者を選ぶ……ですの？」

「はい。選ばれた者以外指に通すことができず、通せた場合数年は外れなくなります」

そして指輪を嵌《は》めることができた女性のことを『指輪の姫』と呼び、バニエスタでは都市を導く女性として厚く遇するのだという。

「不思議なもので、指輪が外れるときはどうやっても抜け落ちてしまうそうで。もう一度着け直そうとしても、今度はどうやってもつかへんらしいんです」

そうなった時には、次の指輪の姫を探す儀式が始まることになるそうだ。

「バニエスタの領主も、指輪の姫から決めます。姫になった女性二人がバニーボールで試合をして、勝利したほうが就任する……というのが古くからのしきたりです」

この都市では、バニーボールの勝敗には神様の加護が宿るとされているらしい。

だからこそ領主を選ぶ方法もその競技であり、『グランデ』と名付けられた神事として捉えられているようだ。

「今、ファティエとアルーシャがその指輪の姫になっとります。二人とも六年前に同時に選ばれて、その時はアルーシャが領主を勝ち取りましたが、三年前のグランデではファティエが勝ちました」

それを聞き、俺は昨晩の試合もグランデと呼ばれていたことを思い出す。

「つまり昨晩のあれも領主を決める試合だった……？」

俺が言うと、メルさんがしっかりと頷いた。

「ええ。三年ごとに指輪の姫はグランデで領主の座を競うことになっていて、今まさにその期間中なんです」

二人の実力は拮抗していて、昨晩で三度目の引き分け。

どちらの女性にも支持者がついており、試合だけではなく、互いが掲げる政策においても対立が深まっているのだという。

「政策……？」

俺が首を傾《かし》げた時、馬車が街中を抜け少し広い道へと出た。

すると窓からは湖面とその上に浮かぶ白いピラミッドが見え、モナさんはそれを指さした。

「あれは『バニミッド』と呼ばれ、かつて地上にあったものをバニエット様が宙空へ持ち上げ、留めてくださったものとされています」

するとい白いピラミッドの下になっていた地面から大量の水が湧き出し、ここがオアシスとなってバニエスタが出来上がった……という言い伝えがあるのだそうだ。

しかし、六年ほど前からバニミッドの高度はじわじわと下がり、ここ数年でその速度が加速してしまっているという。

「バニミッドの下には本当に大きな湧き水があります。ですが、あれだけ大きな構造物が着水してしまえば湧き水は完全にふさがれてしまうでしょう」

モナさんは悲しそうに続ける。

「そうなったら、バニエスタはお終《しま》いです。都市の別の箇所《かしょ》から代わりに水が湧き出してくれたら良いですが、バニエスタの地下は非常に硬い岩盤でそうした現象が起きるかどうかは……」

バニエスタは砂漠のど真ん中。

水源が失われてしまえば、どれほど大変なことになるかは俺にだって分かった。

「その上で現領主のファティエ様はバニミッド降下の理由について、外部から入ってきた女性が増えたことにある、とお考えで」

正確な因果関係は不明だが、外部女性の流入が著しく増加した時期と、バニミッドが降下を始めた時期は確かに同じだという。

「グランデで勝利した暁には、女性達の出入りを厳しく制限するおつもりなのです」

そして女性流入を増やしたのは前領主であるアルーシャ、あの褐色の美女の政策だったそうだ。

「ムミティ・バニーを中心とした商業の盛り上げに、アルーシャ様は力を入れていました」

モナさんが言うと、メルさんも続く。

「だから外部から来たうちみたいなもんにも声かけて、男装ホストクラブを作ったり、規模を大きくしたりしたんです。それで女性のお客さんは増えたんですけど……」

「同時にピラミッ……んんっ、バニミッドも下がってきてしまった……？」

「ええ。ファティエはそれを根拠に、外部の女性を追い出して、ムミティ・バニーも縮小、あるいは閉鎖を考えとるみたいです」

しかしそうなれば、ムミティ・バニーという娯楽施設で働いている女性や、その周囲を固める商店街など、主に商業に関わる女性達が黙ってはいない。

外部女性の流入とバニミッド低下の因果関係がはっきりしていないこともあり、主に商業施設に関連する女性達は前領主アルーシャの支持者に回った。

「なんで今、領内はファティエ派、アルーシャ派いうて二つに分かれとるような状況で。ピリピリしとる子らも少なくないんです」

「職場が無くなるかもしれないから、過激になっている人もいて……」

難しい時期に俺達は転移をしてしまったらしい……と思うのと同時に。

俺のしている指輪を隠さなくてはならない理由、つまりは領主が強引にでも俺を追い出そうとする理由も見えてきた。

そしてそれは、イルゼさんもエフィさんも同じだったようだ。

「イルゼ様。このような時に、アリスト様が件《くだん》の指輪をしていらっしゃると分かれば……」

「どちらの派閥からも危険視されるのは必定、ですわね。指輪にまつわる言い伝えの真偽はともかく、領主は領民の手前、甘い対応を取ることは難しいでしょう」

指輪の姫が『呪いの指輪を打ち払う役割を持つ』と伝わっているなら、なおさらだ。

そこへきて俺は魔法も使えず、首都から見放された男なわけで。

（都市の水源を守るために多少強引な手段に出ても、ってなっても変じゃないよね）

更にまずいことに、公的な場での手袋は禁止なのだという。

「呪いの指輪をしていないことを証明するために、公式な場では手を出す決まりなので……」

とはメルさんの言だ。

つまり、手袋で指輪を隠したまま領主様と公式に面会はできないのだ。

ただ一方でモナさんによれば、俺の指輪はバニミッドに悪さをしてはいないらしい。

「て、低下現象は六年前から始まっていますし、昨晩の測定では、バニミッド降下の速度は変動していなかったので、アリスト様の指輪とバニミッド降下には関係はないかと……！」

でも、と彼女は続けた。

「ボクの立場でそれを主張しても領内では聞き入れられないというか……」

しょんぼりとする彼女は元々前領主――つまりアルーシャという女性に仕える由緒正しい学者さんだったらしい。

しかしバニミッドについての研究に熱中するあまり、都市内にある『禁忌の遺跡』と呼ばれる遺跡へと忍び込んでしまった。

そしてそれが見つかったことで、領の研究施設からも追放され、学者としての信用は地に落ちてしまっているというのだ。

「好奇心は兎をも殺す、いうけど。まぁ、モナはまさにそれっちゅうことでして……」

メルさんはどこかで聞いたことがあるような表現をしつつ、苦笑を浮かべる。

ただ俺達としては、メルさんとモナさんの二人と出会えたことは大きな幸運だった。

裸で転移してきても、呪いの指輪をしていることが分かっても、二人は態度を変えることなく様々なことを教えてくれ、これほど良くしてくれているのだから。

その上、帰還についても絶望的というわけでは無かった。

「今日はファティエとアルーシャが『兎の舞』という踊りを奉納する儀式があります。うちはその後、アルーシャと会う時間を作れたので話をしてきます」

メルさんはアルーシャさんが開業を支援したという男装ホストクラブの経営者。

そのこともあって彼女とは親しいそうなのだ。

そしてその伝手《つて》を活かし、メルさんはアルーシャさんと話す機会をつくれるよう働きかけてくれることになった。

更に幸いなことにアルーシャさんはかなり話が分かる女性であるという。

「アルーシャ様は良くも悪くも恐れ知らずというか、かなり大胆な考え方をする人で……。禁忌の遺跡に入った時も、アルーシャ様はそういうやつが一人くらいいても面白いって、ボクを馘首《くび》にしないつもりでいらっしゃいました」

「なはは……まぁ、そのせいで罰当たりだと嫌う子もおります。ただうちらよりは確実に影響力がありますし、非公式な形でファティエとの面談にこぎつけられる芽もあるかと」

そうなればウィメへより早く帰還できる可能性が高まる。

ウィメの皆に心配をかけているのは間違いないし、領主不在というのも緊急事態だ。

帰還に向け、やれることはやっておきたい俺達としてはとても助かる話であった。

「「「よろしくお願いします」」」

「い、いやいやっ！　あ、あのお礼を言われるようなことじゃありません！　うちがすぐにファティエ領主に繋げないのが問題なんでして……」

と、馬車は緩やかに速度を落とし始める。

そしてまもなく美しい噴水のある広場前へと停止した。

「到着したようです。兎の舞を見ると運気が良くなるという話もありますし、皆さんもひとまず舞を楽しんでください」

メルさんの言葉通り験《げん》を担ぐべく、俺達は馬車から降りるのであった。


俺達が降り立ったのは、アラビアンなお城の前に作られた大きな広場だった。

その中央は周囲から数段上がった構造で、まさに円形の舞台といった趣《おもむき》だ。

そして今、舞台の上では金髪の美女と褐色の美女――ファティエ領主とアルーシャさんによる麗しい舞が披露されていた。

「おぉ……ファティエ様、なんと神々しい……！」

「アルーシャ様、綺麗……！」

二人の舞を見に来たのだろう。

広場には多くの女性が詰めかけており、あちこちから感嘆の声が聞こえる。

俺の両隣に立つイルゼさんとエフィさんも同じだ。

「なんと美しい舞でしょうか……！」

「ええ。とても優雅で、それでいて流麗ですわ……！」

集った皆が彼女らの舞に魅せられていたし、それは俺も例外ではない。

というかむしろ、俺が一番二人の舞から目が離せなくなっていたに違いない。

だって、彼女達がやっている舞というのが。

(踊りは踊りでも、ポールダンスなんですけど!?)

舞台上に立てられたポールを使った、なんともセクシーな踊りだったのだから!

(まさか神様にポールダンスを奉納する儀式だとは思わなかった……)

神様に踊りを奉納する。

そんな文化は以前暮らしていた世界でもあったため、儀式の話を聞いた時にそれほど驚くことは無かった。

ただまさかそれがポールダンスだったとは予想外である。

加えてその踊りの方向性は厳かというよりは……。

(な、なんかすっごいすけべな気がする!)

まずはファティエ領主の動きだ。

彼女は先程からしばしば、舞台に立てられたポールに手を添えながらI字バランスのようなポーズをする。

それは振り付けの一つなんだとは思う。

けれどポーズの後に艶《なま》めかしく腰を動かすため、その様は美女が自らすすんで自身の局部を見せつけるように見えてしまう。

しかも彼女が着ているのは際どすぎる逆バニーだ。

そんなことをすれば丸出しのお尻は魅力的に歪み、美しい鼠径部のラインも丸見え。

（い、いかんいかん！　これは厳かな儀式なんだ……煩悩退散、煩悩退散！）

この舞は縁起が良いという話もあって観覧させてもらっているのだ。

劣情を抱いてしまえば、それこそバニエットという神様のご機嫌を損《そこ》ね、本当に呪われてしまうかもしれない。

だから俺は断腸の想いで美人領主様の股ぐらから目を逸らすのだが。

そうすると今度は、その隣で踊るアルーシャさんへと視線が吸い込まれてしまう。

（うぅ、こっちでも美女が踊っていらっしゃるよぉ！）

ファティエ領主とは別のポールを使う彼女は、そのポールに軽くキスをして、小刻みにお尻を揺らしながらしゃがみ込む。

それだけでも充分魅惑のポーズなのだが、俺はそうして明らかになった彼女の股間部を見て、思わず小さく声をあげてしまった。

「わ……！」

彼女の下半身の服装は、ファティエさんほどは露出度が高くない。

それは彼女がパンティストッキングに似たスケスケのタイツを穿いていて、腰回りから膝ほどまで下りる前垂れによって脚の付け根や股間部を隠していたからだ。

ただ彼女がしゃがみ込み大胆に脚を開いたことで前垂れがずれ、その股間部がどういう状態にな

っていたかが分かった。

分かってしまった……！

（ぱ、ぱぱ、パンツ穿いてないのっ!?）

彼女はパンティストッキング以外、下には何も身に着けていなかったのである。

だからスケスケのレース越しに、さきほどからちらちらと危険な花びらが見えている。

一方でもっとも大事な女性の穴はポールが隠していて、俺のいる方角からは確認できない。

（それがまた一層すけべというか……っ！）

加えてしゃがみ込んだ彼女の動きもよろしくない。

瞳を閉じて、自分の局部をポールに擦り付けるように腰を揺さぶるのだ。

やましいことで頭が一杯な俺には、それが公開自慰行為のように見えてしまうわけで……。

「……っ……」

ごくりと生唾を呑んだ時には、既に俺の股間はすっかりテントを張っていた。

（ま、マズイ。外で、しかも女性が沢山周りにいるんだぞ！）

さり気なく手を前に組んで隠しつつ、我が息子に言い聞かせる。

が、それで熱が引いてくれるほど彼は聞き分けが良くない。

そしてマズイことに、彼の我儘《わがまま》を助長させる理由は他にもあった。

（昨日は何かとゴタゴタしてて、処理どころじゃなかったもんな）

俺とイルゼさん、そしてエフィさんは昨晩メルさんからある程度の説明を受けた後。

『その……いっそホストの見習いになっていただいたほうが、却《かえ》って安全やと思います。手袋をつけていても怪しまれませんし、宿泊場所も用意できます。まさか本物の男性が混じっとるなんて、誰も思いつきもしないですし……』

というメルさんの提案に乗らせてもらうことにした。

結果俺は男装ホストの研修生、そしてイルゼさんとエフィさんは男装ホストのお手伝いというふうに都合をつけてもらった。

そのため従業員の皆さんに挨拶したり、寮の部屋に案内してもらったり。

ともかく昨日は何かと忙しく、性的なことなんて考える暇も無かった。

が、一方でムラムラすることばかりだったのも事実だ。

(周りはバニーさんだらけだし、イルゼさんもエフィさんも素敵なバニー姿。そもそも射精直前で転移しちゃったし、モナさんのオナニーだって見ちゃってたし……)

我が息子はそれらをしっかり記憶し、ムラムラを溜《た》め込んでしまっていたのだろう。

そしてそこへ来て、美女二人の男を誘惑するようなポールダンスである。

肉棒がガチガチになっても仕方が無いと言えば、仕方がなかった……と思う、多分。

(この後はお休みしていいってメルさん言ってたし、ひとまずこれを乗り切って——)

このポールダンスもそこまで長く続くわけじゃないはず。

だからここは何とか誤魔化して後は部屋に戻ってから、なんとかしよう。

……という俺の考えはちょっと甘かった。

「……アリスト様♡」

右隣に立つイルゼさんに、俺の変化が見抜かれてしまっていたからである……！

バニー姿の彼女は俺の顔をじっと見つめた後、はっきりと俺の股間へと視線を動かす。

俺がぴくっと反応するのを見ると、じりじりと俺のほうへと寄ってきた。

「……ふふっ♡」

俺と恋人同士の距離となったイルゼさんは、いたずらっぽい笑みを浮かべる。

そしてそっとその左手を伸ばし、俺のズボンのテントに指を這わせ始めてしまったのだ。

（ちょ、わっ!?　ええっ!?）

俺はびくりと肩を震わせて慌てるが、イルゼさんが指の動きを止めることはない。

手のひら全体でテントを包み込んだかと思えば、人差し指で肉棒をズボンの上からなぞり。

カリの場所を探り当てて、指先で刺激してくるのだ……！

（イルゼさんの指技、どんどん上達してる気がするんだけど……っ！）

ズボンの上からでもイルゼさんの愛撫は的確で、とても気持ちいい。

そのため肉棒はどんどん硬度を増していってしまう。

もし手がどけられたら、もはや誤魔化しようがないほどのテントが張っているに違いない。

これ以上は周囲の女性に気付かれてしまうと思い、俺はイルゼさんに耳打ちをする。

「い、イルゼさん、流石に……」

すると彼女は指の動きを止め、俺に耳打ちをしてきた。

「……周りをご覧くださいませ♡」

俺は言われるまま、視線だけを動かして周囲を見る。

すると周囲には多くの女性がいるものの、確かに俺達の様子に気づいている様子はない。

「皆さん踊りに夢中ですから大丈夫ですわ♡」

左隣に立つエフィさんも、更にその向こう側に立つモナさん、メルさんも舞台上の踊りに視線を向けたままだ。

「それとも、わたくしの指はお嫌ですか……？」

黒バニー姿のイルゼさんが少し不安そうな表情を見せる。

愛する女性に瞳を揺らされ、抗弁なんてできるはずもなく。

俺はあえなく本音を漏らしてしまった。

「……き、気持ちいいです……」

途端にイルゼさんは瞳を輝かせ、指の動きを再開した。

同時に黒バニー服に包まれた魅惑の身体も密着させてくる。

イルゼさんの爆乳がひしゃげ、ただでさえ目を惹《ひ》くそれがより強調される形になった。

身長差のせいで彼女の深い深い谷間も丸見えだ。

「あの踊りがお好みだったのですね？　すっごく硬くなっていらっしゃいますわ……♡」

耳に当たる吐息と、押し付けられる柔らかい果実。

秘密の遊びのスリルは俺を高ぶらせるのには充分すぎた。

「あぁ、アリスト様ったら♡」

俺はついにズボンの上に恥ずかしい染みを作ってしまう。

「神事の踊りをご覧になって大きくしてしまうなんて……いけないアリスト様……♡」

段々と息が荒くなる俺に、イルゼさんは更にいやらしい囁《ささや》きで追い打ちをかけてきた。

「おっぱいですか？　お尻ですか？　アリスト様、どちらで逞《たくま》しくなさったのですか……？」

イルゼさんは俺を叱るように言葉を口にする。

ただその声はとても甘く、優しく、それでいて非常に艶めかしい。

俺に声色が見える能力があったら、きっと色気のある紫と暖かい桃色の間みたいな素敵な色を見たに違いない……！

一方で質問に対する俺の答えは単純明快であった。

（今この瞬間は二人のバニーさんのおっぱい……ですっ！）

その理由は、今繰り広げられている舞台上の踊りであった。

だって二人の美女が揃ってポールをおっぱいに挟み込み、上下に動いているのだもの！

（あれはもうどう見たってパイズリでしょ！）

ファティエ領主の乳首しか隠れていない真っ白な乳房も。

そしてアルーシャさんの今にも服から零れ落ちそうな褐色乳房も。

二セットの至宝がそれぞれにポールを挟むその光景は凄まじい。

が、特に危険なのはファティエ領主のほうだった。

（ファティエ領主の乳首、見えちゃいそう……！）

彼女は左右の乳首を金のプレートで隠しているのだけれど、何故かその二つのプレートが鎖で繋がっている。

にも関わらず躊躇《ちゅうちょ》なくポールをおっぱいで挟むので、その鎖は谷間へ押し込まれ、今にも両方のプレートが外れそうなのだ！

（おっぱいが引っ張られてる感じもたまんないよっ！）

更に硬くなる俺のペニス。

先走りの量も増え、恥ずかしい染みが広がっていく。

「ふふ……♡」

その様にいやらしい笑みを深めたのはイルゼさんだ。

彼女は吐息の色をもう一段濃くして、同時に手の動きも激しくしはじめた。

「おっぱいなのですね、アリスト様♡あのお二人のおっぱいを、可能なら揉みしだいて、吸って。いやらしい声を沢山あげさせて、また新たな女性を虜にしてしまいたいのですね……♡」

黒いバニー姿の金髪美女は、俺のズボンの中へするりと手を入れてしまう。

そしてカリを指で作った輪っかで包むと、激しく上下に動かし始めた。

「うぅ……はぁっ……」

――くちゅっ、ぬちゅっ、くちゅっ。

密やかな遊びは盛り上がっていき、俺も吐息を我慢《がまん》できなくなる。

イルゼさんはそんな俺の顔を大きな瞳で見つめた後、耳元で甘い言葉を囁いた。

「いけないアリスト様♡今はわたくしで我慢して♡わたくしのおっぱいで我慢して♡」

言いながらイルゼさんは俺の腕をおっぱいで挟み込み、ほんの少し上下してくれる。

それは明らかに舞台上の二人を意識した動きだ。

サービス精神旺盛な彼女は、けれどその手の動きを弱めることはない。

「あぁ♡アリスト様、わたくしのおっぱいでもいいのですね♡あぁ、出ちゃう♡白いの一杯、出ちゃう♡射精、来ちゃう♡」

「はぁ、はぁ……っ……」

激しく肉棒をしごきつつ、甘い囁きで俺を追いつめるイルゼさん。

（あぁ、こんなの我慢できない……っ！）

周囲に人がいるのに、ペニスはズボンの中のままなのに。

「イク♡アリストさま、おちんぽイク♡イクイク♡あー出る♡でるでるっ♡でちゃう♡」

「で、でる……っ！」

俺は彼女に導かれるまま、その手のひらへ精を放ってしまった……。

――ビュルルルッ！　ビュクッ!!　ビュルルルルッ！

「あはぁ♡アリストさまの、すごく熱いですわ……♡」

思わず足腰がぴくぴくと動いてしまうほど、その射精の快感は大きい。

その快感ゆえに、俺の視界からはポールダンスも周囲にいる女性達も消えてしまう。

吐息も懸命に堪《こら》えたつもりだが、精が放たれる度に情けない声が出てしまっていた。

「ふっ、くぅっ……はぁっ……ぁっ……」

精を受け止めつつ、更に俺のカリを刺激してくるイルゼさんの手。

「悪いアリストさま♡もっと白いおしっこおもらしして、悪い子になってくださいまし♡」

なんといけない誘惑だろうか……！

（また出る……っ！）

俺が彼女に導かれるまま、再びの射精にいたろうとした時。

周囲は突然拍手に包まれた。

「!!」

びくっと身体を硬直させる俺とイルゼさん。

俺の射精衝動も引っ込み、昇ってきていた精が尿道を降りていく。

（い、一体何が？）

急激に冷えた頭で周囲を見渡すと、ファティエ領主とアルーシャさんの踊りが終わったのだということが分かった。

二人は優雅なお辞儀をして、舞台を降り、そのままアラビアンなお城のほうへと歩いていくと、イルゼさんがズボンの中から手を抜き去った。

「……ぁっ……」

「……♡」

ぴくんっと反応した俺の前で、彼女は谷間から取り出したハンカチですばやく白濁液まみれの手を綺麗にする。

その様に見とれているとメルさんの声が聞こえた。

「ほなら、うちはアルーシャに面会の申し込みに行ってきます。それほど時間は掛からないので、しばらく街歩きでもしていただければ。モナ、案内頼むで」

「あ、う、うん。じゃあ皆さん一緒に……」

これといって妙な反応はなく、メルさんはお城のほうへと小走りで向かっていく。

幸いなことに俺達の秘密の遊びはバレていなかったらしい。

ただモナさんは俺の顔を見て、とても心配そうな表情になった。

「あ、アリスト様、随分汗が……！　あ、あのっ、馬車でお休みになりますか？」

無論、具合が悪くて汗をかいたわけではない。

とっても気持ちよかったせいで汗やら何やら色々出ただけである。

が、俺が何かを言う前にイルゼさんが俺の腕を軽く引いた。

「人に酔ってしまったそうですわ。馬車の中でゆっくり休ませていただいても？」

彼女の言葉にモナさんはすぐに頷く。

「も、もちろんです！　じゃあ、あの馬車までご案内を――」

ただその言葉はやんわりとエフィさんによって遮《さえぎ》られた。

「い、イルゼさま、お任せしてもよろしい、ですか……？」

エフィさんはイルゼさんの部下である。

だからこの発言は少し変であった。

（……あれ？）

しかし、俺がその理由に気づく前に、イルゼさんは満面の笑みで応じた。

「では、わたくしはアリストさまを馬車までお連れしますわ。エフィはモナちゃんと一緒に街を見ていらして。しばらくお世話になる街なのですし、色々知っておくべきですわ」

「承知しました。モナさん、ご案内をお願いします」

「は、はい！　ではアリストさま、ごゆっくりお休みくださいませ……！」

そうして二人の背中が遠ざかっていく。

すると、再び俺の耳にひそやかな、それでいてしっとりとした吐息がかけられた。

「……アリストさま。わたくし、沢山生意気を申し上げてしまいました」

「え？」

「で、ですから……お叱りをいただかないと、いけません……♡」

俺は、エフィさんが領主様の気持ちを慮《おもんばか》る素晴らしいメイドさんだと理解した。

だから俺は強引に彼女を抱き寄せ。

「……そ、そう、ですね……っ！」

なんとかそれだけ絞り出し、鼻息荒く馬車のもとへ向かうのであった。

アリスト達が乗ってきた馬車はメルの持ち物だ。

一度に六人まで乗ることができるため少し大きめではあるものの、デザインは落ち着いているため、これといって周囲の人々の目を引くほどではない。

そんな馬車は人がほぼ通ることのない路地裏、領民もそうは知らない穴場に停車していた。

なので……。

「あっ♡ああっ♡アリスト、さまぁっ♡あっ♡あっ♡」

「イルゼさん……っ！　ああっ、気持ちいいっ！」

馬車の中でイルゼとアリストが情交に耽《ふけ》っていても、気づく者はいない。

ただそうしたロケーションでなくとも、アリストはイルゼの身体を貪っていたかもしれない。

なにしろ彼は馬車に乗った途端、愛する女性が股間部の布をずらすのを見せつけられたのだ。

『わ、悪い兎に、たっぷりお仕置き、してくださいませ……♡』

二度目の射精が寸止め状態になっていたアリストに、その誘惑を退けることは不可能。

当然の帰結として、そしてまたイルゼが願っていた通り。

彼は『悪い兎』に容赦なく剛直を挿入したのである。

「おっ♡おんっ♡あ、ありすと、さまっ♡はげしいっ♡」

今イルゼは馬車の座席に寝かされ、高く掲げた脚を左右に開いた状態で、アリストの肉棒を受け止めていた。

牝口《めすぐち》からはダラダラと愛液を溢れさせ、大きな乳房を上下に揺らす。

バニー服から解放されたその先端に、彼は鼻息荒く吸い付いた。

「ふーっ、ふーっ！」

「んぁっ♡あぁあっ♡ち、ちくび、そんなに吸っては……っ♡と、とれてしまいますわ……っ♡」

イルゼが言っても彼は聞く耳を持たない。

そればかりか乳輪ごと吸い上げながら、固くなった乳頭を舌で滅多打ちにしはじめた。

「あ、あああぁっ♡」

熱烈で暴風のような愛撫を受け、彼女は座面につけていた背筋を大きく反らす。

結果、彼女の大きな乳房はアリストの顔へ更に押し付けられる。

彼は乳房から香る甘い匂いに興奮し、更に腰のピストンを激しくした。

「あっ♡あっ♡あぁあっ♡はぁっ♡ゆる、してぇっ♡ありすと、さまぁっ♡」

子宮口を突き上げられることによる鮮烈な快感。

そして乳房を揉みしだかれ、たっぷりと乳首をしゃぶられる甘くとろけるような快感。

二つの悦楽に耐えかね、イルゼは許しを請う。

だがアリストはそんな彼女に、いつもより少しだけ獰猛《どうもう》な表情を見せた。

「ゆっ、許さない……あんなところで、触ってきてっ！　イルゼさんが誘ったんだからね……っ！

お、お仕置きだよっ！」

イルゼはアリストのその表情を見て、愛おしさと嬉しさで胸が一杯になった。

彼が人に憤《いきどお》ることに慣れていないこと。

そして自分の身体にしっかり夢中になってくれていることが伝わってきたからだ。

（あぁ、なんて素敵な表情なんでしょう……♡どうかもっと、もっと我慢なさらないで欲しい♡もっとぶち撒《ま》けてほしい♡）

アリストと出会って半年あまり。

イルゼは彼と身体を重ねる中で、その優しさや思いやりを深く味わってきた。

それは身も心も蕩《とろ》ける素晴らしい時間であり、まさに天にも昇るひと時である。

ただ一方で、彼が獰猛に女性を責めるプレイも好きであることは知っていた。

そしてイルゼも、普段優しい彼にそうされることが大好きなのだ。

「あ、ああっ♡もうしわけ、ございませんっ♡わたくしっ、どうしてもおさわりしたくてっ♡あんっ♡はぁっ♡いけませんでしたか……っ？　あっ♡んっ♡」

「い、いけなくないよ！　でも、あんなところで……気持ちよくされたら困っちゃうよっ！」

「あっ♡あっ♡もうしわけっ♡ありませんっ♡で、でもっ♡はげしすぎっ♡ますっ♡」

「はぁっ、はぁっ、駄目だからっ！　ゆるさないよっ！」

「そ、そんなぁっ♡おち×ぽ♡そんな奥っ♡ゆるしてくださいましぃっ♡」

獣欲を解放しながらイルゼに覆いかぶさるアリスト。

彼はイルゼが快感を得ていることを確認しつつ、更に深く、速く肉棒を突き入れた。

「あっ♡ふかいっ♡あッ♡くるっ♡い、イグぅッ♡♡♡」

馬車を軋《きし》ませながら、イルゼは大きく身体を跳《は》ねさせる。

そしてアリストにだけ見せる淫らな表情をしつつ、その牝穴から愛液を吹き出した。

「で、でてるッ♡でちゃいますぅっ♡ありすとさまぁっ♡たくさん、でちゃいますのぉっ♡」

その様は牡《おす》に対する降参の姿勢に他ならない。

ただイルゼが愛してやまない牡は、それでも彼女を許さなかった。

「出してっ！　いっぱい出すとこみちゃうからっ！　ほら、もっと！」

「あッ♡はぁっ♡そんなっ♡いまはっ♡あっ♡またいぐっ♡イグッ♡いっぐぅぅうッ♡♡♡」

馬車が再び軋み、イルゼの悦楽の声が響いた。

彼は美女の絶頂を目と肉棒で楽しむと、一旦腰を止めイルゼの唇を塞ぐ。

「んんっ!?　んふっ♡ぴちゃっ♡ちゅっ♡えろっ♡」

舌が絡み合う中、イルゼは深い愛を伝えようと必死になる。

それは自分が二度深く絶頂したことを彼が気遣い、優しい責めへと切り替えてくれたのだと分かったからだ。

「ありすとさま……んっ♡ちゅっ♡お慕《した》い申し上げて、おります♡んっ♡ちゅぱっ♡」

アリストは度々《たびたび》、イルゼやエフィの性技の上達に驚愕している。

しかし驚愕させられているのは女性達の側もであった。

キスや愛撫はもちろん、ピストンの加減やセックス全体のリズムに至るまで、幾多の女性との経験を経て彼の性技は超一流の粋へ到達していたのである。

（アリストさまの口づけ、本当に気持ちいい……♡舌を絡めているだけで、お腹の奥がどんどん熱

くなって、あっ、またくるっ♡）

だからこそキスと柔らかな腰遣いだけでも、イルゼはまた達してしまった。

「～～～～ッ♡♡♡」

しかしその絶頂はアリストを追い詰めることとなった。

快楽の波に翻弄されたイルゼの肉付きの良い臀部が浮き上がり、艶めかしくアリストの下腹部へと擦りつけられたためである。

（う、うぉっ!?　吸い込まれそう……っ！）

それは肉棒を蜜壺の奥へ奥へと誘い込むような動きであり。

同時に絶頂によって激しく蠕動《ぜんどう》するイルゼの膣壁がカリを捉え、絶妙に扱き上げてきていた。

手とも口とも違う、粘液まみれの壁に絞られ、眼前には淫らな絶頂顔を披露する美女。

視覚と触覚からの快楽に肉棒は急激に熱を増し、兎への種付けに向けピストン運動を再開する。

「んッ♡ほぉっ♡おぉん♡おっ♡あッ♡」

再びイルゼの嬌声が響いた。

座席に臀部を押し付けられるような激しいピストンで責め立てられ、彼女の身体は自然と開いていた脚を閉じようとする。

が、イルゼ自身はそれを受け入れない。

（もっと、アリストさまに奥へ……っ♡奥へきてほしいっ♡）

美しい兎は自ら膝裏を掴み、牝穴を彼に捧げた。

「ふーっ！　ふーっ！」

「おッ♡ん　おおッ♡あッ♡あああッ♡」

互いに言語を失っていく、まさに動物的なセックス。

しかしそれでも二人は満たされる。

身体を通じて、お互いが悦《よろこ》び合っていることを感じあい。

時折合わさる視線を通じて、お互いの気持ちを伝えあっているからだ。

「ああっ♡おく、までっ♡おま×こ、おくまでっ♡使ってっ♡たっぷり、使ってぇっ♡」

「くぅっ、あぁっ!!　射精《で》る……イルゼさん、射精《だ》すよッ……！」

堪えきれなくなった彼は天を仰ぎながら、射精に向けたスパートへと入る。

イルゼは膝裏を必死で押さえつつ言った。

「あッ♡きてっ♡そそいでっ♡ありすとさまのおち×ぽでっ♡おッ♡おま×こにおしおきっ♡してくださいまし……っ♡」

そして車輪止めを乗り越えてしまいそうなほど、ひときわ馬車が揺れ。

「射精《で》るッ……！」

アリストは金髪を振り乱す兎の中へ、思い切り精を放った。

――ドビュルルッ!!　ビュルルッ!!　ビュクッ!!　ビュルルルッ!!

白濁液と共に快感を叩きつけられ、イルゼもすぐに後を追う。

「おおッ♡♡♡いぐっ♡♡♡おま×こ、いぐぅううウッ♡♡♡」

射精を受け止めながら、愛液を吹き出すイルゼ。

膣中《なか》を征服されて強い牡に屈服する幸せは、彼女の中にある牝を満たす。

「おッ……んっ♡あっ……はぁ……ッ♡」

絶頂の余韻で視界が白く染まり、呼吸もぎこちなくなるイルゼ。

しかしそれでも、優秀な牡の種を逃すまいと彼女の身体はいやらしく画策していた。

不規則に腰を震わせながら、更に膣中を締め上げたのだ。

（ま、まだ締まるぅっ!!）

射精中の敏感なところをヌルヌルの壁で責め立てられ、アリストは姿勢を保っていられない。

そのため彼はイルゼの身体へと倒れ込んでしまう。

汗ばんだ大きな谷間へ顔を突っ込み、アリストは愛する女性の柔らかさと甘い香りに包まれた。

（あぁ……最高……！）

だがそれは淫らな兎の罠でもあった。

自由になったイルゼの脚がすぐに彼の腰へと絡みつき、ぐいと牡を奥へ誘い込んだのだ。

「あっ……うわぁっ……!!」

精を放ったばかりの鈴口が不意に子宮口へと叩きつけられる。

そして膣中を締められれば彼に逃げ場はない。

アリストはイルゼの両乳房を鷲掴《わしづか》みにしながら、もう一度快楽の頂きへと駆け上がった。

――ドビュッ!!　ビュクビュクッ!!　ビュルルルルッ!!

広場の一件から既に合計三度目の射精になる。

が、その勢いは落ちることはなかった。

牝の最奥ゼロ距離で放たれた白濁液は、熱く、強くイルゼを叩きのめす。

「ま、またっ♡きてるぅっ♡くるっ♡くるくるっ♡イグゥうッ♡♡♡」

彼の腰をがっちりと押さえたまま、イルゼは何度も身体を跳ねさせた。

呼吸すら怪しくなる絶頂の波が彼女を襲ったが、その胸中は幸福一色である。

(あぁ、嬉しいっ♡アリストさまのものが、わたくしを満たしていってくれる……♡)

女性としての全てを肯定されるような心地を得つつ、その後も断続的に射精を受け止め。

「はぁっ……はぁっ……♡ありすと、さま……♡」

まさに彼女が欲しかったタイミングで、その唇をアリストが塞いだ。

「イルゼさん……んっ……」

「んっ♡ちゅぱっ……♡ちゅっ♡ちゅっ♡」

繋がったまま、そして乳房を揉まれながらの深いキス。

イルゼは身も心も満たされる悦びに浸る。

一方のアリストも、彼女の身体と行動から伝わってくる愛情をたっぷりと受け取っていた。

(あぁ、もうずっとこうしてたい……！)

そんな甘い余韻を楽しむ二人だったが、ふと視界の端に、何かが影を落としたことに気づく。

「「……？」」

アリストとイルゼは不審そうに一旦唇を離し、揃ってその何かへと顔を向けた。

そして揃って間抜けな声を出す。

「「あっ」」

それは馬車の外に、エフィとメル、そしてモナが頬を真っ赤にして立っていたからである。

「い、イルゼ様……その、す、少し長かったようで……」

「うちはその、アルーシャとの話がお、終わって、ま、まさかこないなこと……あのっ」

「せ、せっくしゅ、み、見ちゃった……。せっくしゅ……すごい……」

馬車の扉は閉まっているものの、そこには窓がついている。

そのため乗り込めるくらいまで近づけば、中の様子はある程度分かる構造だ。

そして三人の立つ位置や、その表情を見れば彼女らが分かっているのは明らかで。

となれば、今度はイルゼとアリストが頬を赤くする番であった。

「「〜〜〜〜っ……」」

ひとまず急いで身体を離し、身だしなみを整えようとする二人。

二人の準備が整うまで、馬車の側で様子を窺う三人……という構図になったのだが。

異変はその時に起きた。

「も、モナさん、指輪が」

「なんか光っとる、けど……？」

馬車の外に立っていた、モナの嵌《は》めている指輪が金色に発光しはじめたのだ。

最初にそれに気づいたエフィ、メルはもちろん、イルゼとアリストもその光に目を奪われる。

そして当然、当事者であるモナも指輪の光を驚きの表情で見ていたのだが。

ぱっと都市の中央に浮かぶバニミッドを見て、思わずといった様子で言葉を零《こぼ》す。

「……や、やっぱりそうだったんだ……！」

そして彼女は瞳を輝かせると、着替え中のアリストとイルゼがいるにもかかわらず、弾丸のように馬車の中へと飛び込む。

そして六人乗りの大型馬車とはいえ、それでも狭い床板の上で土下座をした。

「ちょっ!?」

「も、モナちゃん!?」

イルゼとアリストが驚きの声をあげるが、モナはそれには取り合わず。

彼女はアリスト達と出会って以来、最も芯の通った声で。

「アリスト様……っ！　ぼ、ボクと……アルーシャ様の前でセックスしてください……ッ!!」

「「「え、ええええっ！？！？」」」

決死の思いでお願いをするのであった。

第二章　学者バニーとエッチな仮説

幼い頃は暴れん坊とよく呼ばれた俺も、今ではバニエスタを背負う指輪の姫だ。

それなりに年齢も重ね、領主も経験することになった。

勉強そっちのけでバニーボールをふっかけてたあの頃よりは、少しは常識的な女になったとは思ってる。

ただそうなると退屈で面倒な付き合いも増えちまった。

互いの立場上、生真面目なファティエを昔みたいに揶揄《からか》うこともできなくなったし、馬鹿みたいに騒いで酒を呑むなんてこともできなくなる。

だからこそ、俺は。

『モナと、それからあと三人会ってほしい人がいるんやけど』

というメルの話に乗ることにした。

(モナは学者として雇った時から面白いやつだったし、メルが俺に会わせたがるやつってのも、なかなか面白い)

湖のほとりに作ったこの別宅で会うことにしたのも。

面会の時間を舞の奉納をした日の翌々日の夜にしたのも。

そこなら絶対に商業区関係の仕事が入らず、世話を焼きたがる舎弟達もいないと分かっていたからだ。

晩酌でもしながら、モナの変わった話やメルの世間話でも聞こう。

そう思って、俺はメルに返事をしたのだ。

『会ってもいいが、騒がしくしたい気分じゃない。悪いがメルとモナともう一人にしてくれ』

無事約束は守られ、今日は少数でまったり飲めるだろうと思っていたんだが。

「ぶーーーっ!!」

気づけば俺は口に含んだ酒を吹き出してしまっていた……。

「わっ!!」

「ひゃ、ひゃあ!?　アルーシャ様っ!?」

「あ、ちょっ!?　アルーシャ、なにやっとんねん！」

対面のソファに座った男装ホストとモナ、そしてメルが急いでテーブルを拭いてくれる。

「けほっ、けほっ、わ、悪い……！　けほっ、げほっ……」

一緒になってテーブルを拭きながら、俺もなんとか心を落ち着かせようとした。

俺も元領主であり、同時に指輪の姫だ。

粗野だと言われがちな俺だが、それでもこんな汚いことを好んでしたくはない。

慕ってくれる舎弟や商業区のやつらにも示しがつかないしな。

「ん、んんっ！　はぁ……」

だから俺は喉の調子を整える。

そして次は自分の調子を整えるために、改めてモナが披露した主張を復唱することにした。

「あー、モナ。お前は指輪の姫が絶頂した時の『えねるぎぃ』とやらで、バニミッドが浮かんでいる……そう言いたいのか？」

「は、はい……」

何て素朴な表情で頷きやがる……。

俺は軽い目眩《めまい》を覚えつつ、続ける。

変人学者の主張はまだ続きがあるからだ。

「んで。ファティエか俺、あるいはその両方が充分にオナニーをしていないから、バニミッドがだんだんと下がってきていると」

「そう、です……」

「それで……男とセックスして絶頂できれば、バニミッドは更に良い影響を受け、湧き水が押しつぶされる心配が無くなる可能性が高いと。そう、言うんだな？」

「はい……十年あまりの研究の結果、ボクはそういう結論に至りました……！」

ふんふん、なるほどな。

「ってなるかーーーーっ!!」

「ひゃあっ!?　ご、ごめんなしゃいっ!!」

「なーにが『ごめんなしゃい』だ！　可愛い声出しやがって、俺にあんなことやこんなことされたいのか‼　ああん⁉」

「ひっ⁉　されたくありましぇん‼　やめてくだしゃい‼」

「しねぇよ！　くねくねすんな、気色悪い！」

俺にそういう趣味はない。

けれどこうまでへんてこな説を主張されると、これくらい理不尽を言いたくなる。

それを曇りなき瞳で訴えてくるのだから尚更だ。

（言ってることと表情が全然噛み合ってねぇよ！　なんで真摯《しんし》な態度で、冗談みたいな話をしてくるんだこの女は！）

酔っ払っていないのに頭がクラクラするのを感じつつ、俺はモナに言う。

「今更言っても詮無いが、お前を馘首《くび》にすることになっちまったのは悪かったと思ってる」

モナは俺が領主になった当初から、つまり六年前に俺とファティエが揃って指輪の姫に選ばれた時から、バニミッドの高度低下が速まる可能性を訴えてきていた——自称というかモグリの——学者だった。

その時から食費を削って本を買い漁《あさ》るようなバニミッド馬鹿で、馘首にした後メルから様子を聞いてもそれは変わっていないらしい。

俺はそんなモナの姿勢が好きだ。

食べるものにかける金を減らしてまで、独学で勉強するやつはそうはいない。

だからこいつを領地付きの学者として雇ったし、当時妄言と呼ばれた学説を研究してみろと言ったわけだ。

「お前がバニミッド研究に革新を起こしたのは間違いない。あの時は浮上と低下を繰り返しているって通説が幅を利《き》かせていたが、結局はモナが主張していた通りになったわけだからな」

当時正確な測定が難しかったバニミッドの高度。

今それが測定可能なのも、測定の必要があると周知されたのもモナのおかげだ。

そしてバニミッド低下は以前から起きており、外部女性の流入増は少なくとも直接的原因ではない、と最初に主張したのもモナ。

俺はその主張に妥当性を感じているし、禁忌の遺跡への潜入事件が無ければ領民達もその説をもっと信じていたんじゃないかと思う。

「だがな、その……なんだ？　女がイッた時に発生する力とやらでバニミッドが浮上しているだなんて、流石に突拍子もなさすぎるぞ。それに……」

俺も面白い話は好きだが、限度というものがある。

それにモナからは更に奇抜な話も飛び出していた。

「こっちの男装ホストも実はホンモノの男で、ウィメから転移してきたとか言い出して。モナ、お前一体どうしちまったんだ？　なんだ、学者を馘首にした俺への当てつけか？」

俺は言いながら、メルの隣に座る色白の男装ホストを見る。

（女が三人も集った部屋で一緒に酒を呑む男がどこにいるってんだ）

ここは湖畔にあるコテージで、部屋の区切りは無い。

だから今こうして食事をしている場所から少し奥に行けばベッドだってある。

（本当に魔法が使えないってんなら、俺達に襲われたって文句言えないじゃねぇか）

そして大流砂が面倒だから、という理由で、首都からは外遊訪問はもちろん、執事の派遣すら渋られているのがバニエスタだ。

他の男が助けにくることも無いし、街から距離もあるから女だってこない。

目撃者がいるとしたら、部屋から見えているバニミッドくらいだろう。

（アリストって言ったか。最近その手の本で人気のあの方《かた》の名前を持ってくるなんて、なかなかに太い野郎だ。胡散《うさん》臭いったらありゃしないぜ）

俺はわざとするどい視線をそいつに向ける。

するとそのホストは申し訳なさそうな表情になった。

「あ、ええと……その、信じてもらうのが難しいお話だとは思います。ただモナさんが言ってることは本当なんです。だからもう少し先を聞いてもらえると……」

『もう少し先』のところで何故か顔を赤くする胡散臭いホスト。

それを見て、俺は少々の苛立ちを覚えた。

（ったく、なんだこいつは）

色白で整った顔とサラサラの短い髪。

女にしては低めで艶《つや》のある声。

少し広めの肩幅に、ぺったんこの胸。

そんで俺が出してやった酒を飲んだ時、美味《おい》しい！　とか抜かしつつ見せた笑顔。

（……あのアリスト様にそっくりすぎだろ！　それにさっきからちらちらと俺の乳やら脚やら見てきやがって！　その顔でそういうことされると濡れちゃうだろ！　やめろ!!）

今晩はこいつの顔を思い出しながらシちゃうかもしれない。

そうなったらどうしてくれるんだ！　俺はアリスト様が好きなのに、それじゃあ浮気みたいになっちゃうじゃないか！

（……って、今はそういう話じゃないぞアルーシャ。落ち着け、落ち着け）

俺は軽く息をついて自身を落ち着かせ、メルのほうに視線を向けた。

「メル、お前はこんな話信じてるってのか？　そいつが魔法が使えない男だとかいう話も」

メルはロビゴルドという女性都市から来た女だ。

出会った頃は靴職人をやってたが、腕と人を見る目は本物だった。

一度しか会っていないやつのことも詳細に覚えているし、少ない言葉からもその人間の人となりを見抜く。

依頼人が言葉にできない希望まで形にしていて、その評判は俺の耳にまで届いた。

だから俺はその能力を買って、『ホストクラブ』という新しい業態を任せたというのに。

「あのな。う、うちも、アルーシャの気持ちもよう分かるんやけど、あんまり失礼なことは言わんといたほうがええかなって思うっちゅうか……」

「ってことはお前もこいつが男だと？　本物のアリスト様だっつうのか？」

こくこくと頷くメルに、俺はため息をつく。

（こりゃ、確実になんか余計なことを吹き込まれてんな。ちっ……厄介な話だぜ）

商いを纏《まと》めていれば、時たまあり得ないくらい話術の上手いやつや、それを悪用しているやつと出会うこともある。

特に賭け事の周りにはそういうやつが集まってきちまうもんだ。

だからこそムミティ・バニーには、俺も時おり顔を出して、睨《にら》みを利かせてきたつもりだった。

地味な服ばっかり着たがるメルにも上等な服を押し付けて、悪いやつが手を出しづらい箔を付けさせたつもりだったんだが……。

（気後れして手出ししなくなると思ったが、今回は逆効果だったたっつうことか）

俺は再び偽者の顔を睨んでやる。

新人の商人が怖がると舎弟の奴らから止められている顔で、だ。

「っ!!」

偽者はびくっと肩を震わせ、反応した。

この感じなら少し怖がらせてやればボロを出すかもしれない。

それにこいつは今のうちに分からせておかなければ危険だ。

事実、メルやモナを踏み台に俺との面会にまでこぎつけている。

（俺は指輪の姫。都市の憂《うれ》いは打ち払わなければならない）

例え一度間違いを犯した女でも、外部からやってきた女でも。
バニエスタに住むのなら、それは俺が守るべき、そして守られてしかるべき女だ。
場所ではなく、彼女達こそがバニエスタなのだ。
「男を騙《かた》る貴様、よく聞け」
俺は都市を守り、任された姫である。
そして今その生き様を体現できなければ、姫としても友人としても失格だ。
俺はバニエット様から天罰を受けるだろう。
「今ならば砂漠に放り出すのは勘弁してやる。正直に正体を言え」
ぐいと顔を近づけ、俺は偽者を脅してやる。
(さぁ、ボロを出せ。俺の目を誤魔化せると思ったら、大間違いだ)
偽者の動揺は手に取るように分かった。
視線があちこちへ泳ぎ、その頬《ほお》も真っ赤である。
口がパクパクと動いてるし、俺への謝罪の言葉を探しているに違いない。
……が、沈黙を破ったのは偽者ではなく、モナであった。
「あの、アリスト様……その……いい、ですか……?」
不安げに、それでいて懇願するような表情で偽者に語りかける。
ことここにいたってまだコイツのことを信用してしまっているらしい。
(ったく、一体どんな手を使いやがったんだ? こいつは)

一旦モナと偽者を遠ざけようとした時、予想外のことがはじまった。

「う、うん。俺はもちろんいいけれど……。モナさんも、いいの？　ここで」

「はい……♡」

何やら意味深なやり取りをした後、モナが偽者のズボンに手をかけたのだ。

「ちょ!?　も、モナ!?　何をしてるんだ……!?」

戸惑う俺の前でカチャカチャとベルトが外され、するりと偽者のズボンが落ちる。

そしてぶるんっとそれが俺の前に現れたのだ。

「おっ、お前……そ、そそ、それ……ち、ちち、ち、ち×ぽ……!?」

絵でしか見たことがないそそり立つ肉塊。

血管が浮き出た力強い竿と、桃色に光るさきっぽ。

うっすらとにじむ透明《とうめい》な汁。

「なぜ、なんでだ……そ、そんなもの、どうして……!?」

俺はその威容に気圧されて腰が抜け、座っていたソファへ身体を戻してしまう。

そして俺は見せつけられることになった。

「アルーシャ様……どうぞ、よくご覧になっていてください。今から、ボクの説をアリスト様に証明していただきますから……♡」

モナの突飛な仮説が、決して冗談では無かったことを……。

『アリスト様……っ！　ぼ、ボクと……アルーシャの前でセックスしてください……ッ！』

モナさんにそう頭を下げられてから二日後の夜。

俺はモナさんとメルさんと共に、褐色美女アルーシャさんの別宅にいた。

そこは南国リゾートホテルのコテージのような作りをしていて、湖側に突き出したデッキからは月明かりを映す湖面が見える。

しかし今俺が楽しんでいるのはコテージの内装でも、夜の凪いだ湖面でも、アルーシャさんが振る舞ってくれた美味しいお酒でも無く……。

「……んっ♡ちゅっ♡んんっ♡」

ソファに座る俺の膝の上に跨《またが》る、モナさんの唇と豊満なおっぱいであった。

両手で彼女の胸を揉みしだきながら、ついばむようなキスをする。

するとモナさんは頬を赤く染め、いじらしく身体を捩《よじ》った。

「あっ♡はぅっ……ちゅっ♡んちゅっ……♡」

モナさんから『指輪をつけた女性の絶頂によってバニミッドが浮いている』という話を聞いた時、俺もさきほどまでのアルーシャさんと同じように驚いた。

これほど大規模な構造物が、たった数人の女性の性感によって浮上しているとは到底思えなかったからだ。

ただ、モナさんはそれをものすごく説得力のある方法で証明してくれた。

『じゃ、じゃあ見ていてください……ね……』

彼女はバニミッドの高さを測定する道具が設置された自室、つまり俺達が転移した部屋にて、俺やイルゼさん達が見守る中、自らオナニーを披露したのだ。

『イ……いっ……イクッ♡♡♡』

身体中を羞恥《しゅうち》で紅潮させながら彼女は絶頂を繰り返し、バニミッドの高さがわずかに上昇することを数度にわたって証明した。

同時にそれを見て驚く俺達に対し、彼女自身がしている指輪は、指輪の姫たる証《あかし》の金の指輪の、幻の三つ目である……ということも教えてくれたのである。

『指輪は三つ存在する、と書かれた書物は複数ありました。けれどまさか禁忌の遺跡に落ちていた指輪がそれだとは思わず、試しに嵌《は》めてみたらとれなくなってしまって……』

彼女はその後、私生活の中で性的絶頂とバニミッドの関係に気づいた。

同時に指輪をつけた人間が深く絶頂を繰り返すことで、バニミッドの恒久的な浮上の可能性があることにもたどり着いたのだという。

『どうか、ご協力をお願いできませんか……っ!? アルーシャ様に、全ての変化を見ていただきたいのです……！ ぼ、ボクの人望では、領民の皆さんには信じていただけない、ですから……』

都市の水源に関わる話だし、当然協力を拒む理由は無い。

しかし、よりによってそのご協力の内容が。

『あ、アルーシャ様の眼の前でボクのお、おま×こ穴を突いてください……っ……！ ボクが沢山イけば、ピラミッドに目に見えるほどの変化があるし、アルーシャ様の指輪も光る……はず、です』

処女の女の子との公開セックスになるとは……！

とはいえ、そもそも俺はそのお願いを魅力的に感じて仕方が無かったし。

『アリスト様の逞《たくま》しさに女性達がスケベな顔でひれ伏すことは決まっているのです。そして今、バニエスタの女性達がその順番を迎えただけのことですわ♪』

『バニエットという神様はきっと、アリスト様を救世主としてお呼び寄せになったのです。どうかバニエスタの女性達も、アリスト様の暖かいお心と、熱くて硬いものでお救い下さい♡』

イルゼさんとエフィさんにそんなふうに力強く賛同されたことで、俺は協力を決めた。

しかしそれでも心配はあった。

一つはそんな特殊な状況でちゃんと勃起できるのか、という俺の問題だ。

ただ、それはアルーシャさんの服装によって問題では無くなった。

（アルーシャさんが脚を組み替えるたびに、デルタゾーンが丸見えなんですけど……！）

彼女は今日もスケスケタイツにノーパン。

タイツに入った模様が大切な穴を隠してはいるが、その模様から花びらがはみ出ている。

それがちらちらと視界に入る状況なのだ、俺が勃起しない理由は無い。

ただもう一つの心配は、今膝の上にいるモナさんである。

『あ、アリストさまと、お、おセックスをさせていただいた場合、その性的絶頂は自慰以上なのは確実、です……。そうなれば指輪が弾け飛ぶようなことがあってもおかしくありません……』

指輪が無くなってしまえばアルーシャさんを説得するためのデモンストレーションは不可能。

モナさんはそう考えていて、だから今日処女を俺に捧げるということを譲らなかった。

(モナさんにとっては、初めてのセックスなのに)

彼女の都市を思う心と決意は相当なものだ。

それには当然応えたいし、協力だってしたい。

(でも一人の男として、できたら素敵な夜だったたって振り返ってもらえるようなエッチにもしたい……！)

だから俺は、いつも以上に穏やかな愛撫に徹していた。

そして幸いなことに、モナさんはそれを気に入ってくれたらしい。

「ちゅっ……ぇろっ……ちゅぱっ♡はぁっ……ありすと、さま……♡」

甘い声で俺を呼び、少しずつ身体の力を抜いていく。

その様子にほっとして、俺は彼女の乳房を揉んでいた手を服の中へと入れた。

すると想像していた以上にモチモチの感触が俺の掌の中で弾ける。

(わっ……すっご……！)

乳房のほうから手を包んでくる、と言ったら良いのだろうか。

そしてその柔肉の中に硬い突起も感じた。

俺はそこへ指を這わせ、軽く弾く。

するとモナさんは敏感に背を反らせた。

「あぁんっ♡あ、はぁあ……っ♡」

いつもは遠慮がちに話す彼女。

会話に苦労するほどではないが、声も小さめだ。

けれど乳首を責められてあえぐモナさんはそうではない。

コテージの中に、透き通るような声を響かせてくれるのだ。

(なんて綺麗な声なんだろう……!)

もっと聞きたい。

胸を高鳴らせたまま、俺はいよいよ彼女のおっぱいを外に放り出す。

そして露わになった、彼女の美しいピンク色の乳輪へとしゃぶりついた。

「あっ!? あ……っ♡んはぁっ♡あ、あああっ♡」

嬌声を上げ身を捩るモナさん。

そのことで俺の頬にはしゃぶっていないほうの乳首もつんつんと当たる。

それはまるでこっちも吸って欲しい、と訴えているかのようだ。

もちろん俺はその訴えを全面的に受け入れ、そちらの乳首にも舌を伸ばした。

「ふあぁんっ♡あっ♡あはぁんっ♡」

新たな刺激に青い兎さんは身体を前後に揺らす。

そのことで俺の肉棒の裏筋は、彼女の股間部と内ももで擦り上げられる形になった。

するとモナさんの穿《は》く目の大きめな網タイツがむちむちの太もも一緒に押し付けられ、今まで感じたことが無い快感が下腹部に広がる。

（網タイツが、カリを掠《かす》めて……気持ちいい……！）

鈴口からじわりと先走りが分泌されるのが分かる。

しかしそこが粘ついているのは、俺のせいだけでは無かったようだ。

モナさんのハイレグの脇からも、明らかに淫らな液が漏れていた。

俺は乳房から口を離し彼女の顔を見る。

「モナさん、気持ちいい……？」

少し意地悪な質問をすると、彼女は口元に軽く手をやりながら頬を染めた。

「ふぅっ、んぅっ♡は、はい……っ……あっ♡」

こくりと頷くモナさん。

そのいじらしい様子に興奮し、俺は彼女の乳を揉みしだきながら、その股間を責めるように腰を動かした。

「ああっ♡はぁああっ♡あ、当たってます……っ♡お、おち×ぽさまが、当たってる……っ♡」

再び嬌声を上げるモナさん。

だんだんと彼女のほうからも腰を動かし始め、コテージの中にはいやらしい音がしはじめた。

――くちゅ、ぬちゅっ、くちゅっ。

ずぶ濡れになったレオタードと、先走りまみれの肉棒が擦れ合う音だ。

「気持ちいい……？　痛くない？」

「はい……はいっ♡ああっ♡ありすと、さま……♡きもち、いいです……っ♡」

その言葉を聞き、俺はモナさんの股間部へと手を伸ばす。

そしてそこを隠していた布をぐいと脇へとずらすと、いよいよ愛液を溢れさせる牝口が俺の肉棒と接するようになる。

硬く凝った陰核が俺の裏筋の上をすべり始めると、モナさんの声も、ひときわ大きくなった。

「ああっ♡き、きもちいいっ♡ありすとさまの、おち×ぽさま……かたいっ♡」

見られている恥ずかしさに慣れたのか、それともそれを忘れてくれたのか。

モナさんはますます大胆に腰を前後に動かすようになり、裏筋へ熱烈なキスをしてくる。

俺はそんな彼女の様子が愛おしくなり、その背に手を回して引き寄せる。

すると彼女のほうから俺にキスをしてくれた。

「んちゅっ……ふぅっ♡ありしゅとしゃま♡んっ♡ふぅんっ♡」

腰をいやらしくくねらせながら、俺の胸板に大きな乳房を押し付けるモナさん。

キスもすぐに深くなり、互いの唾液を交換し、舌を追い回すいやらしいものだ。

しばらく身体を押し付けあった後、ふいに彼女はキスをやめ、気まずそうな表情になる。

「す、すみません！　ボク、その、つい夢中に、あっ♡ふぅっ……♡こ、これはそういうのじゃ、ないのに……んっ……♡」

俺にとってそれはなんとも的外れで、それでいてとても嬉しい言葉だった。

だから気恥ずかしさを我慢《がまん》して、俺もできるだけ気持ちを言葉にする。

「俺で気持ちよくなってくれて嬉しいよ……ふぅっ……くっ……。むしろ、もっとシてほしいことがあったら、言ってほしいな」

——じゅちゅっ、ぬちゅっ、ぢゅぽっ。

一度は止まってしまった秘部の擦りあいが再開され、モナさんが身を捩る。

「そ、そんな……あっ♡ありすとさま、んっ♡ああっ♡こ、こうされているだけでも、すごく、き、気持ちいいです……っ♡」

しかし、その表情は何かに逡巡《しゅんじゅん》している様子だ。

きっと言いたいことがあるに違いない、と彼女のクリトリスが裏筋に擦りつけられる快感に耐えていると。

モナさんは瞳を情欲に濡らしつつ、口を開く。

「も、モナって呼んで、ほしい、です……ぁっ♡」

俺はすかさず声をかける。

「モナ。気持ちいい？」

すると彼女の牝口からはじゅわりと愛液が溢れ出した。

「あっ!? は、はぁい♡きもちいい♡おち×ぽさま、すごくきもちいい……っ♡」

騎乗位でグラインドするかのような腰付きになるモナ。

そして彼女はもう一つ、素敵な告白をしてくれた。

「ありすとさま……っ♡ほ、ほしい……ですっ♡ぼ、ボクの穴に、突っ込んでほしいです……っ♡」

いつもは控えめな彼女が、ついに欲望に染まった言葉を口にした。

そこにはデモンストレーションとしてではなく、純粋にセックスをしたいという気持ちが感じられ、俺の身体はかぁっと熱くなる。

同時に欲望に塗《まみ》れる彼女への嗜虐心《しぎゃくしん》を煽られ、ついつい意地悪を言ってしまった。

「アルーシャさんとメルさんがいるのに、いいの？　全部、見られちゃうよ……？」

「!!」

彼女は改めて二人の存在を意識したのだろう。

びくっと身体を震わせ淫猥《いんわい》な腰の動きを止める。

けれど意識したのはモナだけでなく、名前を出したアルーシャさんとメルさんもであった。

モナの身体越しに見える褐色美女と、赤いドレスの貴婦人がびくんっと肩を動かす。

「……!!」

「……ッ……」

皆の動きが止まり、部屋を沈黙が支配する。

ただ俺はその沈黙の中、一つの確信を得ていた。

それは肉棒に熱い愛液が次から次へとまぶされていたからだ。

「ひゃっ!?」

俺は一度モナの身体を抱え、そのまま くるりと反転させる。

対面座位の体勢から背面座位の体勢に。

それによってモナの顔はアルーシャさんのほうへと向けられることになった。

「あ、ありすとさま……っ！　こ、こっち向きは……あ、アルーシャ様が……っ！」

わたわたと慌てだすモナ。

ただ予想通り、その愛液が止まることはなかった。

だから俺は後ろから彼女の乳房を握りしめつつ、すでにぐずぐずに蕩《とろ》けていた膣中《なか》へ侵入した。

「あ、あ、ああああっ♡」

鈴口が最奥へ到着すると、彼女はびくんびくんと身体を跳《は》ねさせる。

きっと軽く絶頂してくれたのだろう。

「はぁっ……はぁっ♡あっ、はぁっ♡」

しかし彼女の指輪はまだ反応していない。

俺はそれを確認し、より深い絶頂へ至ってもらうべく、まずはモナの太ももを開かせる。

「あぅっ!?　あ、ありしゅとしゃま……!?」

そして戸惑う彼女を敢《あ》えて無視して、思い切りピストンを始めた。

――ぱんっ！　ぱんっ！　ぱんっ！

上品なコテージに似つかわしくない交尾の音が、響き渡る。

「ひゃうっ!?　あっ!?　ひゃあっ！」

唐突にはじまったピストン。

モナはそれに驚きの声を上げはするが、すぐにその声は甘く変わっていく。

「あっ♡はぁあっ♡んはっ♡はぁんっ♡」

あっという間に淫らな踊りを披露《ひろう》してしまうモナ。

俺はそんな彼女のたっぷりとした尻肉に腰を打ち付けながら、彼女に耳元で囁《ささや》いた。

「くっ、ふぅっ……見られてるよっ……！　モナの、すけべなところ……！」

「い、いやっ♡い、いわないでくださいっ♡ありすと、さま♡いわないでっ♡」

モナは嫌々と可愛らしく首を横にふる。

だが彼女の身体は素直だった。

その証拠に彼女の膣中《なか》は激しく締まり、その両脚はいやらしく開いたままだ。

「ほらっ、ちゃんと、脚を開いて……！　皆に証明しないとだめだよ……っ！」

「ああっ♡でもっ♡でもぉっ♡こんなっ♡いやらしい格好したらっ♡だめですっ♡だめぇっ♡」

再び首を振るモナ。

「だめじゃ、ないよね……くぅっ！」

自分の性癖を隠そうとするいやらしい兎さんを成敗すべく、俺はひときわ大きく突き上げる。

そして膣の前側に亀頭を押し当てると、彼女はいやらしい汁を吹き出した。

「あぅッ♡んぁあああっ♡♡」

ガニ股のまま、びちゃびちゃと愛液を吹き出す兎さん。

ひくひくと身体を震わせる彼女の乳房を鷲掴み、俺は更に追い打ちをかける。

「すき、でしょっ。見られるのっ……くっ……！」

「ひゃんっ♡あっ♡あっ♡そんなこと、あっ♡ないですっ♡」

「でも、凄《すご》く締まってるよ……っ！　モナ、素直にならないと駄目だよっ！」

「ち、ちがいますっ♡ぼ、ボク、そんなことっ♡あっ♡あっ♡」

びゅるびゅると愛液を吹き出しながらの抗弁はまったく説得力がない。

これはもう確実だ。

俺は大人しそうなモナが、そんないやらしい嗜好を持っていたことが嬉しくて、更に突き上げてしまった。

「ほらっ、素直になって……っ！」

「あっ♡あっ♡あっ♡あああっ♡ありすとしゃまっ♡はげしっ♡あっ♡」

ほとんどブリッジするくらいに身体をそらして快楽にあえぐモナ。

そしてついに、その口から嬌声とともに本音が漏れ出した。

「あッ♡んッ♡す、すき、ですっ♡み、みられるのっ♡おッ♡す、すきっ♡」

「俺達にっ、オナニー、みられて、気持ちよかった？　くっ、ふぅっ！」

「は、はいっ♡あ、ありすとしゃまがっ♡んあッ♡い、いっぱいみてくれたからぁっ♡」

「〜〜〜〜っ！」

なんて可愛い兎さんであろうか。

俺もたまらずピストンを深く、激しくしていく。

「はぁんっ♡あぁんっ♡す、すけべでぇっ♡ごめんなしゃいっ♡ああっ♡あるーしゃさまぁっ♡めるぅっ♡ごめんなしゃいぃっ♡」

――じゅぶっ！　ずぶっ！　びちゃっ！　じゅぶぶっ！

モナのいやらしい謝罪に負けないくらい、淫靡《いんび》な音が響く。

ちらりと二人の同席者を見ると、メルさんは首まで赤くしつつ、ちらちらとこちらへ視線をよこし、パクパクと口を動かしていた。

「ぁ、わ……は……」

一方、アルーシャさんはソファに背を預けたまま唖然《あぜん》としている。

が、その大きな瞳は明らかに俺達が繋《つな》がっている場所に固定されていて、その頬は赤い。

(あぁ……見せつけるってなんか興奮する……っ！)

別に俺がアルーシャさんやメルさんに何かしたわけではない。

けれど美女二人が俺達の行為に釘付けになっている、という事実が俺を高揚させていくのだ。

その高揚はすぐさま性感に変換され、ぐつぐつと玉袋の中が熱されていく。

肉棒全体がそれに合わせてパンパンに腫《は》れ上がると。

「んッ♡　おッ♡で、でるっ♡おつゆ、でるッ♡」

俺の上で淫らに跳ねる兎さんが愛液を噴《ふ》き、更にカリを締め上げる。

まるで見計らっていたかのような責めに、俺の射精欲はごうと高ぶり、耐えられない領域へと押し上げられてしまった。

「はぁっ！　はぁっ！　モナ、射精《だ》すよ……！」

俺は我慢を諦め、モナの腰を両手でつかむ。

そしてそのままスパートに入った。

「はいっ♡くだしゃいっ♡いるぜしゃんにしたみたいにっ♡いっぱい、くだしゃいっ♡」

モナがそうおねだりをしてくれた時、彼女の指についた指輪がキラキラと光を放ち始める。

それに対し、アルーシャさんが大きく反応を見せた。

「そ、それは……！」

ただモナは動きも声も止めない。

きっと今の彼女の視界にはそれが入っていないんだろう。

相変わらず愛液を吹きながら、きゅんきゅんと肉棒を締め上げてくれるのみだ。

「ほしいっ♡ほしいでしゅっ♡ぼくのおま×こ穴にっ♡おち×ぽさまからっ♡おしゃせいくだしゃいっ♡」

（あぁ、モナがこんなにすけべな娘だったなんて……！　こんなの我慢できないよ！）

彼女がちゃんと目的を忘れてくれた。

それが嬉しすぎて肉棒の中を熱いほとばしりが駆け上がる。

「いくよ……モナっ！　射精《で》るッ……！」

俺はそれを抑えることなくモナの腰を引きつけ、思い切り肉棒を突き入れた。

「んおッ♡」

子宮口と鈴口が衝突し、モナの身体が反り返る。

そして豊満な兎を征服するために、煮えたぎった精が放たれた。

――ビュルルルッ!!　ドビュドビュッ!!　ビュルッ!!

モナはもちもちの身体全体を脈打たせ、激しい絶頂へと達する。

「おッ♡きてるっ♡あちゅいおしるっ♡きてるのぉおおおおッ♡♡♡」

同時に彼女の指輪から一筋の光線が放たれた。

モナの背中側にいる俺にも、それがコテージの外、湖面の上に浮かぶバニミッドへと凄《すさ》まじい速度で進んでいくのが分かった。

が、今の俺とモナにとってそれは副産物でしかない。

その証拠にモナは構わず腰を動かして、すぐに二度目の絶頂へと達した。

「あうッ♡しゅ、しゅごいっ♡まだ出てるッ♡い、イグッ♡イグイグッ♡♡♡」

腰を押さえていないと吹き飛んでいってしまいそうなほど、彼女は身体を跳ねさせる。

だが彼女がそうすると、膣中も無事ではない。

自分が放った分の水分を欲するかのように、俺の肉棒を絞り上げてくるのである。

(う、うぉ！　根本から引っこ抜かれる……ッ！)

その凄まじさに思わず腰が浮いてしまう。

無論、肉棒がそのまま持っていかれることは無い。

「モナ、それやばい……っ！」

――ドビュドビュッ!!　ビュルルルッ！　ビュクッ!!　ビュルルルッ！

しかし中身はあえなく引っこ抜かれてしまった。

下半身全体がとろけるような快楽に支配され、モナと一緒になって身体を震わせる。

「あッ♡またぁっ♡ぼくのおま×こ、もう、はいりませんっ♡い、イグぅっ♡♡♡」

俺と彼女の絶頂の連鎖が続く。

繋がった場所は白濁液やら何やらが混ざりあい、とんでもないことになっているだろう。

だが俺達はそれを周囲に見せつけながら、ただただ互いに夢中になった。

（あぁ……見せつけるの、ハマっちゃうかもしれない……！）

とはいえ。

激しい性感の後には、賢者になる時間がやってくるのが世界の理《ことわり》だ。

そしてそれは理性を放り出した分だけ、恥ずかしさや申し訳なさに襲われる時間でもある。

……なので。

「……と、とりあえず。話の続きは、湯浴みしてからで、いい、よな……？」

潮をたっぷり浴びて引きつった表情をするアルーシャさんを見た時。

「ご、ごめんなさい……！」

俺とモナの身体は半分以下のサイズに縮まっていたと思う……。


アルーシャさんとメルさんの前で、モナさんと思い切りセックスをした後。

彼女の指輪からほとばしった光が直撃したバニミッドには、二つの大きな変化が起きていた。

「……ほんまに、さっきより高く浮いとるみたいやね」

「メル、俺にも計測器を頼む」

一つはバニミッドの高度が上がったことだ。

俺にその変化はいまいち分からなかったが、部屋に用意された測定機を覗いたメルさんとアルーシャさんはそのことをしっかりと確認したようである。

「おいおい、こりゃ凄いな……。分かるやつは肉眼でも分かっちまうんじゃないか？」

もう一つは、バニミッドの側面に巨大な文様が現れたことだ。

それは正円の魔法陣の一部分が欠けたような少し不思議な形をしている。

円を三つにわけた時、その上弦部分だけが消えているといったら良いのだろうか。

(浮いてるだけでも普通じゃないと思ってたけど、あんな大きなモノが浮かび上がるなんて……)

異世界というのは本当に驚くべきことだらけだ、と改めて思う俺。

ただ、その場にいる女性達にとっての驚きはその文様が現れたことではなかったようだ。

「右弦の扇が出てやがる。あの位置の文様は太古の昔に失われたって話だったのに……」

どうも文様自体ではなく、その浮かんだ場所に驚きがあるらしい。

一体どういうことだろうと首を傾《かし》げる俺に対し、モナさんは心底嬉しそうな表情で俺にぎゅうっと抱きついてきた。

「あぁ……アリスト様、ありがとうございます！　これでボクの説も証明に近づきました！」

「う、うん。どういたしまして……？」

頭にいくつもの疑問符が浮かぶ俺。

だがありがたいことに、そのことに気づいてくれた女性がいた。

「……そ、そうか。女性都市の言い伝えなんて知るはずもねぇよな……」

対面に座るアルーシャさんである。

ただ彼女は何かを言う前に、床へ膝をつき土下座をしてしまった。

「改めて済まなかった！　まさか女ばかりの場所へ平気でやってくる男性がいるとは思わず、申し開きの言葉もない……！」

俺はそんな彼女に何度も首を振り、立ち上がってもらう。

「も、もう大丈夫ですから！　俺なんにも怒ってないので！」

モナさんとのセックスを見てもらった――という表現もおかしな話だけど――後《あと》、この時点で既に三度目の謝罪であったからだ。

このままだと話が進まないため、俺は彼女に詳しく説明をお願いすることにした。

「あのバニミッドに浮かんだ文様について、皆さん何か知っているんですか？」

「あぁ……。あれは、バニエット様が遺《のこ》したとされる文様だ。バニエスタにいれば子供の頃から知ってるな」

神によって持ち上げられ、湖面の宙空に留まったと言われる浮遊構造物バニミッド。

ただ実際のバニエット神は非常に強い力を持っており、本来それを破壊することができたのだという。

しかしバニエット神はそれをしなかった。

その理由は、バニエスタに暮らす人々の生き方を試すためだったと伝えられているらしい。

「全てを神に託し自分達で考えることをしない。そういう人の在り様《あよう》を嫌ったそうだ。だから俺達は自分で考え、自分の足で立ち、確かに暮らしていくことが大事だって話になってる。メルも知ってるよな？」

「せやね。ある程度バニエスタで暮らすと、これを教わるしきたりになっとります」

「なるほど」

そしてバニミッドに件《くだん》の文様が現れる時。

それは神がバニエスタを人に託すことを許した時だとされているという。

「あの文様は人をお認めになったバニエット様のお力の名残で、円形の文様が完成するとバニミッドが左右に割れるって話なんだ」

その時、バニエスタは湧き水に対する危機から解放される。

それがバニエスタの民がたどり着くべきゴールであり、新たな出発点でもある……という言い伝えなのだそうだ。

なかなかに壮大な話だが、彼女達にとってこれが身近なものである理由があった。

「文様自体は数日に一度浮かび上がる。大抵の場合それは夜で、一度光り出すと数日間続く。その時は金の指輪がぼんやり光ってることが多いな。まぁ本当に暗いところにいかなきゃ分からないくらいだが」

バニエスタでは、文様が浮かび上がった翌日は縁起が良い日とされる程度には日常らしい。

ただ今回そうではない理由は、普段浮かび上がる文様とは場所が違う、ということだ。

アルーシャさんはそれを説明するために、色々なものが綺麗に拭き取られたローテーブルの上に紙を置き、ペンを走らせた。

「あの文様は本来円の形をしてたって言われてるんだ」

彼女のしなやかな手が美しい円を紙に描く。

続いてその円にホールケーキを切り分けるように中央から線が三本入る。

すると円は三つの扇形へ分割された。

そしてアルーシャさんはそのうちの一つ、円の上部を担当する扇形を指して言う。

「これが上弦の文様。五、六年前から発光しなくなったところだ」

次に指したのは、そこから左下に位置する扇形である。

「こっちが左弦の文様。こっちはしばしば発光するところだな」

そしてそのままペンは横へ動き、円の右下に当たる扇形を指した。

「こっちが右弦の文様で、ここは古代から発光していなかった……って話だった。実際俺がバニエスタで暮らしてから、ここが光ったのは見たことがねぇ」

だが、とアルーシャさんは自身の後ろ側を指差す。

そこにあるのは床をそのまま伸ばしたように湖に突き出したウッドデッキだ。

だから湖面の上に浮遊するバニミッドもよく見えるし、古代から発光していないはずの文様が浮かび上がっている様もはっきりと確認できた。

「それが今日はしっかりと発光している。しかもモナと、あ、アリストがその……あ、アレをしたことで、な……」

褐色肌を大胆に晒《さら》し、自身を俺と称する豪快さを見せるアルーシャさん。

しかし直接的な表現を避ける話しぶりはとても可愛らしく、俺は胸が高鳴ってしまった。

(アルーシャさんの恥ずかしがる感じ、凄くイイ!)

っていやいや、そうじゃなくて。

俺が煩悩を振り払っていると、モナさんが更に説明を続けてくれた。

「それで、ボクの指輪は右弦に対応していて。アルーシャ様のは左弦だと思います」

彼女は言いながらアルーシャさんの指に嵌《は》められた、未《いま》だぼんやりと光ったままの金の指輪を指さした。

「この指輪は近くで性的なことが行われるのも感じ取っているらしくて……。アルーシャ様のが光っているのは、おそらくボクたちの……ぁ、あれを……見たからかなって」

アルーシャさんはその言葉に頬を染め、口元に手をやって目を背ける。

そんな彼女に兎の学者さんは更に続けた。

「そ、それで、数日に一度左弦が光るのも、アルーシャ様がそのぅ……し、シていらっしゃるからだと思われます。最中に、指輪が光っているはず、なので……」

褐色美女はびくっと身体を震わせたが、そこに否定の言葉はない。

つまり。

（思い当たる節があるってことなんだ……！）

なんと素敵な話だろうか。

とはいえ、これによって一つの説が導き出された。

「つまり……指輪は御本人の性的絶頂と、周囲の性的絶頂を感知しています。そしてとある古文書にあるエネルギーと呼ばれる力、性的絶頂で起きるなんらかの力を指輪を通しバニミッドに送っているると考えられるんです」

ボクも沢山試したので、とモナさんが頬を染めて俯《うつむ》いた。

恥ずかしそうにしながらもバニー学者さんが全てを語り終えると、しばし湖面から聞こえるわずかな水音だけが部屋の中に響いた。

（まぁ、実際とんでもない説だよな。デモンストレーションでもしなきゃ、真面目に話を聞いてもらえないっていうのも分かる）

俺はここまでの説をある程度は聞いていたが、まさかバニミッドに文様が浮かび、最終的に左右に分かれる可能性があるとまでは思わなかった。

これもモナさんの長年の研究と、勇気ある行動のおかげだろう。

アルーシャさんは組んでいた脚を開き、ばんっと両方の膝を左右の手で叩く。

「モナ……お前の言っていることは分かった。ただ『一理ある』という認識だ。全てを信用するわけじゃなく、全てを否定するわけでもないってことだ」

そのまま彼女は続けた。

「で、だ。ここまでの話を踏まえて、本題に戻ろう。アリスト達に馬車を貸し出せるか。それで今のモナの説をファティエに伝えられるかってことだ」

そして話題は面会の理由へと戻る。

だが、そこに俺の期待する言葉は無かった。

「まずはアリスト達の帰還に必要な、大流砂を越える馬車。ファティエが持っているやつを借りるって話だが……これは悪いが、俺は力になってやれそうにない」

「！」

「ちょ、それはどういう――」

俺が驚きメルさんが口を開こうとすると、アルーシャさんはそれを手で制する。

そしてその姿勢のまま続けた。

「理由は簡単だ。今のファティエは俺と一切話をするつもりがないらしい。グランデや舞の奉納で顔を合わせてもだんまりで、面会の申し出も何度かしてるが返事さえ来てないんだ」

彼女の言葉にメルさんが驚愕《きょうがく》の表情を浮かべた。

「な、なんやて？　ファティエとは長い付き合いやなかったん……？」

まずはメルさんに、そして次に俺とモナさんに視線を向けつつ、アルーシャさんは話す。

「ファティエ自身も元々頑固で融通が利かないってこともあるが。むしろ、館で働いている『ファティエ派』ってやつらが面倒でな」

領主が住んで公務を行う施設――ウィメ自治領で言うところの宮殿だ――にアルーシャさんを近

づけまいとしているらしい。

そしてファティエ領主もその女性達の意向を汲み、これ以上の暴走を避けるためにほとんど館から出てこず、対立候補というべきアルーシャさんと一切口は利かないという。

「非公式なやり方で会えば却って厄介なことになる。だから今、ファティエに近づくことはできないだろうな。それに肝心の男が、面倒な指輪をつけてるんじゃますます、な」

彼女はそう言って、俺の指についた狐の指輪にちらりと目を向けた。

「アリスト達には申し訳ないが。大流砂の季節が終わった後で穏便に都市から去ってもらいたい、というのが正直な気持ちだ。無用な混乱は避けたいからな」

やはりというべきか、呪いの指輪というのはかなり嫌われているらしい。

アルーシャさんは迷信だと言い切るほどであったが、そこは彼女のように考える女性のほうが少ないということだろう。

その上で、彼女は更に続けた。

「モナの説も同じだ。俺からファティエに伝えるのは無理だし、モナとメルにも難しいだろう」

アルーシャさんがそう言うと、メルさんとモナさんが揃ってうつむきがちになる。

「……うち、外部の女やもんね」

「ぼ、ボクも禁忌の遺跡に入っちゃってるから……」

二人にはそれぞれファティエ派から嫌われてしまう要素がある、ということだ。

そして俺達ウィメから来た組も外部女性にくくられ、さして変わらない扱いであることは想像に難くない。

「俺がグランデに勝利して、領主になった暁にはモナの言う事も検証する。それでアリスト達には大流砂が収まるまで三か月は目立たず暮らしてもらう……ってのが正道だな」

それほど長く都市から出られないのは心苦しい。

ウィメの皆にも心配をかけてしまっているし、領主不在期間は短いほうがいいからだ。

ただ一方でアルーシャさんの言う事が正しいことも理解できる。

(仕方ないって思うしかないかな……。メルさん達には今後のことを相談しないとだけど)

それぞれがアルーシャさんの結論を噛みしめるように、それでいて歯がゆい気持ちを押し殺すように、部屋は静かになった。

「「「……」」」

重苦しい沈黙であったが、それを打開したのも褐色の姫であった。

「だがな。なるべく早く言い分を伝えたい。なるべく早くウィメ自治領へ戻りたい。そういうなら……一つ方法がある」

思わずぱっと顔を上げた俺達に対し、彼女は不敵に微笑《ほほえ》んでいた。

挑戦的な、それでいて挑発的な表情だ。

「モナ。お前が俺と『バニーボール』で勝負して、俺に勝つって方法だ」

名指しされたモナさんは小さく跳《と》び上がり、兎耳とおっぱいを揺らす。

「えっ!?」

驚く彼女に、アルーシャさんはその方法の説明へと移った。

「領主の座をかけた試合、グランデには挑戦権を移譲できるっつう規則がある」

指輪の姫が怪我をしたり、あるいは本当に具合が悪くなった時。

自分の代理選手を指名する、という制度らしい。

ただその規則には、一つ重要な附則があるとアルーシャさんは言った。

「もし挑戦者側の指輪の姫にバニーボールで勝利した女がいた場合、その女に挑戦権を譲ることもできるんだ」

「そ、そんな規則あったん？　うち聞いたことないけど……」

「昔はそうでも無かったらしいが、今は指輪の姫ってだけで支持を集めちまうからな。それを押しのけてまで、ってやつが出なくなった。だから領民でもこれを知らないやつは多い」

そう言って、アルーシャさんはモナさんへ視線を移す。

「もし、その気があるのなら。俺はお前と挑戦権をかけた試合をしてもいい」

「っ!?」

こぼれ落ちてしまいそうなほど目を開くモナさんに、アルーシャさんはくっくっと笑う。

「俺に勝ってファティエへの新たな挑戦者になれば、一度くらいは顔合わせって口実で話せるはずだ。そうなればアリスト達に馬車を融通するよう交渉したり、お前の学説を直接伝えることもできるだろう。今の俺がどうこう言うよりはずっと脈ありだ」

彼女はそこまで言うと、まもなく表情を変えた。

すると室内の空気がしんと静まりかえる。

「冗談で言ってるわけじゃない。俺はお前の論に『一理ある』と思ったから言ってるんだ」

だがな、とアルーシャさんは俺やメルさんにも真摯な瞳を配りつつ話す。

「俺にも支持者がいる。仕事が無くなるかもしれないって不安を抱えつつも、毎日懸命に商いをしているやつらだ。中には俺の部下でもなんでもねぇのに、アルさんなんて言って慕ってくれるやつらまでいる」

何もせずグランデから降りて、そういうやつらを裏切りたくない、と彼女は言う。

「俺が背負ってるのは理屈じゃなく、気持ちだ。俺が勝つってことを夢にしてるやつらなんだ。だからな、はいそうですか、なんて許されない」

アルーシャさんはそう言い終わると、一呼吸つく。

そしてしばし湖面の水音に耳をすました後、再び口を開いた。

「モナの一理、商いをやってるやつらの気持ち。俺が領主になるのを待ってりゃ、おそらく両立できる」

だがよ、と彼女は俺の隣に再び不敵な笑顔を向けた。

俺はその勝ち気な表情に釣られるようにして、そちらを見る。

するとそこには。

「その顔は、待ってられないって顔だよな？」

今まで見たこともないほどまっすぐに、それでいて懸命に褐色の姫を見つめるモナさんがいた。

「……ま、待ってられません……っ！」

ぎゅっと両手を膝の上で握り、彼女が言うと、アルーシャさんは心底嬉しそうな表情に変わる。

モナさんはそんな彼女の顔を見たまま、言葉を紡《つむ》ぎ始めた。

「ぼ、ボクの怪しげな説を信じてくれた人達がいたんです。そしてその人たちのおかげで、ボクはここにいます……！」

ほんの一瞬、俺とメルさんに視線をやりつつ彼女は続ける。

「だからボクも……はいそうですかって引き下がれません。ボクばかり助けてもらっておいて、後は待つだけってわけにはいかないんです」

段々と強くなる語気。

それはアルーシャさんのそれと比べれば柔らかい声色だったけれど。

指輪の姫を前にしても、決して折れてはいなかった。

「雇ってくれたメルと、アリスト様にイルゼ様にエフィさん。ボクをここまで信じてくれた皆に報いるためにも、やれることは全部やりたい……！」

透明感のある声に、一つの芯が通ったように感じた。

そしてその芯は、きっとアルーシャさんにも伝わったのだ。

だから褐色の姫は自信と、どこか嬉しさを隠しきれない表情で言ったのだと思う。

「……お前も、お前を笑うやつも俺がぶっ飛ばす。全力で掛かってこい」

モナさんの決意とともに、二人の試合は決まった。

そしてそれに比べたらとても些細《ささい》なものだったけれど……俺も一つの決意をしたのだ。

真昼のバニエスタ、その住宅街の一角にある邸宅がメルの家である。

小規模な前庭がついた玄関と、家の後ろに広がるビーチを眺められるルーフバルコニーが特徴的な乳白色の建造物だ。

住宅街の中でも特に良い場所に建つ家だが、しかしそれは彼女自身が選んだものではなかった。

『美兎館の経営者なんだ。身なりも住む場所も質素じゃ箔《はく》が付かないだろ？』

と言うアルーシャに、赤いドレスやふんわりとした日傘同様押し付けられたものなのである。

気に入った、という理由だけで当時靴職人だったメルに対し、自身肝煎《きもい》りの接客施設の経営者を任せようとする豪胆さ。

そこに感銘を受けているメルだが、一方でその豪胆さに目眩を感じることも少なくなかった。

（なんや、久々にアルーシャに振り回されとった時のこと思い出すわ）

そんなメルは今、久しぶりに目眩に襲われていた。

それは彼女が今いる場所が、自宅の二階にある趣味で続けている靴作りが出来る部屋であり、かつそこがメルにとって一番リラックスできる空間であるのにも関わらず、だ。

原因は彼女がアリストから受け取った『それ』であった。

（なんやねん、これは……！）

一方、そんな彼女と相対しているアリストは不安に襲われていた。

自身が差し出した『それ』を受け取ったメルが一切言葉を発さないままであったからだ。

彼はしばし沈黙していたが、とうとう耐えきれず恐る恐るメルに声をかける。

「えと、どうでしょう？　一応今の俺に出来ることをやってみたんですが、やっぱこれだと厳しいですか……？」

果たして彼の声は届いた。

だが、その反応は彼の想像とは随分違うもので、彼がメルに対して持っているイメージともかけ離れているものであった。

「な、な、な……」

「な……？」

メルは肩を怒らせて、まるでアリストにツッコミを入れるかのように叫んだのである。

「……何を言うてんのやアリストはんっ！」

その勢いに気圧されたアリストはつい情けない声で応じてしまった。

「ひぃえっ！」

ぴしっと直立状態になった彼に対し、メルは更に言葉を続ける。

「これで厳しい言うたら、バニエスタ中の『バニーシューズ』屋が絶望して閉店しますわ!!　二度とそないなこと、言うたらあかんですよ！」

本来の彼女なら、男性と女性の身分の違いをもっと重んじた口調になったであろう。

しかし今の彼女にはそれを気にかける余裕は無かった。

それほどに彼女は憤慨していたのである。

「す、すみません！　もう言わないです！」

彼女のなんらかの逆鱗《げきりん》に触れてしまったことを理解し、反射的に謝るアリスト。

しかしメルがそれで収まることは無かった。

「うちに謝らんといてください！　外では言わんといてくださいね、ということです」

アリストがメルに手渡したのは、現代でいうところのスケートシューズそっくりの靴だ。

その名は『バニーシューズ』。

バニーボールにて選手が着用し、砂の上を滑るために使われるものである。

特殊な構造のその靴は形状だけでなく、機能も特異だ。

バニエスタのビーチを構成する特異な砂だけを吸い込んで爆発的な加速をもたらすからである。

「ええですか？　ブレードをこんな短期間で作る人なんておらんのです！」

アルーシャとの面会から一週間。

アリストはメルの邸宅の部屋へ泊まり込み、バニーシューズにおけるブレード部分――砂と接する刃の部分――を手掛けることとなっていた。

モナの静かなる決意に感化されたアリストは、自分にもできることはないか、と様々探した結果、シューズのブレード部分は石細工であり、バンドンの件で身に付けた研磨技術が役に立つのではと考えるに至ったのである。

「アリストはんが靴の整備をしてくれるって聞いて、モナも喜んでましたし、うちもやれることはやりたい思いました。うちだってモナの気持ちには痺《しび》れとりましたし、しばらく履いとらんバニーシューズは色々悪うなりますから」

バニーシューズはバニエスタでは非常にニーズの高い靴だ。

というのも『バニーボール』という競技自体が領民達が楽しむ娯楽の一つであり、領主を決める『グランデ』という大会以外にも草野球的に楽しまれているからだ。

そのためバニエスタで靴職人を営んでいれば、当然この製作も依頼されることになる。

（いくつも作らせてもろうたから、大体はうちがやればええかな思うとったけど……）

メルは美兎館の仕事を好いている。

ただ一方で靴職人の仕事も好みであった。

そのため自宅の二階には、アンティーク風の作業机と工具棚が用意された部屋もあり、趣味として靴作りを続けている。

今回メルは、その部屋に勇気を出してアリストを招き、一緒に作業を進めていたのだ。

「あくまで古くなっとったブレードの修理や、部品の交換、整備やっちゅうとりましたよね!?」

「は、はい……そ、そうでした……！　ごめんなさい！」

端的に言って、彼女は我慢の限界を迎えていた。

だから男性であるアリストを女性が叱りつけるような構図になってしまってもまだ、普段の彼女に戻ることは無かった。

「いいえ許しません！　うち……今日という今日は我慢の限界です……!!」

別にアリストとの共同作業が続いたことや、彼がこの部屋に寝泊まりしはじめたことが嫌なのではない。

むしろそれは彼女にとって最上級の喜びと言っても良かった。

元々彼の見た目が大変に好みであったし、声も物腰も、モナとの激しい情交も、全てが彼女の心を捉えていたからだ。

（ぐぎぎ……！　いったいどこまで変人なんや、この御方はっ!!）

しかしそのせいで、メルは毎日衝撃と戸惑いに振り回されっぱなしだった。

まず一つは彼が持つ、石に対する技術力の高さである。

（一体どうやったら一週間弱で、こんな精度のものができんねん！　靴職人に見せたらぶっ倒れるでほんま！）

ともかく作業の速度と精度がおかしかった。

整備は工具の扱い方を教えてから二日で終わってしまい、むしろ整備前よりシューズはいい状態になってしまったほどだ。

そしてそのことを彼に伝えると、こんな会話が展開された。

『その……モナさんってしばらくバニーボールやってなかったんですよね？』

『ええ。学にのめり込む前はやっとったみたいですけど、その後随分離れてもうてるみたいで』

『じゃあの、もう少しブレードにできる工夫とかないですか？　こう……久しぶりでも滑りやすい、みたいな』

この会話の流れでメルが靴職人向けの教本を引っ張り出したことがいけなかった。

彼はそこから二日ほど徹夜状態になり、中級部分までマスターしてしまったのだ。

開いた口が塞がらなかったメルだったが、彼の一言で少し納得した部分もある。

『あ、いやぁ……そこはジュリエとルステラさんに習ったのと、少し前に大量に石を研磨する必要があって、その時の経験が図らずも活きた、のかな……？』

ジュリエは悪評こそ広まっているものの、同時にその技術力の凄まじさで知られる超一流の研磨職人。

そしてルステラもまた石の研磨に関する教育に於《お》いては右に出る者のいない職人だ。

アリストはその二人にみっちりと鍛えられたことで、そもそも初級の過程など必要なく、基礎的技術は常人の域をはるかに飛び越える状態であったのだ。

(本人は分かっとらんみたいやけど!!)

もう一つ、彼女を困惑させたのはその振る舞いである。

毎朝爽《さわ》やかな挨拶をしてくれ、少し照れくさそうに微笑んだり。

自らの手料理に美味しいと言い、もりもりと食べて嬉しそうにしたり。

あまつさえ作業中に手が触れ合うと、少し頬を赤くしたりするのである。

(下着がいくらあっても足りへんのやけど!!)

メルにとってそれは甘くとろけるような、幸福な拷問《ごうもん》であった。

そして今日は、とてつもない出来のシューズを見せたあげくに謙虚な姿勢である。

（なんかすっごい可愛らしい顔して言うてくるし!!）

アリストの不安げな表情に胸を高鳴らせてしまったことも相まって、メルは怒りに任せて溜《た》まっていた鬱憤を吐き出し始めてしまった。

「アリストはん『ちょおっと』手を加えてみてもいいか？　って話してはりましたね？」

「は、はい！　その、ブレードの部分だけでもやってみよう、かな……と」

「それがどうしてこないなことなっとるんですか!?　このバニーシューズ、モナが履けばすぐにでも試合に出れそうやないですか!!」

「そ、そう？　良かった……」

「良かった、じゃあありません！　しかもまた徹夜しましたね!?　ゆっくり寝てくださいってあんなにうちが言うたのに!!」

アルーシャとモナの試合までは残り一週間ほどしかない。

それもあってアリストは懸命になっていたのだが、メルとしては心配でたまらなかったのだ。

「ちゃんと寝なかったら誰でも具合悪うなります！　アリストはんに具合悪くなられたら、うちも皆も凄く悲しいです！」

言いながらメルはうっすらその瞳に涙を溜めていた。

本人は気づいてはいなかったが、アリストから見ればそれは明らかである。

途端に自分の罪深さを知った彼は、メルに何度も頭を下げた。

「ご、ごめんなさいっ、メルさん……！」

転生に合わせ『健康な身体』という非常に疲れにくい身体を得ているアリスト。

そのため彼の活動への認識は普通の人のそれとは少し離れ気味である。

だからこそ彼は本気で心配をしてくれていたメルに謝罪するとともに、その心遣いを有り難く思いつつ、言葉を続ける。

「俺、その、そこまで心配してもらえてるなんて思ってなくて……軽率でした」

ただメルの暴走状態はこれによって最終段階へと至ってしまった。

彼女にとって素直に謝罪するアリストの表情がトドメであり、ついに最も心底感じていたことが口をついて出始めてしまったのである。

「そんなかわいい顔したら許されるって思っとるんですね……っ！　それともあれですか、うちを誘ってるんですか⁉」

「えっ⁉」

アリストはメルの口から飛び出すとは思ってもみなかった言葉に驚愕する。

が、硬直する彼にお構いなしに彼女は口を動かした。

「うちの身体もちらちら見たりしてっ！　そ、そそ、そんなに見られたらおかしなってしまいますわっ！　いっつもいい匂いさせて、ニコニコ笑ってくれて幸せすぎます！」

「ちょ、えっ⁉　め、メルさん⁉」

「ええですか⁉　アリストはんはすけべすぎるんです！　仕事も出来て、一生懸命で、すけべだなんて、どうかしてはります！」

「ちょ、ちょちょ！　落ち着いてメルさん!?」

アリストはともかく彼女を落ち着かせようとする。

メルが大変な混乱状態にあるのは火を見るよりも明らかであるからだ。

しかし彼の努力も虚《むな》しく、メルはより率直な気持ちを口にしてしまった。

「本当にごめんなさい思ってるなら、うちも使うてください！　おんなじ家におるのに、ときどき大きくなさってもいらっしゃるのに……！」

「うえっ!?」

アリストは硬直したが、メルは顔を真っ赤にしながら言い募る。

恋慕やら心配やら尊敬やらで膨れ上がった彼女の心は完全に許容量を超え、まさに決壊状態。

普段は心を抑えられる女性だからこそ、その反動が止まらなかったのだ。

「うち、駄目ですか？　おっぱいもモナより大きないし、イルゼはんやエフィはんほど綺麗じゃないし……で、でも、穴はついてます！　お口も下も、いつでも突っ込んでいただいて大丈夫で――」

しかし決壊した水を止める存在が現れる。

それはメルの邸宅の裏にあるビーチでバニーボールの練習をしにきたモナであり、彼女がメルの口に押し付けた手の平であった。

「んぐっ!?」

ようやく言葉を止めたメルに対し、モナは肩で息をしながら頬を真っ赤にして叫んだ。

「メルっ!!　と、とと、とんでもないこと言っちゃってるから……っ！　ちょ、ちょっと外に聞こえちゃってるからっ!!」

ここへきて、ようやくメルの暴走は止まった。

が、同時に彼女の血の気も引いていき。

「……きゅぅ……」

「わぁっ!? メルさん!?」

「メル!? あわわ……!」

色々と曝《さら》け出しすぎてしまった小柄な貴婦人は、その意識を手放してしまったのであった。


メルさんが意識を失ってしまってから小一時間。

俺は自分が使わせてもらっている客室から出られるルーフバルコニーにいた。

胸くらいの高さの仕切りの向こうに見えるのは、真昼の陽射しにキラキラと輝く砂浜だ。

(裏庭がビーチの家で暮らしてるよ、なんて言ったら、元の世界の父さんと母さんは腰抜かしちゃうかも)

モナさんのシューズ調整を手伝えるだけでも嬉しいのに、それをこんな素敵な場所で暮らしながらだなんて贅沢の極みだと思う。

ちなみに色々揃ったおしゃれな作業室はこの客室のすぐ隣。

遅くまで作業しても、ふかふかのベッドへすぐに倒れ込んで眠れるのは大変ありがたい。

しかも広いルーフバルコニーにはゆったりと寝転がれるビーチチェアがあり、一休みにはもってこいだ。

（メルさんはあくまで趣味程度みたいに言ってたけど。道具はどれも質が良いし、素人にはもったいない環境だよなぁ）

と、客室のほうで人が動く気配がした。

「……ううん……はっ⁉」

振り返ると、メルさんが白いベッドから身体を起こすのが目に入る。

俺はそんな彼女に声をかけつつ、部屋へ入ろうと歩き出した。

「あ、メルさん。具合は――」

のだけれど。

最後まで言わないうちに、メルさんはバルコニーの仕切りを突き破る勢いでやってきた。

そして耳まで赤くした顔のまま、垂直に頭を下げる。

「アリスト様……っ！　あのっ、う、うち大変な失礼を……っ！」

「いやいや！　それより身体の調子はどうですか？」

「だ、大丈夫です！　ほんま、大変ご迷惑をおかけしてもうたみたいで……！」

「あれくらい全然迷惑なんかじゃないので、どうか気にしないでください。お店の仕事もあるのに、メルさんには苦労をかけてしまっていますし」

メルさんはシューズ調整の指導だけでなく、食事の用意だってしてくれている。

お店の仕事も一時的に部下の方に任せているみたいだけれど、全てとはいかないみたいだ。

「いえいえ！　そっちに関してはイルゼはんとエフィはんが凄く頑張ってくれてますから、あってないようなもんです」

揃ってペコペコと謝罪合戦の様相を呈してきた時、ビーチのほうが賑《にぎ》やかになった。

複数の女性達がやってきたかと思うと、そこにネットを立てバニーボールのコートを作る。

その中にはモナさんも混じっており、さきほど渡したばかりのシューズを履いていた。

と、そんな彼女達がバルコニー上の俺達に気づく。

「あ、メルー！　具合大丈夫ー!?」

大きめの声で言いながら手を振ったのはモナさんだ。

メルさんがひらひらと手を振って応じる。

「うちは大丈夫ー！　手間かけてごめんなー」

モナさんはぱっと笑顔になり、俺にペコリとお辞儀《じぎ》をしてコートの中へ滑り込んでいく。

他の女性達も俺とメルさんにお辞儀をし、彼女と同じように準備を始めた。

ちなみに彼女達は美兎館の従業員さん達である。

「非番の方が手伝ってくれるだなんて、モナさんって愛されてるんですね。皆さんどっちかっていうとアルーシャさんの主張を支持していらっしゃるかと思ったんですけど」

外部からの女性をどんどん引き込もう、というのがアルーシャさんの主張だ。

美兎館にとってもお客さんの増加が見込めるし、そこで働く女性達にとっては大切なことだ。

にも関わらず、彼女達はモナさんが試合をすると決まった途端、自主的にこうして手伝ってくれるようになった。

「みんなモナが遅くまで研究しとるんは知ってました。それに頑張り屋ではあるんで、つい応援したくなっちゃうというか。モナの良さっちゅうやつやと思います」

緊張しいなんで客前にだけは出せませんけどね、とメルさんは笑う。

(そういえばホール業務でグラスとボトル二桁割っちゃったって言ってたっけ……)

誰しも得手不得手があるということだ。

一方で料理や飲み物――カクテルがあって驚きだった――を作る腕前は凄《すさ》まじいらしい。

研究熱心なところがいい方向に働いているのかもしれない。

そして驚きはもう一つ。

「……ふっ!!」

「は、はやっ!?」

「ちょ、モナ! ちょっとは手加減してよー!」

それはモナさんのバニーボールの腕前が相当なものだったことである。

彼女は昔とある女性に影響を受け、バニーボールばかりやっていた時期があったらしい。

(でもちょっとやってた……っていうレベルじゃないよな)

グランデで見た二人の動きに勝るとも劣らないように見える。

そしてそれは素人感覚というわけではなかったらしい。

「モナ、いくよー!」

「は、はい！　お願いしますー」

「せーのっ！」

始まったレシーブ練習を注意深く見ているメルさんも、やはり驚いたようにしていた。

「まさかあそこまでモナが動けるとは……。シューズのおかげでもう一段、速く動けとりますね」

彼女はうんうんと頷きながら続ける。

「『例の機能』も上手く動いてますし、モナもちゃんと使えてます」

「メルさんから見ても大丈夫そうですか？」

「ええ。レシーブも追いつけてますし、あの分ならスパイクにもいい影響でると思います」

指導を受けて分かったが、メルさんはバニーシューズに関してもかなりのベテランだ。

そんな彼女のお墨付きを得て俺はほっと胸を撫で下ろす。

ただそうなると、今度は別の意味で胸がざわざわし始めた。

（改めて、凄い競技だよな……）

バニーシューズの力を借りて凄まじい動きをするのはともかくとして。

ともあれユニフォームが凄い。

全員お尻丸出しのハイレグと、ざっくり胸元を開いたバニー服なのだ。

「よ……っと！」

レシーブのために開脚すれば、際どすぎるところまで鼠径部《そけいぶ》やお尻が見えるし！

「はぁっ！」

ジャンプしたりスパイクをすれば、ほとんど露出したおっぱいは揺れ放題なのだ！

上も下もいつ溢《こぼ》れ落ちてもおかしくない、というか。

「せーのっ……あっ!?」

「あはは！　おっぱい出ちゃってるじゃん〜」

こんな感じで結構ポロリするんだよね……！

「もう……次はもう少し大きいのにしよっかな」

苦笑しながらおっぱいを服の中に戻す従業員さん。

その様がなんともプライベートな感じというか、女性が男性にそうは見せない姿だからこそ。

……我が息子は既に臨戦態勢である。

（うぅ、こんなの見せられて我慢しろって無理があるって！）

隣に立つメルさんに悟られないよう、俺はズボンの前を仕切りに押し付けていたのだけれど。

さきほどから俺のほうに、チラチラと彼女の視線が飛んできている気がする。

（まさかね……）

気の所為《せい》であることを確認するためにちらりと視線を右隣にやる。

すると気の所為どころか、メルさんの視線は完全に俺のそこを捉えており、その頬は分かりやすく赤くなっていた。

（ば、バレてる!!）

一体、どう振る舞ったらいいものか。

俺が迷っているうちに、ついに彼女と目が合ってしまった。

「「……」」

ルーフバルコニーを沈黙が支配する。

俺はここで、気絶してしまう直前のメルさんの言葉を思い出してしまった。

『おんなじ家におるのに、ときどき大きくなさってもいらっしゃるのに……！』

恥ずかしながらこれは事実であった。

ただ大きくなっちゃうのにも当然理由がある！

（メルさんの衣装が凄いんだもの！）

一見露出度は抑えられているように見えるドレスなのだけれど、近くで見ると凄い。

胸元が透けているのはともかく、問題なのはそのスカート。

中央の大部分がスケスケで、座ったり歩いたりするだけでデルタゾーンがちらちら見えるのだ。

（小柄だから気にしてなかったけど……相当大胆な衣装だよな）

ただでさえ作業作業で処理の隙がないところ、そんな素敵な装いを見せられたら勃起しちゃうのも仕方がない！

その上、だ。

『お口も下も、いつでも突っ込んでいただいて大丈夫で――』

こうも言われたら、色々期待だってしちゃうし。

同時にこう言わせてしまったことに申し訳なさだって感じる。

『うち、駄目ですか？』

メルさんが駄目なわけない。

それを証明するために俺は右手の手袋を脱ぐ。

そしてその右手を伸ばし、隣に立つメルさんの服の上から、彼女のお尻に触れた。

「ひゃっ⁉」

するとメルさんは声をあげ、つま先立ちになった。

すぐにビーチのモナさんがそれに気づく。

「メル？　大丈夫⁉」

二人の反応を見て俺は頭に冷水をぶっかけられたような気持ちになった。

（って今やることじゃないよね！　何やってんだか俺は……）

叱られなかっただけ良しとしよう、と手を離そうとしたのだが。

（えっ⁉）

すぐに俺の掌の上にメルさんの左手が重なり、手を離すことができなくなった。

その上で彼女はモナさんへと返事をする。

「だ、大丈夫！　ちょっとしゃっくりが出ちゃっただけやから！」

モナさんは安心したのか、ニコッと笑ってすぐにビーチのコートへと戻っていく。

そしてメルさんは熱っぽい瞳を俺に向けた。

「……う、うちの身体で良かったら、どうか、沢山使うてください……♡」

「‼」

その言葉を聞いて、俺はほとんど無意識に彼女のお尻を弄り出す。

(メルさんのお尻、触り心地凄く良い……！)

柔らかさと張りがバランスよく感じられるその感触に夢中になっていると、やがてメルさんは甘くて熱い吐息を漏らし始めた。

「んっ♡……っ♡ふ……っ♡」

バルコニーの仕切り壁のおかげで、ビーチから見れば、俺の場合なら胸の下辺りから、小柄なメルさんなら胸の上辺りから下は完全に隠れている。

だとしても他の女性たちがいると分かっている中、彼女の身体を弄る背徳感は堪《たま》らないものがあった。

「う……っ♡ふぅ……っ♡っ♡」

耳まで赤くしながら、身体を小刻みに震わせるメルさん。

その姿に胸が熱くなった俺はもっと彼女の身体を知りたくなり、鼻息荒く彼女のスカートをまくり上げる。

そしていよいよ露《あら》わになった彼女のお尻を見て、俺は仰天することになった。

(お、Oバック⁉)

彼女の下着は尻を隠す布が無く、文字通り後ろがO字に空いたパンティだったのだ！

そんなのを見せられて冷静でいられるはずもない。

丸出しになった尻肉を少し乱暴に揉みしだくと、メルさんの息遣いは更に荒くなった。

「ん……っ♡ふぅっ♡ふーっ♡ふー……っ♡」

興奮した俺は、お尻に大きく開いた開口部からメルさんの股ぐらに指を入れる。

(びしょびしょだ……！)

するとそこは既に大量の愛液による大洪水状態。

それを嬉しく思いつつ軽く指を押し付けると、ついに彼女は小さく甘い声をあげた。

「んぁっ♡」

急いで右手の甲を口に押し付けるようにするメルさん。

大人の女性を感じさせる仕草が堪らず、俺は更に洪水の中央を責め立てた。

「んっ♡はぁっ♡ふーっ♡んふっ♡ふーっ♡」

彼女が持つ穴の入り口を弄ると、彼女は次第に脚をガニ股に開いていき、やがて腰を不規則に揺らし始めた。

「ふーっ♡ふーっ♡うっ♡んっ♡はぁっ♡」

愛液の量はどんどん増え、やがて俺の手首からバルコニーの床へ滴るほどになる。

そして俺の指が泥濘《ぬかるみ》の中にある硬い突起にふれた瞬間。

彼女はぴんっと脚を伸ばし、今までで一番大きく身体を震わせた。

「〜〜〜っ♡♡♡」

口を押さえながら声無く絶頂に達するメルさん。

そんな彼女の股ぐらから指を引き抜くと、ぶしゃあっと愛液が吹き出す。

俺はその淫らな噴水に息を呑んだ。

（メルさんがこんなすけべな反応してくれるなんて……！）

バルコニーの床に撒き散らされる体液が立てる、びちゃびちゃといやらしい音。

普段は上品な女性の痴態に、俺の肉棒はますます硬くなっていく。

もちろん俺はもう我慢の限界だ。

（このままメルさんを部屋に──）

彼女の腰に手を回し、バルコニーから中へ戻ろうとした俺だったのだが。

思考も行動もそこで停止してしまう。

それはメルさんがスカートをたくし上げつつ、俺に囁いたからだ。

「あ、アリスト様……うち、我慢できません……」

彼女はそのままパンティの両脇の紐を解き、ずぶ濡れになった下着を脱ぎ去る。

続いてバルコニーに設置されたビーチチェアを跨ぐように立ち、ガニ股になって言ったのだ。

「どうか、このまま……うちの穴、下から思い切り……っ♡」

なんとすけべな貴婦人なのだろう！

俺はチェアに急いで座り、ズボンを脱ぎ去る。

そして彼女の要望に応じるべく、よだれを垂らす割れ目を下から思い切り貫いた。

ぷちっとメルさんの初めての証《あかし》を急いで通りすぎた肉棒は。

「ぁうっ!?」

彼女の驚きの声と同時に、その最奥へと到達する。

するとメルさんは俺にお尻を突き出すような格好のまま、最初の絶頂へと達した。

「～～～～～ッ♡♡♡」

目の前で震える形の良い小振りの尻。

それは牡《おす》としての欲望が満たされる素晴らしい光景だったけれど、それをのんびり楽しむことはできなかった。

というのも、膣中《なか》の締め付けが初めてとは到底思えない凄まじさだったからだ。

（くぉっ!?　い、いろんなとこが締まるッ！）

入り口と中程、そして奥……という感じの三段締めではない。

逐一微妙に締まる場所が変わるらしく、結果として俺の肉棒をキツくマッサージし、射精を促すように動くのである。

「ふっ……はぁっ……！」

俺も必死で射精と声を堪えると、まもなく仕切りの向こう側から女性達の笑い声がした。

メルさんの最初の声は、流石にビーチにも聞こえていたようだ。

「メルさーん、お昼ごはん食べすぎたんじゃないですか～？」

「あうっ！　ってなんか動物の鳴き声みたいな声出てましたよ」

ビーチチェアに座って挿入している俺からはビーチの様子は見えない。

が、どうやらさしたる問題にはなっていない様子。

俺と繋がったことで、仕切りに両肘をつくような形になったメルさんも上手く応じてくれていた。

「う……っ♡うちのことは、ええから、練習してな……。もう……ぁっ♡あんまり、時間ないんやから……」

「はーい！」

「あれ？　アリスくん、どっか行っちゃったんですか？」

「か、買い出しに、少し外にいっ、イッ……♡ってもらったんよ、ぁ……っ♡」

上手く誤魔化してくれるメルさん。

俺はそんな彼女に対し、まずはゆっくりとピストンを始めた。

メルさんの抑えた吐息と一緒に、ぬちゅっ、ずちゅっといやらしい音が青空に響く。

「ふっ♡……っ♡んふ……っ♡う……っ♡」

この行為の全貌が見えるのは俺とメルさんだけ。

仕切りがあるせいでビーチからは見えていないし、メルさんが股を開いて腰を落としているため、彼女の下半身の痴態がばれる心配は全くない。

それを思うと、少しずつ俺の腰は大胆になってしまう。

「んぅっ♡ふぅっ♡んんっ♡はぁっ♡うっ♡ぁっ♡」

ぱん、ぱん、とリズムが上がっていくピストン。

だんだんとメルさんの膣中もほぐれてきて、粘っこい愛液が分泌され始める。

それが糸を引き始めると、やがて彼女の腰も動き出した。

「ふーっ♡ふーっ♡んんっ♡ふぅっ♡はぁっ♡」

そこに特に言葉はないし、こちらを振り返る素振りもない。

しかしメルさんは着実にピストンを速めていく。

（メルさんのおま×こでそれをやられると……ああっ、気持ち良すぎる……！）

加えて見た目も最高にすけべだ。

割れ目から愛液の糸を引きつつ、アナルをひくつかせ、ガニ股でお尻を振る貴婦人。

そんなの興奮しないはずがない。

そしてその魅力に誘われた結果、俺は抑えが利かなくなってしまった。

（もっとメルさんの身体、触りたい！）

欲望に突き動かされ、俺は少しだけ身体を起こし、彼女の胸へと手を伸ばす。

そして乱暴にボタンを外し、メルさんの生乳を掴んだ。

すると、とうとうメルさんの甘い声が上がってしまう。

「はぁあっ♡」

ただ幸いなことに、その声はモナさんの強烈なスパイク音でかき消された。

メルさんは急いで口を塞ぎつつ、こちらを振り返って首を振る。

「はぁっ……♡ありすと、さま……っ♡お、おっぱいは♡こ、声でちゃ……っ♡」

彼女の言う事ももちろん分かる、それに声が出ちゃったら困っちゃうのも分かるんだけど。

明らかに快楽に蕩けた表情でそれを言われると、なかなか我慢する気になれない。

「じゃ、じゃあおっぱいはやめるね……っ……！」

それに誘ってきたのはメルさんのほうだ。

あんな素敵な誘惑をされたら、辛抱たまらなくなって当然なのだ！

だから俺は男性の恐ろしさを分かってもらうべく、メルさんのおっぱいから手を離し、今度は乳首をつまみ上げることにした。

「んぉ……ッ♡♡♡」

途端にメルさんの身体は脈打ち、ガニ股のままびゅーびゅーと愛液を噴く。

柔らかい声色とは違う獣じみた声があがり、モナさんの声がこっちへと飛んできた。

「じゃあ、そろそろ終わりに……メル？」

「ん……んんっ!! ちょ、ちょっと咽《むせ》てしもた……ぁっ……♡だ、だけや……っ♡」

メルさんはうまく咳払《せきばら》いに見せかけて誤魔化す。

そして驚いたことに、彼女のほうからも会話を返した。

「ど、どうや？ 新しい……ッ♡……シューズは？ はぁっ……♡」

きっと返事をするばかりだと不審がられてしまう、と思ってくれたのだろう。

ただ一方で、彼女の腰は止まっていないし、俺だって気持ちよくてピストンをやめられない。

「うん！ とっても滑りやすくて、流石アリストさ……あわわ、アリスくんだなって！」

「そ、そうか。い、イイ……ッ♡か、感じなんやな、ぁっ♡」

「メル店長、これならアルーシャ様との試合でも、そこそこ良いとこ行けそうじゃないですか?」

「せやな……ぁっ♡あっ♡そ、そこっ……♡い、イケると思うで、うちも、イ……ッ♡♡♡」

再び絶頂するメルさん。

それでも彼女と俺の動きは止まらず、お互いの下半身の欲望はどんどんと加速していく。

「じゃあモナ、うちらそろそろ仕事の準備に行くわ」

「本番までもう少しだけど、頑張ってね。勝つのは難しいかもだけど、応援してるから!」

「う、うん、ありがとう……!」

幸いというか、ビーチはそろそろ解散ムードのようだ。

メルさんもそれを悟ったようで、ちらりと俺のほうを見た後、更にお尻の動きを速くした。

「ふーっ♡モナのときみたいに……っ♡ぅうっ♡うちにも、たくさん……っ♡」

浅めの膣中でしごかれ、女性のほうから子宮口を鈴口に擦り付けられるピストン。

背中のラインからはみ出して揺れる乳房を見ると、彼女が着痩《きや》せしていただけだったのだと改めて分かり、その事実はますます俺の興奮を誘った。

「はぁっ……はぁっ……メルさん、出るよ……ッ……!」

「はい……っ♡おねがいします……っ♡うちの、おま×こ穴で……っ♡」

ばちゅっ、ずちゅっと派手な音がし始めた。

それは射精に向けたスパートに入ったということと、同時にビーチには誰もいなくなったということを示している。

（あぁ、搾られる……！　このままメルさんの膣中《なか》で、たっぷり射精《だ》す……ッ！）

そして、俺もあと数往復で射精に達するというところまで来た時。

唐突にビーチ側がまた騒がしくなった。

「店長、すみません忘れてましたー！　例のお酒なんですけど、納品の業者さんが確認したいことがあるらしくって」

「そうそう！　今日か明日にお店に来るので、もしよかったら話したいって言ってました！」

「⁉」

どうやら先程去っていったはずの従業員さん二人が、駆け足で戻ってきてしまったらしい。

メルさんはとっさにビーチのほうへ向き会話が始まる。

「わ、わかった……っ♡きょ、今日、くる……クる……ッ♡」

「明日でも良いそうですけど、店長が都合良い方でお願いします」

「じゃ、じゃあっ♡あした……っ、つごう、イイっ♡い、イイっ♡おみせ、イクっ……♡」

「明日ですね！　じゃあお待ちしてます、お疲れ様ですー！」

彼女は必死に応対していた。

けれどビーチから見えず、俺だけが見ている身体は小刻みな絶頂で腰をくねらせ、間断なく俺の射精を促してくるのだ。

（あぁっ！　だ、駄目だ……もう……ッ！）

俺は必死でそれに耐えるが、やはり数ピストンがやっとで。

「う、うんっ♡あした♡あ、あしたっ♡あっ♡いく、いくいくっ♡ぜったい、イグっ♡」

半分くらいいやらしい発言になってしまっているメルさんの膣中《なか》へ。

ほとんど無意識に彼女の腰を捕まえつつ、ついに射精をしてしまった。

「メルさん……射精《で》るッ！」

——ビュルルルッ!!　ドビュルルッ!!　ビュクッ!!　ビュルルッ!!

「いぐいぐっ♡イッぎゅ♡いぎゅううううッ♡♡」

小振りなお尻を不規則に跳ねさせ、繰り返し絶頂するメルさん。

俺が腰を押さえていることで、何度も子宮口と射精中の鈴口がぶつかり合う。

それがまた強い快楽を呼び寄せ、まずはメルさんが絶頂した。

「んおッ♡せ、せーえきっ♡う、うちのおくっ♡またイグッ♡イグイグッ♡♡」

そして暴風のように巻き起こる締め付けにより、続いて俺が二度目の射精をしてしまう。

「くぁっ！　メルさん、それされるとまた、射精《で》る……ッ!!」

——ドビュルルッ!!　ビュルッ!!　ビュビュッ!!

「おッ♡ほぉっ♡♡あり、すとっ♡さまっ♡♡」

メルさんのいやらしい声と締まり続けるおま×こ。

耳も肉棒も気持ちよすぎて、俺は自分達がどこにいるかなんて、どうでも良くなってしまった。

（あぁ……最高……！）

だから絶頂に震えるメルさんを俺の方へ向かせ、今度は彼女と向かい合う対面座位になる。

そしてそのまま彼女の唇を貪り、同時に硬いままのペニスでその膣中《なか》をほじくった。

「んんっ♡んちゅっ♡ぇろっ♡んっ♡んっ♡おっ♡ありすとさまっ♡すごいっ♡」

「こ、こういうふうに、いっぱいしちゃうからね……っ！　メルさんっ！」

「うちでもっ♡いいんですかっ♡こ、こんなちんちくりんでもっ♡おっ♡」

嬉しそうに言うメルさんの膣中がきゅんっと締まる。

ペニスを的確に搾りとるその締め付けに、俺はもう我慢なんてしない。

「いいよっ！　メルさんがいい！　ああっ、また出るよ……ッ！」

「ああっ♡うちのおま×こ穴、おせーし出すのにつかえるんですねっ♡おねがいしますっ♡」

いじらしい言葉に、俺は昇ってきた射精欲を堪えることなく再びぶちまけた。

――ビュルルッ!!　ビュクッ!!　ドプドプッ!!

「んおほぉっ♡♡♡あッ♡いぐっ♡いぐいぐッ♡♡♡」

この後もしばらく。

俺達は上下で繋がったまま、何度も一緒に絶頂する至福の時間を過ごすことになった。

幸い、従業員さん達に俺達の営みはバレていなかったようだけれど。

「め、メル、アリスト様。そ、その、そろそろ中に入ったほうがいいんじゃないかなって……」

「「……あ」」

頬を真っ赤にしてバルコニーに来たモナさんには、しっかりとバレてしまった。

バニエスタの一大娯楽施設ムミティ・バニー。

コの字形のその建物が囲い込んだビーチと、そこに作られたバニーボールのコートには傾き始めた陽光が降り注いでいる。

そこでは今、異例の試合が始まろうとしていた。

「逃げずに来たな」

「も、もちろんです……！」

ネット越しに向かい合うのはアルーシャとモナ。

彼女達がこれから行うのは領主への挑戦権、つまりグランデへの参加権をかけたバニーボール。

バニーシューズを履いた二人は真剣そのものであったが、しかし集った観客達――主にアルーシャの支持者達――からすれば異常な光景であった。

「アルさん、どっかに頭打っちゃったとか……じゃないよね？」

「アルーシャ様がそんなドジはなさらないわ」

アルーシャはバニエスタ史上最速のスパイクを放つ選手として名高く、稲妻の姫とすら言われるその実力を知らぬ者はいない。

「相手は市井《しせい》の女、しかもグランデの挑戦権をかけての試合だなんて……流石にびっくりだよ」

アルーシャとグランデの挑戦権をかけて試合をする。

その建前上、モナも領主となった暁《あかつき》に実行する自身の主張を掲《かか》げる必要がある。

そのためモナは『金の指輪を持つ姫が、それぞれ自慰行為に励むことで都市は救われる』とし、領主に勝利した暁には二人の姫に自慰を義務付ける、という何とも突拍子もない条例を定める、という主張を掲げることとなった。

「バニミッドがすけべな理由で浮いているなんて、妄言もいいとこって感じだよねぇ」

「ええ。禁忌の遺跡に入って馘首になってしまったという話も頷けますわね」

無論、そんなモナの主張が簡単に受け入れられるはずもない。

彼女に対する評価は、とんだ変わり者、というところに落ち着いていた。

一方で、そんな主張を持ってきた女性との試合に応じたのがアルーシャである、ということが女性達に混乱をもたらしている。

「アルさんも感じるところがあったってことかな」

「すけべな学説に一理あるとおっしゃるなんて。アルーシャ様は本当に変わっていらっしゃるわ」

「そこがアルさんの良いところだと思うよ。……でも、大丈夫なのかなぁ。流石に一方的すぎるっていうか」

「アルーシャ様のこと。あまり非道なことはなさらないとは思いますけれど」

突拍子もないことを言い出した元学者に、結果の見えきった試合。

会場には盛り上がりなどなく、むしろ微妙な空気が漂っている。

しかしモナが立つコートの後方、その最前列に座ったイルゼとエフィは違った。

「モナちゃん、凄くいい目をしてますわ」

「はい。とっても格好いいです」

ここ二週間ほどメルはシューズの調整に、モナは練習に集中していた。

となると美兎館のほうは経営担当と店員の一人を失うことになる。

その穴埋めに奔走したのが、エフィとイルゼの二人であった。

イルゼが領主就任前に経験していた経理の知識は短期間の経営補佐として遺憾なく発揮されたし、エフィに染み付いたメイドとしての振る舞いや気遣いは熟達した店員に勝るとも劣らない活躍を可能にしたからである。

「やっぱりモナさん、緊張していらっしゃるみたいですね」

「そうでしょうね。わたくしだったら裸足で逃げ出してしまいますわ。グランデという試合でのあの御方のご活躍は凄まじいものでしたし……」

砂漠の女性都市が水源で困っていて、モナの挑戦がそれを打破できるかもしれない。

その状況を前に二人が協力を渋る理由など無かった。

ただ一方で、そこにはイルゼの個人的な感情もあった。

（都市の分断を止められるのは、きっとモナちゃんのような人ですもの）

領主という立場にある彼女にとって、意見が二分され、それが住民の感情と相まって対立構造になっていくという事態が、とても他人事とは思えなかった。

それは領内の改革を進めていく際、彼女自身が常に向き合ってきた、向き合わざるを得なかった問題でもあったからだ。

（商業ギルド長にオリビアを据えた時もそうだった……）

純粋に腕を見込んだ采配であったが、イルゼが友人を優遇したのだという批判は根強く残った。

オリビアやそれを支持してくれる古株の店長達がいなければ。

アリストとの協業によるレテアの成功がなければ。

おそらくそれを乗り越えることはできなかっただろう、と若き領主は思う。

『勇気ある女性の背を今度はわたくしにも支えさせてくださいませ。メルさんもモナちゃんも、わたくしに出来ることがあれば何でも言ってほしいですわ』

だから彼女はそう言ったし、イルゼの苦労を見てきたエフィもすぐさま賛同したのだ。

『慣れないことばかりですが、最大限お力添《ぞ》えをさせてください』

そして今、二人はモナの後方最前列の席へと座っている。

しかしメルとアリストはそこにはいない。

二人ともモナを技術的に支援した人間のため、不正防止の意味で観客席にはいられないのだ。

「先行、挑戦者モナっ!!」

ネットの脇に立つ審判の声が響き、青と黄のボーダーのボールがモナへと渡る。

それを受け取った彼女の身体は強張《こわば》っていた。

(み、皆がボクを見てる……!)

多くの視線を向けられるその状況は、禁忌の遺跡に入った後に多くの女性に叱責された時のこと
……つまり、彼女のトラウマを呼び起こすからである。

(ごめんなさい……ごめんなさいっ……!)

モナはどうしてもバニミッドの秘密を解明したかった。

自分のように人前が苦手な女性にも居場所があり、学ぶこともできる。

そんなバニエスタが好きだったからだ。

だから刻一刻と下がってきているバニミッドの高度に気づいた時、彼女はなりふり構っていられなかったのだ。

「はぁ……っ、はぁ……っ」

モナはすでに肩で息をしていた。

罪悪感と使命感、危機感が綯《な》い交《ま》ぜになったあの時の気持ちが蘇ったからだ。

しかし禁忌の遺跡に立ち入ったのも、試合を決めたのも、全て自分である。

（とにかく、打って、試合を、はじめなきゃ……！）

彼女は震えつつ、ボールを垂直に投げる。

そして右手でそれをサーブしようとしたのだが。

「……ぁっ……！」

その手は空をかき、ボールは砂の上に落ちてしまった。

バニーボールのルールでは一度目のサーブミスは許される。

静まり返った会場の中、モナは血の気が引いた顔でボールを拾った。

（……ボクは……）

彼女は世界に自分しかいないような、とてつもない孤独にのまれそうだった。

呼吸すら定かではなく、その息苦しさから逃れるため、まるで水中から息継ぎをするかのように顔を上げる。

「は……っ、はぁっ……ぁっ!?」

ただそうしたことで、彼女の視界に二つの人影が入った。

それは美兎館の個室からモナを見守る二人であった。

（メル、アリスト様……！）

二人はぐっと両手に拳をつくり、声が届かない彼女に激励の気持ちを伝える。

それを見た彼女の脳裏には、人生の中で最も濃かったと言えるようなこの二週間の記憶が、走馬灯のように流れていく。

するとモナの身体は呼吸を思いだし、聴覚も取り戻した。

「モナさん！」

「モナちゃん！」

聞こえたのはモナの後ろ、最前列に座るイルゼとエフィの声だ。

振り返った彼女の瞳に、二人の女性が頷く様が映る。

「はぁっ……はぁ……すぅ、はぁ……」

モナの息遣いは深呼吸へと変わる。

そしてその心の中に、瞳の中に、あの日と同じ灯《ひ》が点《とも》った。

「……っ!!」

モナが声を出し、宙へ投げたボール。

それはさきほどよりもかなり高い。

だから観客は彼女が緊張のあまり、二度目のサーブミスをしたと認識した。

だが褐色の姫は違う。

（来る……っ！）

アルーシャが身構えた途端。

観客もまた、自分達の判断が間違っていたと理解する。

モナのバニーシューズが砂を吹き、青いバニーの身体は宙空へと跳び上がっていたからだ。

「はぁっ!!」

彼女はすぐさま、宙空高く浮かび上がったボールを跳び越すほどの高度へ到達する。

そしてしなやかに脚を振り抜き、高速のサーブを相手コートへと放った。

「嘘……っ!?」

「あ、アルーシャ様と……おんなじやり方……！」

途端に静まり返っていた観客席がざわめいた。

アルーシャにしか出来ないと言われていた超高度からのサーブが、異端の学者によって再現されたからである。

度肝を抜かれなかった女性は、ごく一部だけ。

そして、それにはアルーシャも含まれていた。

（やっぱり……なッ！）
彼女はニヤリと笑い、自身のバニーシューズからも砂を吹かせる。
そしてコートの隅を貫こうとするボールへ追いつき、シューズの側面でそれを弾いた。
すると青と黄の球は、モナのサーブの勢いなど無かったように垂直に宙へと浮かぶ。
その球を追うように、褐色の兎が跳び上がった。
「おらぁっ!!」
——パァン！
凄まじい破裂音とともにアルーシャのスパイクが対面のコートへと突き進む。
（追いついて……ッ！）
青い兎はなんとかそれに追いつくものの、しかしその球威を殺すことはできなかった。
「くうっ！」
苦悶の声を上げながらシューズに当てるのが精一杯である。
そのため、ボールはアルーシャのコートへふわりと返っていってしまう。
だがそれがネットを越えきることは無かった。
何故なら、ボールの行き先には宙空に舞う褐色の姫の姿があったからだ。
「甘いぜっ!!」
アルーシャが腕を振り抜くと、青と黄のボールがビーチの砂を巻き上げる。
そして試合最初の得点がアルーシャへと与えられた。

「インッ！　ボール、アルーシャ！」

ファティエとアルーシャが対決するグランデであれば、ここでアルーシャを支持する女性達から大きな歓声が上がっただろう。

しかし会場からは拍手すら起きない。

誰もが皆、モナがアルーシャのボールに追いついたことに度肝を抜かれていたからだ。

それはさきほどまでモナに対し、訝《いぶか》しげな視線を向けていた二人の女性もである。

「あの子……学者さん、なんだよね……？」

「そう、聞いていました、けれど」

水を打ったように静まり返った観客席をよそに、アルーシャは青と黄色のボールを受け取りながら、幼少期の記憶を思い出していた。

（どことなく似てると思ったが、やっぱりお前だったんだな）


幼い頃からバニーボールで頭角を現していたアルーシャ。

成長するにつれ友人の輪の中では勝負にならなくなり、バニエスタの各所に出没しては年齢関係なく勝負を申し込み、あちこちで勝利を重ねていた。

そんな中、彼女はとある地区でいつも一人でいる少女に声をかけた。

『ん？　お前も俺とバニーボールしに来たのか？』

彼女はアルーシャの試合をこっそり見ていることが多かったため、アルーシャとしてはいい加減声をかけてこいよ、という想いもあった。

自分と同じくらいの年頃だが、引っ込み思案で友人もいなそうだ。

アルーシャはその様子がどうにも気にかかり、舎弟のようについてまわる友人達がいない時を見計らって声をかけたのだ。

『い、いいの……？』

少女は大きな瞳を何度も瞬かせてそう言った。

無論、アルーシャが断る理由はない。

領民が自由に利用できるコートへ誘い、二人はバニーボールを始めたのだが。

まもなくアルーシャは砂の上へ寝っ転がり、大息をつくことになった。

『はぁっ、はぁっ……お、お前、すげぇな……』

ボールと同じ位置まで跳び上がり、超高度から放たれるサーブ。

シューズの側面でスパイクの勢いを完全に殺す技術。

その少女が繰り出した見たこともないプレイスタイルに、彼女は翻弄され、圧倒的な敗北を喫したからだ。

『はぁ、はぁ……そんなこと、ない……』

照れくさそうに、それでいて勝敗抜きに嬉しそうに笑った少女。

以降、アルーシャはしばしばその少女とこっそり試合をすることになった。

仲間たちに敗北を見られるのが嫌な一方、彼女との試合は楽しかったからである。

ただその関係にもある時、終わりがきた。

『別の都市へ行く……？　お前がか？』

『う、うん。どうしてもバニミッドのことで知りたいことがあって……。だから学校を卒業したら、他の都市の書店でしばらく働いてみるつもりなんだ』

『おいおい。お前、大丈夫か？　友達とか作れんのか？』

『あ、あはは……』

少女は照れくさそうに笑う。

アルーシャちゃんみたいな人がいたらいいな、と。

その言葉に胸が一杯になったアルーシャが、彼女の名を聞く日はこなかった。

思ったより早くその少女は――アルーシャを唯一降《くだ》した彼女は、都市を離れていたからだ。

(お前だったんだな、モナ！)

アルーシャはあの日の想いをボールに込め、モナを真似て、そして超えるために身に付けた数々の技術を披露していく。

「いくぜ、モナっ!!」

「くぅッ!!」

「イン！　ボール、アルーシャ！」

身体の各所が急激に成長したのはアルーシャもモナも同じ。

そしてモナという名前自体、そこまで珍しいものでもない。

だからアルーシャは、今日まで確証を得られずにいた。

しかしモナはバニエスタに戻った彼女の姿を見た時から、アルーシャが元気であることに喜び、同時に遠い存在になってしまったことを知っていた。

（アルーシャちゃん……やっぱり、強い……っ!!）

大切な思い出を超える速度で動き、次から次へとボールを送り込んでくる褐色の姫。

モナはあの日とは違い、それらに追いつくのがやっとだ。

……いや、むしろ追いつくこともできなくなっていた。

「おらぁっ!!」

「イン！　ボール、アルーシャ！」

「遅いぜっ!!」

「イン！　ボール、アルーシャ！」

アルーシャが次から次へと点を決めていく。

一度得点をすれば連続でサーブができる試合形式も、モナにとって不利に働いた。

結果として、観客達が当初想像していたような一方的な試合になり、試合はあと一点アルーシャが得点すれば勝敗が決するところにまでに至る。

「はぁっ、はぁっ……！」

砂の上に手をつき、今度は純粋に疲労によって大息をつくモナ。

ネット際に落ちたボールを拾うアルーシャは、そんなモナに声をかけた。

「引っ込み思案なとこは結局変わってなかったんだな、モナ」

「……！」

肩で息をしながらも、アルーシャの顔を見るモナ。

モナの顔に浮かんだ驚きに対し、褐色の姫は不敵に微笑んだ。

「技術も大して変わってないな。だから……この試合は俺が貰う。勝ち逃げされっぱなしなのは気分が悪かったしな」

アルーシャに油断は無い。

モナもそのことは良く承知していたし、付け入るような隙があるとも思っていなかった。

が、だからといってモナが試合を諦めたわけではない。

（……うん、大丈夫）

彼女はアルーシャがサーブのためにコート端に戻っていく背を見ながら、自身もまたコートの端へと戻る。

それは一見、試合を放棄したように見える光景だ。

「流石にもう、諦めてしまったようですわ」

「……まぁ、そうだよね。むしろ良くやったほうだと思う、アルさん相手に」

観客達から同情的眼差しがモナへと注がれる。

しかしその見立ては誤りであった。

「これで、終わりだっ!!」

試合を決定づけるかに思われたアルーシャの強烈なサーブ。

モナが今まで一度たりとも勢いを殺せていなかったそのボールは今、モナのシューズの側面に蹴り上げられ、垂直に、理想的な角度で宙へ浮かぶ。

(な……ッ!?)

そしてアルーシャはビーチに着地してすぐに目を見開くことになった。

宙へ垂直に浮かんだボールの側《そば》では、同じく宙空へ到達したモナがスパイクの体勢に入っていたからだ。

(は、速い……ッ!!)

アルーシャが再び砂上を滑り出す間もなく、彼女のコートにある砂が一部舞い上がった。

その現象を起こしたのは、モナが空中から蹴り込んだ球である。

「い、インっ！　ボール、モナ！」

静まり返った会場に審判の声が響くと同時に、モナが砂浜へと着地する。

「はぁっ……はぁっ……」

肩で息をしたままではあるものの、その瞳から光は失われていない。

そんなモナのプレイにはしゃぐのはイルゼとエフィであった。

「「やったぁ！」」

静まりかえる会場の中、嬉しそうにする二人は少し目立ったが、喜びを明らかにしているのは彼女達だけではない。

個室から試合を見ていたアリスト達もである。

「よーしっ!!」

「モナ、その調子やー!!」

決して声は届かないが、二人は大いに声を出し盛り上がっていた。

対照的に、息を呑んでいたのは会場の観客の大半と、驚愕の表情のアルーシャである。

（い、一体何が起きた!?）

だがその両者がゆっくり事態を理解する暇はない。

すぐさま、モナがサーブを放ったからである。

「はっ!!」

モナが振り抜いた脚を出発点にして、閃光のように放たれる青い球。

アルーシャは困惑を振り切りシューズの踵《かかと》へ力を入れた。

（絶対に追いつくっ！）

あと一点で勝負が決する。

だからこそアルーシャはやや無理のかかる勢いで砂上を滑り、コート端へと到来するボールへ飛び込んだ。

引き分けを続けるファティエとの試合でも、ここまでの速度を出すことはないにもかかわらず。

「な……っ!?」

アルーシャの身体はそのボールをレシーブすることができなかった。

「……い、インッ！　ボール、モナ！」

（嘘だろ……速すぎる!!）

彼女は愕然とした。

明らかに、先程の一球からモナの動きと打ち出されるボールの速度が速い。

しかもその速さは、領内で最も高速に舞うファティエを彷彿《ほうふつ》とさせるほどだ。

（ど、どうなってる!?　今までのが手抜きだったってことか……!?）

一方個室で観戦をしていたアリストは、モナが次々と点を決めだすのを見て、ほっと胸を撫で下ろしていた。

「良かった。ちゃんと動いてるみたいで」

彼は言いながら、モナが履くバニーシューズにちらりと目をやる。

その隣でメルがくすっと笑みを浮かべた。

「アリストはんがあんまりにもギリギリまで調整するから、うちも少し心配でした」

心配どころか全幅の信頼を感じる笑みに、アリストは照れくさくなって頭を掻く。

そんな彼の技術、というかバンドンの際にも活きた特殊な研磨グセが、モナの動きが唐突に速くなった要因であった。

「ブレードに砂を溜めると聞いた時は驚きましたけど。モナも無事使いこなせたみたいですね」

粒子をろ過できる石を研磨によって作ることができるアリスト。

彼はその技術を活かし、シューズのブレード部分にわざと砂がたまる構造をつくった。

試合の間に少しずつそこに砂が溜まり、モナが絶妙な体重移動をすることで、溜め込んだ砂を勢いよく吐き出す設計だ。

その勢いは通常のバニーシューズでは出せないほどの出力で、砂上の選手を急加速させることができるのだが。

「かなり暴れん坊だと思ったんですが……モナさんって本当に凄いんですね」

少なくともアリストやイルゼ達、経験者のメルであってもバランスを保つことができないほどの速度を発生させてしまう。

だが、それを制御するのがモナであった。

そして彼女はアルーシャの速度に追いつけないと悟った時点で、試合終盤まで砂を溜め込むことに集中していたのだ。

「ハラハラしましたけど、砂を溜めきってから動くとは思いませんでした。モナって意外に勝負師やったのかもしれません」

「あはは、確かに」

メルもモナの器用さには称賛を送るが、同時にアリストに対し驚嘆させられていた。

(規則の範囲内でそれをやったアリストはんも十分すごい……っていうか、とんでもない発明なんやけどなぁ)

彼女はそんな言葉を飲み込みつつ、最近モナから聞いた話をする。

「モナは昔、アルーシャの試合をずっと見てたことがあったらしくて。友達がいなかったから、陰から見てこっそり真似して、一人で試合ごっこをしてたらしいんです」

「えっ!? そ、それはまた……なんというか……」

涙無しには聞けないような寂しい話であるが、メルは苦笑しながら続けた。

「結局、なんでものめり込むと一直線なんやと思います。それにアルーシャっちゅう友達と遊び続けたくて……必死になっとった部分もあったんかなって」

ただ一方でモナはその時すでに、バニミッドの浮遊に対し疑問を持っていた。

いつかあれが落ちてしまうようなことがあるんじゃないかと。

そうなれば大切な友人のアルーシャが困る。

彼女の居場所が無くなってしまう。

「それで次にのめり込んだのが、バニミッドの研究だった……?」

「そうみたいです。あっちこっちで本集めて、あの部屋の惨状っちゅうことみたいですけど」

「なるほど……」

アリストが感慨深げに頷き、そして改めて試合が行われている会場へ視線を戻す。

するとそこではコートの真ん中に立つ青いバニーガールが、褐色の姫に片腕を持ち上げられるところであった。

そして凛としたアルーシャの声は個室にもしっかりと届く。

「バニエット様はモナを選んだ！　……俺は今日を以《も》って、モナにグランデの挑戦権を譲り、モナを支持する！」

しばし会場を沈黙が包む。

しかしアリストもよく知る優しい二人の女性が拍手を始め、次第にその拍手は広がっていく。

――ワァアアアッ!!

いつしか会場は、先日のグランデの後にも負けない、大きな歓声に包まれていた。

「俺より強いモナに、バニエスタを任せる！　お前たち、異論はないな！」

目にも止まらぬ速度でコートを舞った青い兎。

アルーシャの言葉に恥じらう彼女とは対照的に、神のお眼鏡に適《かな》った者として。

そして奇跡を起こしたプレイヤーとして。

――ワァアアアッ!!

観衆はもう一度、モナに大きな歓声が送られるのであった。

第三章　豪快バニーの淫らな内側

アルーシャさんにモナさんが大逆転で勝利を収めてから数日。

俺は輝くように真っ白な漆喰《しっくい》で作られた大邸宅、その寝室で目を覚ました。

「んん、ふぅ……」

目覚めて最初に視界に入るのは、ベッドに備え付けられた天蓋。

赤を基調にしたそれの派手さはなかなかのもので、どこかの王様かお姫様でもなければ普通は目にしなさそうだと思える代物だ。

ただそれよりも俺の目を惹《ひ》くのは、両脇で眠っている美女二人の裸体であった。

（……絶景かな）

イルゼさんの生爆乳も素敵だし、メルさんのツンと上向きのおっぱいも素晴らしい。

ただその絶景は股間に悪く、下手をすると昨晩の極楽へ戻りたくなってしまう。

（って、いかんいかん！）

危険を察した俺は息子が元気を取り戻す前に脱ぎ散らかした寝巻きを着る。

そしてベッドを出て窓際へと向かうと、そこは雲が出ている空から降り注ぐ、柔らかい陽光で満たされていた。

窓際にできた心地よい陽だまりで俺は大きく伸びをする。

「うーん……っ！」

そして窓の外に広がる光景を見て、改めて俺はここが豪邸であることを理解した。

だって個人の家になのに、大きなプールがあるんだもの！

（もともと、男性の来賓客用《らいひんきゃくよう》の宿泊施設らしいけど、改めて凄《すご》い。もはや王様の別宅だよ）

モナさんがアルーシャさんに勝利し、正式にグランデの挑戦権を譲られた後。

俺達ウィメから転移した組と、モナさん、メルさんの五人はこの邸宅へで暮らすことになった。

ただ本当の驚きはその豪華さではなく、宿泊施設の現状にあった。

（アルーシャさん、勝手に自分の家って言ってたけど。大丈夫なのかな……？）

なんと『男が使わないから』という理由で、アルーシャさんが自分の家にしてしまっているらしいのだ……。

大流砂を面倒がって男性は外遊訪問に全く来ない。

そして執事さえ派遣されなくなって久しいので、問題になっていないようだ。

（豪胆というかなんというか。でもそういうところにファンがつくんだろうな）

メルさんも振り回された、とは言っていたが迷惑そうというよりは嬉しそうだったし。

実際話をしてみると、かなり話せる女性でもある。

そして俺達をこの大邸宅に招いたのもアルーシャさんであった。

『ファティエとの対戦に備えて、俺がモナの練習相手になるぜ。俺に勝ったんだから、あいつにも勝ってもらわないとな』

驚くモナさんを含め、俺達も一緒にその邸宅で寝起きすることになった。

彼女曰く、俺達のことを『気に入った』ということらしい。

理屈はあまり分からないが、彼女にそう言われるのは正直嬉しかった。

ちなみにシューズの調整をする設備も十分に整っていて、試合の準備には困ることは無さそうである。

「ん……？」

と、そこで庭にある大きなプールの奥に人影が現れた。

ここへ寝泊まりするようになって数日、そんなことは初めてだったので少し驚く。

一体誰だろう、と興味本位で目を凝らした俺は仰天してしまった。

(アルーシャさん……す、素っ裸!?)

そこにいたのは、一糸まとわぬ姿の褐色美女であったのだ。

生のおっぱいを揺らし、弾けるような張りを見せるお尻を平気で晒《さら》しつつ。

彼女はプールの近くにあるシャワーを浴び始めたのである……！

「～～～♪」

なんだか楽しげな鼻歌も聞こえてきた。

アルーシャさんにとって、これは早朝のリラックスタイムなのかもしれない。

にしたって外にあるプールに全裸で登場するというのも、なかなか大胆である。

(それともこっちの世界じゃ普通なのか……?)

考えを巡らせようとするが、それはあまり捗《はかど》らない。

体育会系美女の全裸がチラチラと視界に映るのだから当然なんだけどね……。

と、寝室の扉がゆっくりと開いた。

「アリスト様、起きていらっしゃったんですね」

物音を立てないようにしつつ部屋に入ってきたのはエフィさんだ。

今日も素敵な白バニー姿で、洒落た台車と共に俺のそばへとやってくる。

そしてその後ろにはもうひとり、素敵なバニーさんがいた。

「おはようございます。アリスト様」

可愛らしくお辞儀《じぎ》をしてくれるモナさんだ。

彼女はベッドの上ですやすやと眠るイルゼさんとメルさんを見て、少し頰《ほお》を染めた。

「さ、昨晩も遅くまで……あの、ありがとうございました……♡」

上目遣いバニーさんに、どきんっと胸が高鳴ってしまう。

ただそれは一度では済まない。

白いバニー衣装に身を包むエフィさんもしっとりとした声で言うからだ。

「アリスト様。昨晩もとっても、素敵でした♡」

朝目覚めると、肌を合わせた女性達はいつもこうして素敵な挨拶をしてくれる。

この世界においてセックスは妄想の産物とされているので、おそらくそっち方面の創作物での定番なのかもしれない。

もちろん、俺はこの定番が大好きである。

「え、ええと、二人とも凄く可愛かったです」

ただこのやり取りをすると、どうしても昨晩の情事を思い出してしまう。

するとまぁ、やっぱり我が息子は大きくなっちゃうわけで……。

俺のズボンにできた膨らみは、すぐにエフィさんに見つかった。

「旦那様、お食事の前にすっきりなさいませんか……♡」

その瞳はすでにお世話の色で濡れている。

そして今日は、並び立つモナさんも同じような瞳になっていた。

「あのっ……け、今朝はボクも、お、お手伝いをしても……？」

なんて最高の提案か！

俺が高速で何度も頷くと、青い兎さんは恥じらい混じりの笑みを浮かべてくれた。

「ありがとう、ございます♡で、では……♡」

そんな彼女が俺の前に跪《ひざまず》くと、エフィさんは左右に開いた状態のカーテンに手をかけた。

窓から外が見える状態では落ち着かないだろう、と察してくれたらしい。

「……！」

が、とても優秀なバニーメイドさんは、何かに気づきその手を止めてしまった。

そればかりか、再び開いて元通りにしてしまう。

（えっ、エフィさん……？）

困惑する俺に彼女は言った。

「今朝は、そっ、外の景色も素敵ですから、このままでいかがですか……？」

優秀なエフィさんは、俺が何を見ていたのかまで理解してしまったらしい。

その上で、それを見ながらの続行を提案してくれたのである……！

（エフィさん、どんどんすけべになってない!?）

ただあくまでそれは俺に新しい刺激を、と思ってのことみたい。

その証拠にエフィさんの頬は真っ赤だ。

自分でもちょっと変態なことを言っている、という自覚がしっかりあるのだ。

当然、そんないじらしいメイドさんの提案を無下《むげ》になどできない！

「う、うん！　じゃ、じゃあそのままで……」

それを合図に、俺の前に跪いたエフィさんとモナさん二人の手で俺のズボンが脱がされていく。

身体の左側にある窓は脇腹ほどの高さなので、外からその様は見えないはずだ。

（生垣もあるし距離はあるけど、それでもハラハラする！）

そう思いつつも、俺は改めて庭に目をやる。

真っ裸のアルーシャさんがいよいよプールに入るところだった。

「ふーっ！　生き返るぜ……」

プールのふちに背中を預け、満足気な表情を浮かべる褐色美女。

水面の揺れで女性器こそ見えないものの、大きな乳房は丸出しだ。

（生き返っちゃうのはこっちのほうだよ！）

アルーシャさんの身体によって、俺のペニスは完全に立ち上がる。

そしてそれは間もなく極上の感覚に挟まれた。

「し、失礼、します……♡」

それはモナさんがバニー服から取り出した、大きな二つの肉弾によるものだ。

深い谷間が、熱く滾《たぎ》った肉棒を左右から挟み込んでくれる。

（うはぁっ、やわらかっ！）

その素敵な感触は、挟まれただけで腰がひくついてしまうほど。

ただその快感はまだ序の口だった。

モナさんが二つの巨峰を持ち上げ、互い違いに擦り合わせはじめたからだ。

「んっ♡ふっ……♡はぁ……っ」

彼女のマシュマロのようにふわふわの乳肉は、肉棒の凸凹にぴったりと吸い付く。

そんな乳房にどこもかしこも愛される感覚は、俺の下半身を甘く痺れさせた。

「アリストさま、ご気分は悪くないですか……？　んっ♡ふぅっ♡」

「う、うん……すっごい気持ちいいよ……！」

「よかった……！　おっぱい、もっと頑張ります、ね♡」

モナさんはいじらしい表情を浮かべた後、エフィさんのほうを見て微笑《ほほえ》む。

「ふふ、その調子です♡　次は滑りを良くしましょう」

どうやら素敵なメイドさんが、すでにモナさんに教育を施していたらしい……！

それもあって、モナさんのほうから『手伝う』と言い出してくれたのだと分かった。

「は、はいっ♡んあ♡」

モナさんは指導役に従って、小さな口から谷間に涎《よだれ》を垂らす。

そして滑りが良くなった双丘を活かし、更に激しく乳房を動かしはじめた。

当然そうなれば快感も増し、ペニスもどんどん硬くなっていく。

「気持ちいい……モナさんのおっぱい……くっ」

「あぁ、硬いです♡　ボクのおっぱい気に入っていただけて、本当に嬉しい……♡んっ♡はぁっ♡」

上目遣いで瞳を細め、大きな乳房を動かしてくれるモナさん。

その表情だけでどんどん高ぶってしまうが、更に俺を高ぶらせる女性がいた。

それはモナさんの隣で立ち上がったエフィさんである。

「旦那様、失礼いたします♡」

ふわりと甘い香りを漂わせつつ、俺の後ろに回ったかと思うと。

「じゅるるっ♡じゅぞぞっ♡」

容赦なく俺の尻穴を舐め始めたのである……！

「あっ！　くぅっ……！」

「ぢゅっ♡ちゅぱっ♡ちゅるるっ♡」

躊躇のないお尻の穴への舌技はイルゼさんにも負けないもの。

その上で彼女は、俺の上着の裾から両手を入れてきたかと思うと、その細い指で両方の乳首を撫でまわしてきたのだ。

（あ、ちょっ、やば……！）

乳輪を撫でられたかと思えば、こりこりと優しく乳首を刺激され。

一旦指が離れたかと思うと、お腹周りまでねちっこく撫でさすられる。

ペニスと下半身だけで済んでいた快感が、エフィさんの責めにより、いよいよ全身規模のものになってしまったのである。

その間も、硬くなった肉棒はモナさんの双丘で扱かれ。

「んっ♡ふぅっ♡はぁっ♡はぁっ♡ありすとさまの、すごくかたくて、素敵ですっ♡」

思わず腰を引けば、エフィさんが待ちかねたようにアナルを舐めしゃぶってくる。

「ちゅぱっ♡ちゅううっ♡ぇろぇろっ♡」

俺はこの時既に窓の外にいるアルーシャさんの裸を追うのを止めていた。窓枠の下で繰り広げられるお世話は、彼女の美しい身体への誘惑を吹き飛ばしてしまうほど気持ちよかったからだ。

（あぁ、気持ち良すぎて、もう立ってられない！）

脚が震え始めてしまった俺は、そのまま身体の左側にある窓の縁へ片手をつく。

ただその勢いが良すぎて、窓そのものの枠に手がぶつかってしまった。

窓ガラスが割れるようなことはないものの、大きな音は立ってしまう。

「お……アリストじゃないか」

結果、プールに入っていたアルーシャさんに俺の存在が気づかれてしまった。

「!!」

彼女の声が聞こえたのだろう、窓枠の下の二人もぴたりと動きを止める。

（や、やっちゃった！）

俺もびくっと震え、硬くなっていた肉棒も急速に萎えていく。

「随分早起きだな。男ってのは朝寝坊だって聞いてたが」

ただアルーシャさんは悲鳴も上げなければ身体も隠さなかった。

そればかりか、彼女のほうからプール内を泳いでこちらへ近づいてきたのだ。

そしてプールサイドへ辿りつくと、軽い身のこなしで水面から上がってしまう。

「……っと」

うっすらと腹筋の線が見えるお腹、引き締まった脚。

そしてたわわに実り、強く主張するおっぱい。

（近くで見ると大迫力というか、なんというか……）

そんな素晴らしい裸体を隠すこともせず、彼女はずんずんとこちらへやってくる。

そして生垣越しに俺の顔を見ると、やや心配そうな表情になった。

「もしかしてあまりよく眠れてないのか？」

その表情から察するに、窓枠の下がとんでもない状態になっているなど、夢にも思っていないみたいだ。

俺はそのことに安心しながら、彼女に首を振る。

「あ、いやそういうわけじゃないです。もともとウィメではこのくらいの時間に起きて――」

と、俺が言い切らないうちにアルーシャさんは背筋を伸ばし、びしっと俺を指さした。

「その話し方やめてくれ。アンタのほうが立場的には上なんだぞ」

にかっと気さくな笑みを見せる彼女。

俺はその言葉と表情に嬉しくなるが、同時に下腹部が熱くもなった。

彼女が普通の体勢になったことで、今度はぴったりと閉じた割れ目が丸見えになったからだ。

「……っ……」

褐色美女の惜しみないヌード攻勢。

それによって硬度を失っていた肉棒が、どんどん硬さを取り戻していく。

そしてモナさんの深い谷間から、やがてカウパーまみれの亀頭が顔を出してしまった。

「ぁ……♡」

モナさんが小さく声をあげたのとほぼ同時に、俺は再び声をかけられる。

「それから、アルーシャって呼んでくれ。いいよな？」

「う、うん。分かった、アルーシャ」

満足そうに頷くアルーシャさ……アルーシャ。

これでうまく会話が終わったかな、と思ったがそれは誤りだった。

彼女は生垣近くの椅子に座ると、リラックスした様子で話を続けてしまうのだ。

「それで、バニエスタには慣れたか?」

もちろん無視するわけにもいかない。

「えと、まだあんまり慣れない、かな。驚くことも多いし……」

「ははっ。そういやメルも最初は驚くことだらけだった、とか言ってたな」

「へ、へぇ……」

「他から見ると色々不思議なものも多いらしいからな、ここは」

「まぁ、そ、そうかも」

なんとか会話をつなぐ俺だけど、窓枠の下では無視できない変化も起きていた。

「んっ……♡ふぅ……っ♡」

「ちゅっ……ちゅぱっ……♡」

すけべな兎さん達が、俺が会話中にも関わらず攻勢を再開したのである……!

(ちょ、ば、バレちゃうって!)

だが声を出すわけにもいかないし、下手に下を向けばアルーシャさんに突っ込まれかねない。

もしバレたら、片手間で会話してたのかと嫌な気分にもさせちゃうかもしれない。

「にしても、アリストの石に関する技術はすごいな。あれには驚いたぜ」

「そう、かな……自分じゃあんまり、分からない、かも……っ……」

だから俺にできるのは会話を続けつつ、二人がもたらす快感に耐えるだけ。

しかし快感は徐々に強くなっていく。

モナさんとエフィさんの責めが少しずつ変化しはじめたからだ。

「ありすとさま……♡ありすとさま……♡んっ♡ふっ♡」

谷間でペニスを扱くモナさんのパイズリ奉仕は、両脇から乳肉を寄せ前後に動く奉仕へ。

(挿入してる時みたいな感触……やばいっ!)

谷間深くへ入った際、軽く彼女の胸板に鈴口がぶつかる感触は、子宮口との接触を思い出す。

そして割れ目にずぶずぶと肉棒が入る見た目は、まさに乳房とのセックスだ。

「ちゅっ♡ちゅっ♡ぺろっ♡ぴちゃっ♡」

その上で時折、谷間から飛び出た亀頭を舐めしゃぶるサービスつき。

興奮に濡れた瞳にはもう周囲のことは映っていないようで、彼女は夢中になってパイズリ奉仕をしてくれる。

そのいじらしさと快感が合わさって、俺は吐息が我慢《がまん》できない。

「……ッ……ふぅっ……」

「ん?　どうした、やっぱり具合悪いのか?」

「あっ、い、いや!　そういうわけじゃ……ない、よ」

なんとか誤魔化すが、今度はびくっと背筋を伸ばしてしまう。

もう一人の女性の責めも、モナさんと足並みをそろえるように激しくなったからだ。

音は抑えられているものの、彼女も大胆な動き方をしていた。

「ちゅぱ……っ♡ちゅっ♡じゅる……っ♡んっ♡んっ♡」

（エフィさんの、舌、すご……っ！）

舌技はもちろん、上着から逃げ出した両手も凄い。

玉袋にまとわりついたり、ふくらはぎから内ももをいやらしく撫でさすってくるのだ。

「く……ぅっ……！」

そのどれもが射精を促すには充分すぎる。

そしてここへきてアルーシャさんも、その無自覚な魅力を振りまいてきた。

彼女が椅子から立ち上がり、俺のほうをのぞき込んできたからだ。

「お、おい。アリスト。大丈夫か？　なんか顔が赤いぞ。熱でもあるんじゃないのか？」

急に呻《うめ》きはじめた俺を心配してくれたのだろう。

けれど、全裸の彼女が前のめりになるポーズは破壊力が高すぎた。

重力に引かれた、ぷっと垂れ下がる褐色の乳房と、その下に見える穢《けが》れのない美しい割れ目。

いくらお金を積んでも構わないと思えるような絶景がそこにあるのだ。

（ああ、駄目だ。もう我慢できないっ）

窓の外では魅力的な女体が見放題、その下では淫らに下半身を貪られ放題。

「ね、熱はない、よ……っ……はぁっ……くぅっ……」

つま先から上がってくる快楽に耐えかねて、情けない顔を晒しそうになった瞬間。

「アルーシャ様、お迎えに上がりました～！」

こちらからは見えない方角から、褐色の美女を呼ぶ声がする。

彼女はぱっと直立に戻ると、がしがしと頭を掻いた。

「ちっ、今日は夜まで会食だらけだったな。忘れてたぜ」

そして俺を指さして言う。

「今日は半日は休めよ？　ファティエは強敵には違いないが、今から気張りすぎても仕方ないぜ」

射精欲が危険水域にあった俺は、その言葉にのっからせてもらった。

「う、うん！　じゃあもう少し、寝るよ……っ……ぅっ……」

「ん。それがいい。イルゼ達にもあんまり心配かけんなよ。じゃ、また後でな」

ひらひらと手を振って、彼女は全裸のまま去っていく。

俺はその背中を最後まで見送らないうちに、急いでカーテンを閉めた。

するとその途端、兎さん達が本性を現す。

「はぁっ♡はぁっ♡アリストさま、おち×ぽかたいっ♡　白いおつゆ、出るとこみたいですっ♡ボクのおっぱいで射精《だ》してほしいですっ♡」

巨乳を容赦なく打ち付けてくるモナさんは、ついにいやらしいお願いをし始め。

「じゅぞぞぞっ♡ぢゅぞっ♡ぇろぇろぇろっ♡」

エフィさんの舌は暴風雨のようにアナルを責め、同時にその手指が俺の乳首へと帰ってくる。

「はぁっ……！　はぁっ……！」

もはやペニスだけでなく、全身が気持ちいい。

人目を気にしなくて良くなった俺にはもう、精を吐き出す以外選択肢はなかった。

「も、もう射精《で》る……でるでるっ！　射精《だ》すよっ！」

だから声を抑えることもなく、欲望を口にして。

「はいっ♡どうぞっ♡ボクのおっぱい、沢山白くしてくださいっ♡」

モナさんに誘われるまま、その谷間に思い切り精を放った。

「射精《で》るッ！」

——ビュルルッ！　ドビュッ!!　ビュルルルッ！　ビュクッ！

おびただしい量の精がモナさんの谷間で爆発した。

が、白濁液はそこから飛び出し、彼女の顔まで容赦なく汚していく。

けれど、モナさんは一切それを嫌がらず、むしろ恍惚《こうこつ》とした表情で受け止めてくれる。

「あぁっ、すごいっ♡こんなにたくさんっ♡あっ♡」

眼鏡まで真っ白にされながらも微笑む彼女は、そのまま亀頭を咥《くわ》え込んだ。

「はむっ♡んくっ♡んくっ♡」

そしてもっと、もっととねだるように俺の鈴口を吸引する。

「じゅぞぞっ♡ぇろぇろっ♡ちゅぱっ♡ちゅぱっ♡」

更にエフィさんの的確な愛撫が始まり、俺は再び腰を突き出した。

「あぁっ、また……出るっ！」

――ドビュッ!!　ビュルルルッ!!　ビュルッ!!

「んふぅっ!?　んっ♡ぢゅっ♡ぢゅぞっ♡んくっ♡んくっ♡」

さきほどよりも多いのではないか、という量の精子がモナさんの口内で爆発した。

しかし彼女は乳房を上下に揺さぶって、より気持ちよい射精を促してくれる。

それはエフィさんもだ。

「んっ♡ちゅぱっ♡んっ♡んふぅっ♡」

こうしている間も優しく尻穴をしゃぶりつつ、玉袋を揉みこんでくれるのだ。

(もう、下半身全体が溶けそうだ……!)

そんな贅沢な体験は、白濁液まみれのモナさんが亀頭を解放し。

「ぷはっ……はぁっ、はぁっ♡」

エフィさんが尻穴を許してくれるまで。

「ちゅぱっ♡ちゅっ♡旦那様、とっても素敵でした……ちゅっ♡」

だらしない射精を何度か挟みながら続いた。

ただし、そこまでしても……朝食にはまだたどり着けそうになかった。

「「……♡」」

それは、二人の瞳が明らかに続きを求めていたのと。

「アリスト様……わたくし達のこと、お忘れではありませんか……♡」

「う、うちはべ、別に……そのっ……」

「遠慮はいけませんわ。さ、素敵なお身体をお見せになって♡」

「ちょ、ちょちょ!?　イルゼはん!?」

裸の美女がもう二人、じっとりとした瞳で近づいてきていたからである。

(朝ごはん君、もうちょっと待っててほしい……)

早起きしたにも関わらず、その日の朝ごはんがもう少し遅くなったのは言うまでもない。


プールから出発し、商業関係者と数々の会食を終え邸宅に戻ったアルーシャ。

暖色を放つ光石に照らされた自室で、彼女はため息をつく。

「はぁ……ったく、困ったもんだぜ」

それは商組合のまとめ役として、最後に会食をした女性が不快なことを言い出していたからだ。

(八百長だなんだと陰謀論めいたことまで言い出しやがって)

アルーシャからすれば心外極まりない話だし、試合をきちんと見ていればそんなことはないことは明白だ。

ただ、そうであるからこそ懸念があった。

「前はもう少し柔軟だったし、良い経営者だったはずだが……ふぅ」

バニーボールの勝敗には神の加護が宿る、というのは領民の共通認識だ。

その上でモナが勝利したということ、そして彼女が商業に関して否定的でないこと。

二つの理由からアルーシャ支持者の大半はモナを支持、あるいは静観という姿勢である。

（流石に冷静さを欠きすぎだ。それに、ああまで意固地だと孤立しちまうだろう）

何らかのフォローが必要だと感じるアルーシャ。

しかしその一方で、彼女には非常に個人的な憤りもあった。

（……アリストのことを詐欺師だとかなんだとか言いやがって）

アリストらを邸宅に招いたのは、アルーシャなりに彼やその周囲の人物を見極めたいという想いがあってのことだ。

ただそうして分かったことは、彼や彼女らがモナを本気で支援していること。

そしてアリストも真摯に、懸命にシューズ調整に向き合っていることだ。

（遅くまで頑張ってるし、メルと同じ顔で取り組んでる。あれは真剣なやつにしかできない顔だ）

実際、試しにアリストに対し、どうしてそこまでするのかと聞いたことがあった。

すると彼は照れ臭そうにこう言ったのだ。

『モナさんがアルーシャさんに挑むって決めた時の表情が、すごく恰好良くて』

『か、恰好良い……？　女がか？』

『はい。俺はあんなふうに強い気持ちを持って挑戦する勇気なんてなかったから。だから今回は俺もやってみようって。ただ待っているだけじゃ駄目だなって思ったんです』

まぁそんな簡単に追いつけないとは思いますけど、と苦笑した彼。

『っ……！　そ、そうか。はっ、やっぱ変わってるな。ふふっ』

アルーシャは茶化しつつも、表情と発言にときめいてしまった。

男と女という区別もなく、純粋に人を尊敬し、それに学ぼうとする姿勢が心を打ったのだ。

（あいつは立派な人間だ。女達がついていくのも良く分かる）

その姿勢が本物だと感じているからこそ、詐欺師呼ばわりには憤りを感じたのである。

ただ一方でそのアリスト自身に対して、アルーシャも不満がないわけではない。

「……っ……」

それを解消するため、彼女は自室のベッドの上で大きく脚を広げ、スケスケのタイツの中に手を突っ込む。

いつも通りそこにパンティは無いため、その手はすぐに女性器へ達した。

「んっ……ふぅっ……♡」

すでに潤っていたそこは指をあっさり受け入れ、アルーシャの口からは密やかな声が漏れる。

「あっ♡はぁっ……♡」

ゆっくりと膣中《なか》をかき混ぜる彼女の脳裏に浮かぶのは今朝のこと。

自分の裸を彼にたっぷりと見せつけた時のことだ。

（あの時間に行って、正解だった。まさかあんなにじっくり見てくれるなんて）

アルーシャは彼の起きる時間をかなり前から知っていた。

それは毎朝イルゼ達の誰かがキッチンを使い、軽い食事を作ることを許可していたからだ。

そして当然、プールが彼の部屋から丸見えなことも分かっている。

「はぁっ♡んはぁっ♡ありすと……っ♡んんっ♡」

それを知っていて、彼女はあの時間に水浴びにいったのだ。

もし嫌がられたら、あるいは彼が一切興味を示してくれなかったら、という不安はあった。

が、それは幸いなことに杞憂《きゆう》だった。

(おっぱいも、おま×こも。舐め回すように見てきた……♡)

特にプールから上がり、思い切って彼に近づいた時は、至福の時間だったと言っていい。

可愛い顔に戸惑いを浮かべつつ、乳房も割れ目も見つめてくれたのだ。

「なのにっ……♡ふぅっ♡おれには、ち×ぽ、くれない、なんてっ♡はぁっ♡」

彼女の不満はそこであった。

モナが挿入されるのは目の前で見たし、聞けばメルもめちゃくちゃにしてもらったという。

だというのに、あれだけ自身の裸に興味を示しつつ、手は出してくれないのだ。

「おれだって♡ち×ぽ、しゃぶる練習してるのにっ♡おっぱいも、おおきいのにっ……♡」

加えてあの時、窓枠の下で何かが行われていたのは明らかだった。

アリストは色気のある声を出していたし、窓枠下部の端で兎耳の先が揺れていたのだ。

(きっと、朝から他の女がアリストのち×ぽ食べてたんだ……っ)

なんと羨《うらや》ましいことか！

アルーシャは悔しさも感じつつ、窓枠の下で行われていたことを想像して興奮する。

「あっ♡ありすとっ♡俺のま×こにもっ♡んっ♡ち×ぽっ♡くれよぉ♡」

彼女は恋焦がれる男の名をあげつつ、腰を浮かせ膣を激しくかき回す。

ぴゅっ、ぴゅっと愛液が二度吹き出し、いよいよ彼女の快楽は加速していく。

「あぁ、イク♡またイっちまうっ♡ありすとで、イク♡イクイクッ♡」

そしてそれが最高潮に達しようとした時のこと。

突然、部屋の中にガタっという音が響いた。

アルーシャは音のほうへ視線をやると、寝室のドアが半開きになっていたことに気づく。

そしてその隙間から覗いていたのは。

「あ、アリスト……っ!?」

まさに今、妄想の対象にしていたアリストであったのだ。

しっかりと視線が合った彼はわたわたとしつつ、何か言おうとする。

「……い、いや、その……あの……っ」

ただ、アルーシャにとって重要なのは言葉ではなかった。

アリストがペニスを大きくしているかどうか、ということだ。

「っ!!」

果たして、それはアルーシャの期待通りであった。

ベッドと寝室のドアとは距離があるのに、それでもはっきりと分かる。

だから彼女はベッドから飛び降りた。

「ふーっ♡ふーっ♡」

更に瞳を淫欲に染めながら、ずんずんと彼のもとへ歩き。

自らの手が愛液で濡れているのも構わず、アリストの腕を掴んだ。

「わっ!?」

彼が驚こうが何しようが、アルーシャは構わない。

「も、もう、逃がさないぞ……っ♡こいっ♡」

そう言って、獲物をベッドへと連れていくのだった。


俺は軽く宙を浮いたのち、アルーシャさんのベッドに背中から落ちた。

そこはとてもふかふかでちっとも痛くはない。


「おぅふっ!?」

しかしそれでも、俺の口からは格好の悪い声が出てしまった。

女性にぽいっと投げられるなんて、初めての経験だったからである。

「はぁ♡はぁ♡ありすと……ゆ、ゆるさないぞっ♡黙って覗くなんてっ♡」

そして褐色の美女に、有無を言わさずのしかかられるのも初めてである!

「ご、ごめんっ！　こ、声が聞こえちゃって……扉も開いてたから、つい……！」

俺はついさっきまで邸宅の外に作られた別棟で、シューズ調整作業をしていた。

ただ随分遅くまで作業してしまったので、続きは明日にしようと戻ってきたのだ。

手伝いを申し出てくれていたイルゼさん達には先に寝てもらったため、俺はそっと寝室へ入ろうとしたのだが。

『ありすと……っ♡』

その時、隣室であるアルーシャさんの寝室から甘い声が聞こえてしまったのだ！

壁の厚いこの邸宅で声が聞こえるなんてないと思ったが、見ると寝室の扉は半開き。

で、俺がすけべ心に負けてしまった結果が今である……。

褐色の姫にマウントを取られ、両手もしっかりと押さえられてしまった。

「礼儀のなってないやつめっ♡　許さないぞ……っ♡」

とはいえ、俺は全然嫌じゃない。

だって彼女は俺に跨《また》がりつつ、いやらしく肉棒に股間部を押し付けてきてくれているのだ。

（わっ、アルーシャさんのおま×こ、すごい濡れてる……！）

今日もスケスケのタイツにノーパンのアルーシャさん。

そのため愛液が染みているどころか、既に俺のズボンと糸を引いているほどだ。

「ふーっ♡ふーっ♡こんなに硬くしやがって……っ♡」

更に濡れた瞳で見つめられ、迫力あるおっぱいを目の前で揺らされて嬉しくないはずがない！

ごくりと喉を鳴らす俺に、アルーシャさんは更に言う。

「オナニーしてる女の前にこんなの持ってきたら、もう何されたって文句言えないんだぞっ♡」

言いながら彼女は俺の両手を一つにまとめ、片手でそれを押さえつけた。

そしてもう片方の手を股間へ伸ばし、俺の目の前でビリビリとタイツのそこを破っていく。

「はぁ、はぁ♡いいいか、お前は男だが貴族じゃない。魔法も使えない」

アルーシャさんはわざわざ前垂れを上げてみせた。

局部だけにいやらしく穴が開き、涎を垂らす牝口《めすぐち》が晒され、むわりと牝の香りが漂う。

「だからな……悪い女に捕まったら、もうやりたい放題されちゃうんだ……♡」

そしてひとしきり女性器を見せ終わると、彼女は俺のズボンを器用に脱がす。

すると淫らな液にまみれた肉棒が、嬉しそうに飛び出した。

「あぁ、ち×ぽ……すっごい……♡」

その間も両手は器用に拘束されたまま。

そんな俺の肉棒に、アルーシャさんは生《なま》の女性器を擦り付ける。

「俺はその悪い女だ……っ♡覚悟、しろ♡あっ♡」

続いてくぱっと指で割れ目を広げたかと思うと。

その穴でペニスを頬張り始めた。

「おっ♡あ、あふぅっ♡か、かたすぎ……だろっ♡お、おっ♡」

アルーシャさんは俺に抗議するかのように言う。

けれど、そうしたいのは俺もである。

ほぐれきった彼女の膣中《なか》は、ペニスに対してちっとも容赦してくれないのだ！

（くぉっ!?　ぜ、全部撫でられるっ）

締め付けで肉棒を捉えつつも、ざわざわと膣壁がうねり続ける。

「うっ♡はぁっ♡奥まで、挿《い》れたぞ、おっ♡あっ♡ふぅっ♡」

だから彼女がそう言って一旦動きを止めるまでが、すでに第一関門であった！

（うぐぐ、気を抜いたらすぐにでも出ちゃうぞ、これ！）

ただ俺の必死な顔が、アルーシャさんを怖がらせてしまったらしい。

彼女は濡れた瞳を揺らす。

「そ、そんなに嫌か……？」

鍛えられた美しい身体を持ち、現に俺を投げ飛ばし、片手で押さえちゃうくらい強い女性。

なのに俺のペニスを呑み込んでなお、こうして女の子の顔を見せる。

こんなに可愛らしい『悪い女』がいるはずない。

（ああ、なんかもう、イライラしてきた！）

興奮しすぎたせいか、俺は奇妙な怒りすら感じる。

そしてそれをぶつけるべく、思い切り腰を跳《は》ね上げた。

「……ふんっ!!」

――パァン！

「あはぁうっ!?」

大きな破裂音と同時に、アルーシャさんの驚きの声が上がる。

強すぎるとは思うけど、そんなのもう知らない。

誘ってきたのは、っていうか襲ってきたのはアルーシャさんなのだから！

「ふんっ！　ふんっ！　ふんっ！」

「うあっ!? くぅっ！ あはぁんっ♡」

彼女の口からは早速甘い声が上がる。そして割れ目からは新しい愛液も出てきた。

アルーシャさんが痛がっていないことを確認し、もっと腰の動きを激しくする。

「あっ♡ああっ♡お、おいっ♡いきなりっ♡あひぃっ♡」

抗議めいたことを口にするけど、そんな甘い声で言われても説得力はない。

「アルーシャがっ！ 悪いんだからねっ！」

「あぅっ♡な、なんのっ♡はなしだぁっ♡おっ♡ほぉっ♡」

「俺の名前言いながらっ！ おま×こいじってっ！ 覗きたくなっちゃうでしょっ！」

「おっ♡んぅっ♡だ、だってっ♡ち×ぽっ♡くれないからっ♡」

アルーシャは肉体的にも精神的にも強い女性だと思う。

その言動から、自身に勝つような存在が好きで、俺みたいなひょろっとした男はタイプじゃないんだろうって思っていた。

だから、その発言は俺の喜びを爆発させた。

「ち×ぽっ！ はぁっ、はぁっ！ ほしいって思ってくれてたのっ？」

「あっ♡あたりまえ、だろっ♡すきなおとこのっ♡ち×ぽっ♡ほしいにきまってるっ♡」

なんて嬉しい言葉だろう。

だとしたら、せめてベッドの上では強くてカッコいい男になりたくなるというもの。

俺は嬉しさと興奮をペニスで伝えるべく、腰を振る。

「おッ♡ふ、ふかすぎッ♡あり、すとっ♡ふかいっ♡」

「いやっ？　ふかいの、きらいっ？」

「す、すきっ♡あっ♡ち×ぽでおくっ♡つかれるのっ♡おほぉっ♡」

「じゃあもっとっ！　きもちよくなってっ！」

「も、もうなってるッ♡きもちよくなってるっ♡ああ、イクッ♡イグイグイグぅッ♡♡♡」

褐色美女が背筋を反らせ、盛大に絶頂した。

彼女の股間部に垂れ下がる布にびちゃびちゃと愛液が掛かり、結合部が透《す》けはじめる。

と同時に、アルーシャの手の力が緩む。

その隙に俺は両手で彼女のおっぱいを掴んだ。

「あっ♡お、おっぱいだめだっ♡おっぱいやめろっ♡」

アルーシャは抗議の声をあげる。

けれど俺からすればずっと触れたかったおっぱい。

彼女の甘い声を無視して乱暴にビキニを下げ、俺はその乳首にむしゃぶりついた。

「んぢゅっ！　ぢゅぞぞぞっ!!」

「あはぁっ♡ちくびぃっ♡すうなぁああぁッ♡♡♡」

彼女は再び絶頂し、がくがくと腰を前後に動かす。

もちろんそれが俺を気持ちよくさせないわけがない。

（締まるぅッ……！）

ぎゅうと膣中《なか》で肉棒がいじめられ、その上で汗ばんだ乳肉を揉みしだき、勃起した乳首をしゃぶっているのだ。

興奮しすぎて少し精液が漏れるが構っていられない。

「あっ♡い、イッてるっ♡ま×こイッてるっ♡いま、突くのはっ♡おっ♡イグっ♡♡♡」

俺は彼女を突き崩して、ベッドの上で勝利しなければいけないのだ。

徹底的に気持ちよくなってもらって、襲って良かった、と思ってもらわないといけない。

もう絶対にあんな不安な顔をさせてはいけないのだ！

「おっぱいだめぇっ♡イっちゃうからぁ♡あっ♡ちくびもらめぇっ♡イクイクッ♡♡♡」

アルーシャの口調が変わり、彼女は前垂れをますますずぶ濡れにしていく。

それが嬉しくて、そして可愛くて。

いよいよ俺も限界が近づいてくる。

「アルーシャ……っ！　俺も射精《で》そうッ！」

「ほ、ほんとぉっ♡うれしいっ♡ちょうだいっ♡おま×こ、いっぱいにしてくれっ♡」

彼女はそう言うと、両手を頭の後ろへやり思い切り腰を振り始めた。

「だせっ♡だせっ♡俺のま×こでっ♡だせっ♡」

アスリート級に引き締まった身体と、牝を感じさせる乳房。

彼女はそれを見せつけるポーズと、腰を揺さぶるダンスで俺のペニスを追いつめる。

「イケっ♡イケッ♡ち×ぽ汁っ♡ぜんぶっ♡だせっ♡」

もう我慢なんてできるはずない。

激しく揺れる生乳房を握りながら、俺はついに精を放った。

「くっ、はぁっ！　でるっ！　イクっ……アルーシャ、イクっ！」

「イけッ♡イけっ♡イッ♡いぐっ♡俺もイグっ♡ま×こイグイグッ♡」

——ドビュルルルッ!!　ビュクッ!!　ビュルルルッ!!

「ま×こ、いっぐぅううううッ♡♡♡」

絶頂に震えるアルーシャの膣中《なか》で、煮えたぎった精が噴火した。

入りきらなかった白濁液は前垂れの裏側を濡らし、彼女の内ももまで汚していく。

同時にアルーシャの指輪が強く発光し、モナさんの時と同じように光の迸り《ほとばし》が飛んでいった。

ただ今の俺にとって大事なのは、性的な迸りのほうだ。

アルーシャもその光には目もくれず、断続的に放たれる精に身体を震わせていた。

「あッ♡ぢッ♡ほぉっ♡おっ♡あ、あたってるッ♡」

彼女は声と同時にきゅんっ、きゅんっと膣壁を締め、カリの周囲をざわめかせる。

まるでカリ首を舐めしゃぶられているかのようだ。

「アルーシャ……っ！　あ、また出るよ……ッ！」

「あうっ♡い、いまだめっ♡ち×ぽじるっ♡いまははんそくだからぁっ♡」

アルーシャの可愛らしい声は精子の勢いを更に加速させるだけ。

ベッドの上では利敵行為に他ならないのだ。

――ビュルルルッ!!　ドビュドビュッ!!　ビュルルルッ!!

「ほぉんっ♡♡♡」

二度、三度と精が放たれる。

「おッ♡アリストの、まだっ♡でてるっ♡♡♡」

「アルーシャがっ！　くっ！　締める……からっ、ああっ」

俺は彼女に気持ちを伝えるべく、可能な限り精子をぶつけていく。

「やめてぇっ♡ち×ぽじるっ♡くせになるからぁっ♡♡♡」

その後俺達は何度も絶頂を重ねた後、ついに彼女は蕩《とろ》けた瞳で俺の胸に倒れ込んだ。

「あぁっ……♡もう、だめ……♡」

俺達はそのまま、どちらともなく唇を合わせる。

「んちゅっ♡ちゅぱっ♡ありすと……んっ♡」

たっぷりとキスを交わし、互いの身体を撫で合う、甘くて幸せなひと時。

勝利はどちらなのか分からないけど、これでいいんだと強く思える。

と、アルーシャは窓のほうを見て口を開いた。

「ふふ。モナの説が、また証明されちまってるだろうな」

彼女はぼんやりと光ったままの指輪を俺に見せ、そして湖の上に浮かぶ構造物に目をやる。

「きっと、あれの高度はまた上がったはずだ」

そして彼女はくすくすと女の子の表情で笑い、俺の頬にキスをした。

「こんなに気持ちの良いことは、初めてだからな……♡」

翌日、俺達が身体を重ねたことはすぐにバレたのだけれど。

それはバニミッドの高度が目に見えるほど上がったことじゃなく。

「アルーシャっ！　アルーシャっ！」

「あっ♡もっとっ♡もっとしてくれっ♡ち×ぽっ♡もっとちょうだいっ♡」

二人揃って寝坊したことが理由だった気がする……。

第四章　白金バニーは月夜に知る

昼下がりの日差しが雲に阻《はば》まれ、秋の雨が降り出しそうな空の下。

娯楽施設ムミティ・バニーの広いフロアの一角には息を呑むほどの美女がいた。

「これを前に出すと、賭けたことになるのですね……？」

やや困惑気味の表情を浮かべる彼女の名は、ファティエ。

女性都市バニエスタの領主を務める女性である。

彼女はカードゲームを行うテーブルの上に積まれたチップを数枚取り、それを所定の位置へと動かした後、隣に座る女性に声をかけた。

「合っていますか？」

そこには緊張気味に頷くモナがいた。

「は、はい！　次はカードが配られるので、人に見せないようにしてください」

モナの言葉通り、ディーラーを担当する女性から二人へカードが送られる。

慣れない様子でそれを拾い上げ手札とするファティエ。

「……分かりました。これは見せてはいけないのですね」

そんな彼女に斜め後ろから声をかける者がいた。

男装ホストの衣装に身を包んだアリストである。

「それで、このカードと前に並べられたカードで『役』を作って競うのが、このゲームです」

彼はそう言うと、役の一覧が記載された紙を見せつつ、ファティエの持つカードとテーブルに並んだカードを交互に指さしてみせる。

その指先を見送りつつ、ファティエは彼のほうを見て言った。

「『アリス』。手間をかけますが、助言をしてもらっても良いですか。なにぶんこのような遊びは初めての経験なので」

「!!」

びくっと肩を震わせた男装ホストに、彼女はあまり表情を変えずに息をつく。

「難しいというのであれば無理強《じ》いはしませんが」

苛立《いらだ》ちや落胆がにじむわけではなく、とても平坦な声。

それにアリストは慌てて首を振り、彼女の側《そば》へもう一歩近づいた。

そして若干震える指先でファティエの手札を指差し、彼は初級者にも分かりやすいよう、事前に叩き込んできた知識をフル稼働させつつ口を開く。

「ええと、こっちがこの役に近いので、一旦残しておいて。次にもらえるカードで様子を見てみるのがいいかなと」

「高い得点を狙うということですか。やや傲慢《ごうまん》な気もしますが」

「もっと悪い手が入って、負けを甘受すべきときも来るので、今は少し強気でいってみましょう」

「……なるほど。ではそのようにやってみます」

アリストの話に耳を傾《かたむ》けつつ、ファティエは脚を組む。

一方で隣席のモナは手札と場のカードをにらめっこしていた。

「むむ……えと、こっちがこう、で……こうなるから……」

ファティエはそんな彼女をちらりと見つつ、今日何度目かになる感想を抱いていた。

（本当に普通の女性ですね。とてもアルーシャに勝利をしたようには思えない）

それに、と彼女は自身のすぐ近くに立つアリストにも視線をやる。

（こちらも女性としか思えない。男性だなどとはとても……）

モナとアリスト。

半日近く一緒にいても、ファティエは未《いま》だに二人の正体が掴めていない。

彼女はそんな二人に時折視線をやりながら、一週間ほど前のことを思い返していた。


バニエスタの領主が住み、そして執政の中心部でもある領主の館。

その執務室に、ある朝一人の女性が飛び込んできた。

「ファティエ様っ！」

長い茶髪を靡《なび》かせ、大きな声を出した彼女の名はシステ。

男性執事のいないこの都市で、領主補佐を務めている女性だ。

普段の落ち着いた物腰とは正反対のその様子を見て、ファティエは緊急の用件であることをすぐに理解した。

「どうしましたか？」

彼女はシステを落ち着かせるためにも、努めて抑揚を抑えた声を出す。

しかしその後に続いた報告は、ファティエの想像を超えたものであった。

「アルーシャ様が、一般の領民とグランデの挑戦権を賭けて試合を行なうと通達を……っ！」

ファティエはシステの言葉に絶句する。

アルーシャの大胆さには昔から驚かされてきたが、まさかそこまでとは思わなかったからだ。

「い、いかがいたしましょうか、ファティエ様。やはりここは、領主令にて中止の方向へ……？」

システが口にした言葉にファティエは首を振った。

「いえ。中止を要請するようなことはしません」

アルーシャが言い出したことはグランデの規則に則《のっと》ったものである。

歴史上ほとんどその例は無いと言われているとはいえ、だ。

だからこそ、ファティエはそれを止めようとは思わなかった。

「バニーボールにまつわることは、バニエット様の神託にて決められたと伝えられています。それを、ひと時の領主が捻《ね》じ曲げることは許されないでしょう」

システは主の言葉にはっとして頷く。

「……ファティエ様の仰るとおりですね。承知しました、試合そのものについては、つつがなく行われるよう手配をいたします」

システが少し落ち着いたのを見て、ファティエは改めて重要なことを彼女に聞くことにした。

「アルーシャに挑む者はどのような主張を開示しているのですか？」

グランデは指輪の姫同士が三年ごとに行う、領主を決める試合だ。

そしてその際にはそれぞれが領に対する政策、あるいは主張を掲《かか》げて試合をする。

そして規則としてそれは試合前に開示をしなくてはならないし、勝利の暁には必ず実行されなくてはならない。

（このようなやり方で割って入ろうとするのなら……そこには相当の主張があるはず）

ファティエが掲げるのは外部女性への厳しい制限の追加であり、アルーシャならばすでにある規制の一部撤廃である。

それに対抗し、かつこうまでする主張は何なのか。

ファティエは領主としてまずそれを知っておきたかったのだ。

「その、主張の内容なんですが……実は……」

システは言い淀《よど》むが、職務を放棄するわけにもいかない。

彼女は手元に用意した告知の書面を渡すことで、その内容を伝えることにした。

「？」

システが口頭で伝えないことにファティエは首を傾けたが、すぐにその疑問は霧散した。

「……っ!?」

そこには口に出すのも憚《はばか》られるような内容が記載されていたからだ。

(『金の指輪を持つ姫が、それぞれ自慰行為に励むことで都市は救われる』……!?)

ファティエは視線を進め、思わず強く用紙を握ってしまった。

続いて書かれていた文面も彼女の想像をはるかに超えている。

(りょ、領主に勝利した暁には、二人の姫に定期的な自慰行為を義務付ける……!?)

何度か瞬きを繰り返すが、その冗談のような文面は幾分も変わりはしなかった。

ファティエは自身を落ち着かせるためのため息をつく。

「この主張は事実、なのですね?」

「……はい」

システの肯定にファティエは再び息をついた。

呆れたら良いのか、それとも都市の混乱が一定の域を超えた証だと危機感を覚えれば良いのか。

ファティエは心の置き所が分からない。

ただその破廉恥な主張を掲げた女性の名には見覚えがあった。

「モナ……この者は五年ほど前に禁忌の遺跡に立ち入った学者ではありませんか?」

彼女のつぶやきに、システは苦い表情を浮かべる。

「元同僚です。私も元々は学者の助手として、ここの館に勤めていましたので。悪人ではありませんが、いささか突拍子もないと言いますか……」

ファティエが領主になったのは三年前のこと。

だから彼女はモナと直接の面識が無かった。

それでもアルーシャと領主を交代する際、モナについての事情は聞いている。

彼女の解雇事由が、領主の館地下にある『禁忌の遺跡』へ入り込んだため、ということだ。

「アルーシャは解雇に反対をしていたと聞きましたが、それは本当ですか？」

「ええ。モナが禁忌の遺跡に入った理由はバニミッド低下の理由を突き止めるため、とのことで、気が逸《はや》った結果ならば、一度くらいは目を瞑《つむ》っても良い。そういう学者がいても面白い、と」

「……アルーシャならば言いそうなことです」

「しかしあの場所は賢者様が禁忌となさったと伝わります。それを軽んじる者を学者として続投させてしまえば、今後の研究結果にも土が付きかねないという主張が優先されました」

バニエスタの領主が住むこの館の地下に存在する遺跡。

そこはちょっとした小部屋程度の広さだが、足を踏み入れたという事実は大きい。

「モナという学者はそこから何かを盗みだしたのですか？」

「それは無いかと。記録によれば禁忌の遺跡は空《から》の部屋であり、立ち会った学者もそれを確認しています。発掘調査をすれば別ですが、モナがそれを行った形跡はありませんでした」

その見立ては正しかったが、学者達はモナが二つのものを持ち帰ったことに気づかなかった。

それは狐の木像と、後にモナの指から外れなくなった奇妙な指輪である。

ただそれも致し方なかった。

狐の木像はただの古ぼけた像に見えるし、それが賢者の遺《のこ》したものだと主張する本はモナが後になって入手したもので、学者達がそれに気づくのは至難の業《わざ》だ。

指輪に至ってはモナが履く靴のヒール部分にすっぽり嵌《は》まっていて、本人ですら数週間も後になってようやく気付いたくらいなのである。

当然ながら、システもファティエもその事実を知る由もない。

そのため、ファティエが確認したいことは一つだった。

「モナという者はかなり変わった者のようですが……悪魔ということは？」

古くはバニエット神に恨みを持つ悪魔が身に着けていたと伝わる、呪いの指輪。

水源を脅《おび》かしているバニミッドはその悪魔が遺したという説もあり、都市に遺《のこ》る壁画には悪魔が都市に対して破壊行為を行う様子が読み取れる描写が大量にある。

加えて呪いの指輪の形状について、かなり正確な資料が残っていることも、領民を恐怖させる一因であった。

「学者達がしっかりと確認し、彼女の指に呪いの指輪が無いことは確認済みです」

システの言葉にファティエはほっとしつつも、同時に頭痛を覚えた。

（つまり彼女は都市を脅かす悪魔ではない。にも関わらず先のような主張をしているわけですね）

彼女はそこで、部屋に置かれた愛用のバニーシューズへ視線をやる。

バニエスタで作られるそれは、構造や製法は古《いにしえ》より伝わるものだ。

その本来の目的は、呪いの指輪をつけた悪魔を打ち払うための武器であり、バニエット神が女性にもたらしたという説が有力である。

だからこそバニエスタ周辺の砂上でしか機能せず、魔法が使えない女性でも扱えるのだと。

(そうした使い方をしなくて済むというなら、それに越したことはありませんが)

領主という席に座った以上、悪魔と対峙した場合のことは彼女も覚悟をしている。

ただそれでも、ファティエは自ら進んで非情を為したいわけではなかった。

「システ、バニミッドについてはどうですか?」

ファティエは一旦話題を変え、領主の館から見えるバニミッドへ視線を送る。

そこには古代から発光していなかったと伝えられる右弦の文様が浮かんでいた。

「計測室からの報告では、僅《わず》かながらに浮上していることが確認されたと。高度回復は約三年ぶりです。右弦の文様との関係については、まだ結論は出ていません」

バニミッドに浮かんだ文様。

アルーシャが突如告知をしたグランデの挑戦権をかけた試合。

(この都市に今何かが起きている……)

口にこそ出さないものの、ファティエはそうした感覚を強く持っていた。

考え込む彼女にシステが口を開く。

「ファティエ様。モナという女性はアルーシャ様が雇い入れ、目をかけていたところがあります。ですから今回の件は――」

ファティエはその言葉を途中で遮《さえぎ》った。

補佐役である彼女まで『ファティエ派』と名乗るごく一部の人間のように、過激な行動や思想に走ってほしくなかったからである。

「そこまでにしましょう。そうした話は聞き飽きました」

「し、失礼しました……！」

アルーシャは奔放だけれど不誠実ではない。

人を惹《ひ》きつける魅力を持ち、場を明るくする力を持つ。

（そう、私には決して手に入らないものを……アルーシャは持っている）

だからこそファティエは勝利にこだわってきた。

愛嬌のない分を勝利で埋め、指輪の姫として彼女と対等であり続けるために。

「試合当日の予定を空けてください。それから変装の準備も。私も二人の試合を観に行きます」

ファティエはアルーシャの真意を確かめるためにも、その場へ足を運ぶことを決めた。

「なっ!?　ファティエ様、ご自身で行かれるのですか……!?」

「ええ。手間をかけます」

「しょ、承知しました！　では早速調整を――」

ただこの時のファティエは試合の勝敗に関してはほとんど興味が無かった。

アルーシャを超えるほどの実力の持ち主がいるとすれば、それが話題にならないはずはない。

勝敗は決まり切っていると思っていたためである。

だが、変装した彼女が目にした結末は。

「俺より強いモナに、バニエスタを任せる！　お前たち、異論はないな！」

アルーシャがモナという女性の腕を高々と掲げる……というものであった。

そして彼女はその光景に衝撃を受けながら、同時に一つのことを決める。

モナと、変わったシューズを作った技術者と話してみるべきだ、と。


——さ——……ティ——さま——


「ファティエ様、お気に召しませんでしたか？」

しばし考えに耽《ふけ》っていたファティエの視界に、心配そうな表情をするモナが映った。

ファティエは品良く首を振り、その心配が杞憂《きゆう》であることを伝える。

「いいえ。少し仕事のことを考えていただけです」

そして自分の手札を披露してみせる。

するとモナはぱっと目を見開き、驚きの声をあげた。

それはファティエが作った役がとても高い得点のものだったからだ。

「はわわ……！」

ディーラーも少し驚いたようにしながら、ファティエの前に増やしたチップを戻す。

無表情でそれを受け取る彼女に対し、モナは恐る恐るといった様子で声をかけた。

「あの、お仕事に戻られなくても、大丈夫……ですか？」

さきほどの言い訳が良くなかったのだろう。

そう考えたファティエは首を横に振り、付け加える。

「対戦相手との顔合わせとはいえ、急にアルーシャの家へ押しかけ、貴女《あなた》がたを連れ出したのは私です。むしろ貴女達のほうが領主に付き合わされていると考えてください」

彼女の言葉は事実である。

ファティエは変装もせずにアルーシャの家へ電撃的に訪問し、そしてやや強引にモナとアリストを連れ出した。

そして朝から今まで二人と共に街を歩き、こうしてムミティ・バニーにもやってきていたのだ。

（とはいえ、そろそろ目的は果たせたかもしれない）

ファティエは、自分達が座るテーブルの周りだけに急遽《きゅうきょ》置かれたパーテーションへ目をやる。

その隙間からはムミティ・バニーの様子が見え、ちらちらとこちらを確認する領民達の姿と、それをやんわりと押し戻すシステやメルの背中が見えた。

と、その様子を見るファティエにアリストが声をかける。

「ファティエ領主の姿を見たい方が多いようで……。少し離れてもらうようお伝えしますか？」

ここ、ムミティ・バニーは商業の中心地だ。

だからこそ商業に打撃を与えるような政策を進めるファティエに対し、ここで向けられる視線は好意的なものばかりではない。

アリストの発言はそれを気にかけてのものだったが、ファティエはそれにも首を振った。

「いえ、それで良いのです。今日は見られることが目的でもあるので」

アリストとモナが揃って首を傾げるが、ファティエは多くは語らない。

一部の女性がモナたちの勝利を陰謀だと決めつけ騒いでいて、それを払拭するために共に街を歩いた……などということは伝えたくなかったからだ。

（この者はよく気がつきますね。商売柄、ということでしょうか。……ただそうなると、ますます奇妙な嘘をついていることになりますが）

彼女はアリストが『アリス』という名前を使って暮らす男性であるという話は、街歩きに出る直前にアルーシャから聞かされた。

念のため自分の心の中だけに留めているが、当然ファティエはその話を信じてはいなかった。

（大流砂が起きる直前にたった一人でやってきて。しかも男性であることを主張もせずに暮らすなど……そんな男性がいるはずもない）

同行させているのはアルーシャが信頼を寄せているように見えたこと、そして奇妙な嘘をつく理由を探ろうと思っていたためだ。

幾分訝《いぶか》しげに目を細め、アリストをそれとなく観察するファティエ。

そんな彼女に対し、金髪で胸の大きなディーラーが声をかけた。

「ファティエ様、もう少しお楽しみになりますか？」

その女性がウィメ自治領で領主を務めるイルゼであり、アリスト達を見守るためにディーラー役を買って出ているとファティエは知らない。

バニエスタとウィメには、ほぼ交流がなかったのだ。

「ではアリス、次は貴女も参加してみてください」

ファティエは美しいディーラーの言葉に乗り、しばしカードゲームを楽しむ。

その際、アリストが露出度の高すぎるファティエの衣装に釘付けであったり、必死に勃起を堪《こら》えていたりしたということに気づくことはなく。

数ゲームを終えたところで、彼女はぽつりと言葉を零《こぼ》した。

「……なかなか面白いものですね」

しかしその言葉とは裏腹に、彼女の胸中は晴れやかではない。

「モナはここで働いていると言いましたね」

「えっ、あ、はい……！」

話を向けられたモナが慌てて立ち上がろうとするのを手で制し、領主は続ける。

「貴女はこの施設が好きですか？」

ファティエに見つめられたモナはしばし言葉を失った。

彼女の瞳に深い憂《うれ》いが浮かんでいたからだ。

（ファティエ様……）

それは半日を共に過ごした中で、モナが初めて見つけたファティエの感情でもあった。

下手をすればグランデを辞退しろ、と言われる可能性も考えていたモナはその瞳に驚き。

だからこそしばし戸惑い、やがて少し控えめに頷いた。

「……好きです。皆が楽しそうにしているのを見ると、ボクも嬉しい気分になります」

ファティエはパーテーションの奥に視線をやり、再びモナへ問いかける。

「では……この都市は。バニエスタは好きですか?」

モナは一度瞳を大きくしたが、その分頷きも大きくする。

今度は先程より間が空かなかった。

「そう。その理由を聞いてもいいですか?」

抑揚の無い声で問われ、モナは少し緊張を覚える。

それでも彼女は懸命に言う。

「ボクみたいに、悪いことをしてしまった人も受け入れてくれて。話すのが下手でも、手助けしてくれる誰かがいる……優しい人の多い街だと思うから、です」

ファティエはモナの発言にちくりと胸が痛む。

モナという女性に対し、自分の主張は優しくはないだろうと思ったからだ。

同時にこれからの質問もまた、彼女を楽しい気分にはさせないと知っているためである。

「……そう思うのに、貴女は悪い冗談のような主張を掲げた。一体どうしてです?」

「っ……!!」

ファティエの想像どおり、彼女は萎縮して目を伏せる。

(……十分非情ですね)

ただ再びファティエの目を見たモナの瞳は、そこにこもった熱は、彼女が想像していたものとはかなり違った。

「冗談なんかじゃないです」

今日聞いた中でもっともはっきりした口調と声色で、彼女はきっぱりと言い切る。

「十年調査して、実践もして……それで分かったことなんです。金の指輪に選ばれた女性の性的絶頂が、バニミッドの高度を回復させるのは間違いありません」

ファティエはしばらくモナと見つめ合い、そしてやはり表情は変えないままに言う。

「私はその説を聞いて以来、毎晩自慰を行っています。もちろん、その話を聞く前からも」

「はぇっ!?」

唐突な話題に声をあげたのはモナだった。

無論、アリストも驚かないはずはない。

(ちょっ！　えぇっ!?)

彼は椅子から転げ落ちそうになるのをなんとか耐えていた。

ただ幸いなことにファティエはそれに気づいていない。

表情に変化はないが、視野が狭くなる程度には羞恥《しゅうち》を感じていたからだ。

「それでもバニミッドは降下していた。貴女の言うように指輪が光る日があっても……です」

ふぅ、と一度息をつき、ファティエは改めて口を開いた。

「とはいえ、貴女の説を否定するつもりはありません。他に何か要因があるのかもしれませんし」

けれど、と彼女は言う。

「貴女の説が伝承や古文書によった主張なのも事実。つまり『やってみなければ分からない』という性質がどうしても付き纏《まと》う」

ファティエは憂いを拭った瞳で、モナとアリストに視線を向けた。

「それは私が主張する『外部の女性がバニミッドの降下をもたらしている』というものと同じです。こちらも実行してみなければ分からない部分が多分にある」

モナが何かを口にしようとしたが、それを遮るようにファティエは続けた。

「どちらの説も本質的なところに不透明《ふとうめい》さがあるのです。だからこそ私達は、グランデで決着をつけなくてはならない。私と貴女、どちらが正しいのか」

グランデを通した二者択一。

それはバニエスタの常識であり、異論をはさむ余地など無い。

（これが普通、だから……）

けれどモナの胸中はまるで濃霧が立ち込めたかのようだった。

当たり前の話なのに何故か割り切れない、呑み込めない胸のつかえがあった。

そんなモナの前で、ふいにアリストが口を開いた。

「その……少し、良いでしょうか……？」

なんとも頼りない声色が彼の緊張を伝えているが、それでも言葉は続く。

「ファティエ領主とモナさんの説。両方というわけにはいかないのですか？　どちらも可能性があるのなら、やれる範囲で探ってみるというのは……？」

アリストにとってみれば、どうしてそうしないのか不思議だった。

しかし彼の価値観と、この都市に横たわるそれが大きく違うことを彼は知ることになった。

「選ぶべき主張には勝利が、そうでない主張には敗北が示される。それがバニエット様の加護の下、行われるグランデという試合です。都市を左右する重大な決断を、グランデを行わずに進めるなど驕りと言えるでしょう」

美しい領主はそう言うと、視線をアリストへ向ける。

「そのしきたりを守ってきたからこそ、この都市は繁栄し、今日の暮らしがあるのです」

アリストは彼女の言葉に口を噤《つぐ》むしかなかった。

それはその言葉の裏にこの都市の文化の重み、そして都市を背負う重みを感じたからだ。

彼は自身が浅慮だったと痛感し、ファティエに頭を下げる。

「すみません。その、よそ者が余計なことを言ってしまって……」

が、モナはアリストの言葉に胸中の霧が晴れていく思いを感じていた。

（そっか、そうだったんだ……！）

モナはアリストやイルゼ達と暮らす中で、奇妙で暖かい体験を幾度も感じていた。

特にそれは彼女が迷った時に顕著であった。

バニーシューズの調整で迷った時、主張の文面で迷った時、果ては食事の買い物で迷った時。

『俺は素人だから、どんどんモナさんの意見を聞かせてほしい。小さなことでもなんでも』

『モナちゃんの言いたいことをまずお話してみて。そこからわたくしと一緒に考えましょう』

『モナさんが食べたいと思う物を遠慮してはいけません♪』

アリスト達は常にモナの迷いを責めず、その迷いを活かそうとしてくれた。

モナの主張がぼんやりしていても構わず、隣を歩いてくれたのだ。

(暖かくて嬉しくて……そこに対立なんて無かった)

だが、それはウィメから来た来訪者たちだけの心理性では無いとモナはすぐに気づく。

(バニエスタの皆も、そうだった!)

気づけば彼女はその想いを口に出していた。

「昔、ボクに声をかけてくれたアルーシャちゃんも。禁忌の遺跡に入っちゃったボクを受け入れてくれたメルも、同僚の皆も。何かを無理強いする人じゃありませんでした」

勝ち負けなど、そこには無かったのだ。

「ファティエ様。どうして領政だけがこれほどに勝ち負けで、二者択一でなくてはいけないのでしょうか。むしろいつもの皆はもっと柔らかくて、そこに勝敗なんてないのに……!」

ファティエの言葉が、言い募るモナを突き放す。

「領政と私生活は別です。勝ち負けがあるからこそ、維持される秩序があるのです」

けれど、それでもとモナは食い下がった。

「だ、だとしても、バニエスタに暮らす皆は本来、強引な二者択一なんてしない人達です」

そこにいたのは都市の当たり前に立ち向かう学者であり、可憐な挑戦者であった。

「なのに、バニエッタ様の加護だけが、しきたりで守られてきた過去だけが、グランデで意見を一つにすることだけが……本当に全てなんでしょうか……っ!?　今のバニエスタには違うやり方が必要なんじゃないでしょうか!?」

瞳に涙をためて訴えるモナをしっかりと見つめた後、ファティエは短く応じた。

「全てです。少なくとも、今は」

ただその声色は平坦とは程遠い、確かな情熱を感じるものだった。

「気に入らないというのなら、グランデで私を超えなさい。変えたいのなら、変わらない仕組みの中で証明しなさい」

モナの涙はそこで止まった。

ファティエという女性が、自分を対等としたことを感じたからだ。

「……は、はい……っ……！」

背筋を伸ばすモナから目を離し、ファティエはアリストへと視線を移した。

「貴女が彼女を利用したり、あるいは神を冒涜《ぼうとく》する悪辣《あくらつ》な人間でないと良いのですが」

不穏な台詞の割に、その声色は冷たくない。

アリストはどう応じるべきか悩んだものの、結局思ったことをそのまま言うことにした。

「……俺はモナさんと出会えたことに感謝しています。できうる限り応援したいし、お世話になった恩を返したい」

彼のその気持ちは紛《まぎ》れもないものだ。

「だから、俺は最後までモナさんの支持者として全力を尽くします。神様が見ているというのなら、なおさら手を抜きません。それは絶対、信じてほしいです」

ファティエはそう言ったアリストのまっすぐな瞳に一瞬言葉を失った。

（……どうしてでしょうか）

『アリス』に対するファティエの不信は消えたわけではない。

事実彼女の勘も、この不可思議な存在にはまだ秘密があると告げてきている。

（表面上信頼できる要素は皆無なのに……本当に不思議な者ですね）

彼女自身も気づかないうちに、その口角はほんの僅《わず》かに上がっていた。

「とても有意義な時間でした。システ、戻ります」

「承知しました」

ファティエはそう言うと、パーテーションの側に控えていたシステに声をかけ立ち上がった。

そして優雅に身体を翻《ひるがえ》し、彼女はもう一度だけアリストとモナへと視線を送る。

「次はグランデで会いましょう」

領主になって三年、彼女は初めてグランデという単語に陰鬱な重さを感じなかった。

ファティエとアルーシャによる引き分けが三度続いたグランデ。

ムミティ・バニーの夕陽に染まるコートでは、いよいよ四度目の試合が始まろうとしていた。

かつてファティエとアルーシャを呼ぶ声援で溢れていた会場。

しかし、今日は不気味なまでに静まり返っている。

「「「……」」」

とはいえ観客席に空きは一つもない。

そればかりか席を取れなかった女性もグランデを一目見ようと詰めかけ、美兎館の個室や客席も開放されるほどの状況となっている。

そんな中、コートではファティエが小さくジャンプを繰り返していた。

「……ふっ……ふっ……」

シューズと砂のコンディションを確かめつつ、彼女はちらりと対面のコートに視線を移す。

そこには選手用のベンチに座り、シューズについたブレードを念入りに確かめるモナがいた。

（集中している……先の試合と同じことは繰り返されないようですね）

ファティエがそのことに安心していると、まもなくモナもシューズを履く。

そして彼女と同じように何度か小さくジャンプをした後、コートの定位置へと立った。

「「……」」

ネット越しに両者の視線が合うが、互いに無言であった。

どちらも万全であることは視線だけでも理解できる。

そこに言葉は必要無かった。

「これよりグランデを開始します。両者前へ」

審判の声がしんと静まった空気の中で響いた。

それに従い二人はネット越しに向き合って握手をする。

「「……」」

言葉無く、しかししっかりと握手を交わす両者。

そこには互いに対する敬意と信頼があった。

二人が手を離すと、審判がモナへとボールを渡す。

「挑戦者モナより開始します。では位置に」

それぞれがコートへ滑り出し、ファティエはコート深くに立ちつつ思った。

（アルーシャ以外とバニーボールするのはどれくらいぶりかしら……）

ファティエが指輪の姫になってからというもの、グランデ以外でバニーボールをすることはめっきり無くなった。

かつて共に腕を磨きあったアルーシャとも、今では政治的な意味のない試合など到底できない。

二人の立場がそれを許さなかったからだ。

（……来てはいるようですね）

ファティエから見える美兎館の個室の一つに、見覚えのある人影がいくつかある。

それがアルーシャやアリスト達だと気づくのに、ファティエにさほど時間はいらなかった。

「ボール、モナ！」

審判の声が響き、遅れて茜色の空にボールが高く放られる。

そしてそのボールの側へ、青い兎が舞い上がり。

「はぁっ!!」

モナの声とともにその脚が振り抜かれる。

そうして放たれたサーブが最も静かなグランデの開始の合図となった。

（速い！）

アルーシャと試合をしていた時より更に一段鋭さが増したサーブに、ファティエは驚く。

それはモナがアルーシャから徹底的に鍛えられた成果の一つであったのだが。

「ふっ！」

ファティエにとってはさほど大きな障害とはならなかった。

コートのラインギリギリに落ちようとするボールは、ファティエの前腕《ぜんわん》に受け止められる。そしてネットの高さとほぼ水平にまで浮き上がったそれを、彼女は宙空で蹴り飛ばした。

（来た……っ!!）

モナはすぐに体勢を立て直し、右シューズのブレード内に溜《た》まった砂を僅かに解放した。

アルーシャとの試合で手の内が明らかになってしまっている以上、その機能を温存する意味は無いと判断したためだ。

ぐんと勢いに乗ったモナは、無事ボールに追いつく。

（良しっ！　これなら返せ……っ!?）

しかし彼女がシューズの側面でトスをしようとした時、そのボールは急激に軌道を変えた。

「あっ!?」

そしてモナのシューズから逃げるように曲がり、彼女のコートの砂を巻き上げる。

「イン！　ボール、ファティエ！」

審判の声が響き、静まり返っていた観客席から思い出したように拍手が起きた。

主にファティエを支持する女性達がそうしたのだが、歓声は無い。

会場を包む独特の緊張感がそれをさせなかったのである。

（これがファティエ様の、『技巧の姫』のスパイク……！）

一方、モナはファティエが放ったカーブボールに戦慄していた。

それはボールが曲がる角度、そしてそのタイミングがあまりに完璧であったからだ。

技巧の姫という異名の重さを、ファティエはたった一球で示してみせたのである。

「すぅ……はぁ……」

しかしモナの心が折れることは無かった。

彼女は膝についた砂を軽く払い、すぐに態勢を立て直す。

（ファティエ様が凄《すご》いのは当たり前。今更気後れなんてしない）

モナが油断なく身構えるのと、ファティエが次のサーブに移るのはほぼ同時のこと。

ただ、モナが落ち着きを取り戻しても、試合の流れに変化はなかった。

ファティエのサーブを拾い、モナがスパイクを返す。

それをファティエが難なくトスし、カーブボールが決まる……その繰り返しとなったのだ。

「くっ！」

「インっ！　ボール、ファティエ！」

「あぁ……っ!!」

「インっ！　ボール、ファティエ！」

モナは立て続けに四点を失い、試合の流れは一気にファティエへと傾くことになった。

ファティエを支持する女性達の拍手は大きくなっていく。

一方でアルーシャを信奉し、そして彼女が挑戦権を託したモナを見守っている女性達はその表情を暗くしていく。

それはアリストらが試合を見守る個室でも同じであった。

特に勝手に個室に入ってきたアルーシャの舎弟を自称する女性達の反応は顕著《けんちょ》である。

「アルさん、マズイっすよ！　モナ嬢、さっきから全然ボールとれてないじゃないスか！」

「一方的になっちまってますよ！」

窓に張り付きながら声をあげる彼女らに、席に座ったアルーシャは面倒そうに言う。

「ったく、ピーピー騒ぐな。アリスト……んんっ、アリス達とメルしか呼んでねぇってのに、自分の部屋みたいに居座りやがって」

しかし彼女がそう言っている間にも、また会場からは拍手が上がる。

「あぁっ！　また取られちゃってるッス！」

「アリス嬢、シューズの調整本当に大丈夫なんスか!?　このまんまだとすぐに十点とられて試合が終わっちまいます！」

アリストは『嬢』と呼ばれたことに苦笑しつつ応じる。

「えっと、調整はちゃんとできていると思います……多分」

ただ彼も、その脇で苦笑するイルゼ達、そしてアルーシャとメルにも焦りは無かった。

「メル、そろそろモナも間に合ってくる頃合いだと思うが、どう見る？」

「アルーシャとの練習通りなら、そうやと思う」

一方、六度目のサーブの準備をするファティエは僅かに違和感を抱いていた。

それはサーブで一点目を取った時からこれまで、あまりに試合展開が変わらなかったからだ。

（……いえ、考えすぎですね。対応できないのなら、攻めるまで）

思考は大切だが、それを深め過ぎれば試合に支障をきたす。

彼女は思索と違和感を断ち切り、再びサーブを放った。

「ふっ!!」

ファティエのキックで蹴り出されたボールがモナのコートへ突き進み。

シューズから少量の砂を吐き出しつつ滑るモナが、それを阻止しようと滑り込む。

そしてモナがシューズの側面でボールをトスし、

「はっ！」

それを宙空で脚を使ったスパイクに変え、ファティエのコートへ返球する。

（五点目までと同じ流れ。ブレはない）

自コートに向かってくるボール。

ファティエは洗練された動きでそれを拾い、再びスパイクを打ち込む。

そのカーブボールは、今回もモナが確実に追いつくことのできない場所へと沈むはずだった。

「なっ!?」

しかし現実は違った。

彼女が放ったボールは狙いよりかなり甘いコースで飛んでいく。

モナはそれを見て、アルーシャとの練習の成果が出たことを実感し、心の中で喜んだ。

（やった……通用したっ！）

驚くファティエとは対照的に、彼女はそれを万全のトスに変える。

そしてそのまま身体をスピンさせながら跳び上がり、思い切り脚を振り抜いた。

（ファティエ様に、勝つんだっ!!）

――パァン！

強烈な破裂音とともに、今までのスパイクとは比べ物にならない速度のボールが放たれ。

今度はファティエが苦悶の声をあげる番であった。

（さきほどより更に速い……っ!?）

「くっ！」

「イン！　ボール、モナ！」

審判の声の後、会場ではようやくアルーシャを支持していた女性達の拍手が響く。

ただそれは、少しだけぎこちなさが残る。

彼女達もファティエと同じく、モナの速すぎるスパイクに度肝を抜かれていたからだ。

そしてアリスト達がいる個室でも、同じような状況となっていた。

「い、今の……何スか……!?」

「なんか、急にファティエ様のボールが甘くなったような……？」

どこか曲芸を見たような反応をする、自称舎弟の女性達。

そんな彼女らにアルーシャは語った。

「ファティエのボール操作能力は一級品だ。だがあいつの本当の能力はとびぬけた観察力にある。飛んでくるボールの回転はもちろん、相手がボールを打ち返す時の身体の向き、スパイクの癖《くせ》、トスの癖。ファティエはそれらを瞬時に見抜き、把握する力があるんだ」

「しゅ、瞬時に見抜くって、やっぱファティエ様って常人離れしてるっスね……」

「ある種の才能だと思うぜ。努力無しであの域に到達できたはずもないだろうけどな」

アルーシャはそこでニヤリと笑う。

「ただその才能が、今日に限ってはあいつの弱点になる」

「「弱点……？」」

揃って首を傾げる舎弟の二人に、彼女は続ける。

「試合の中で癖を直せる選手などいない。無理にやれば調子を崩し、自滅するのがオチだからだ。だからこそファティエは一度相手を把握したが最後、安定して有効なボールを打ち続け、勝利してきた。よく切れるカーブボールはその手段に過ぎない」

だがな、と褐色の姫は言った。

「もし試合の中で不規則に癖を変え、それでも自滅しない実力がある相手がいたのなら――」

とそこで、会場からは再び拍手が上がる。

しかしそれはファティエに向けられたものではなかった。

「インッ！　ボール、モナ！」

アルーシャはコートと驚愕《きょうがく》する舎弟たちの顔を交互に見て、くすりと笑う。

「――見ての通り、有効なボールが返せなくなっちまうってわけさ」

そこから試合の流れは一気に五分《ごぶ》へと傾きはじめた。

同時に会場の女性達は、ファティエが明らかに普段のプレイができていないことに気づく。

「ど、どうしたのかしら……」

「ファティエ様……!?」

困惑にざわめきはじめる会場。

「インッ！　ボール……モナッ！」

しかし会場内で一番困惑していたのは、ファティエ自身だ。

今まで通用していたサーブやスパイク、その全てにモナは対応してくるようになったからだ。

（い、一体、どうして!?）

しかしファティエは、五点差が縮まり同点になった頃にそのからくりに気づいた。

（最初の五点は、布石だった……！）

代わり映えのない試合展開はモナがファティエに癖を理解させ、慣れさせるもの。

その上で頃合いを見計らい、モナは仕掛けてきていたのだ。

（ボールを蹴る寸前にシューズから砂を吐き出して、無理やり癖を変えている……っ！）

ブレードから溜め込んだ砂を吐き出す機能は、本来は砂の上で加速をするためのものだ。

しかし今のモナはその推進力でフォームを強引に変え、癖を消していたのである。

そうなるとファティエは大きくリズムを崩され、際どいボールを放てなくなってしまう。

何故ならファティエのプレイスタイルである『相手の癖に最適化した上で、最も際どいボールを打つ』というものもまた、彼女の癖であり、簡単に修正できるものでは無かったからだ。

「やぁっ!!」

モナの凛とした声と共に打ち出されたサーブが、ファティエのコートに飛んだ。

そこでもモナはシューズを巧みに操って、わずかに蹴り出しをぶらしている。

強引に変化させたフォームは褒められたものではない。

しかし、その不格好さこそがモナの想いの象徴だった。

(ならば私も、真正面から貴女とぶつかってみせる……っ!)

だからこそ、ファティエは力強くボールを蹴り返した。

「はぁああぁっ!!」

ファティエは今までのグランデで放ったこともない、気迫の声を上げる。

そして正直に、ただ真っすぐに、モナの真正面に高速のスパイクを叩きつけた。

(ま、まっすぐ来るっ……!?)

モナは、カーブどころか、コートの端を狙いすらしない技巧の姫らしからぬボールに驚く。

しかし一方で、それが最もファティエらしいボールなのだとも理解した。

「インッ！　ボール、ファティエ！」

モナがボールを弾いたことで決まった六点目。

それを境に二人は小細工をやめ、互いに対して真っすぐにボールを打ち合うようになった。

「インッ！　ボール、モナ……！」

審判が気圧《けお》されるような、しかしどこまでも単純な試合が繰り広げられていく。

「はぁ……はぁ……っ！　負けませんよ、モナ……っ！」

「ぼ、ボクだって……負けませんっ！　ぜぇ、はぁ……っ！」

コート上の兎は共に大量の汗をかき、身体は砂だらけだ。

しかしそれでも二人はボールを通じて議論し、会話し、確かに対話をしていた。

「「「……」」」

その様は、いつしか試合を見守る領民達から言葉を奪う。

ファティエがあれほどに感情を表に出すことも、小柄なモナが放つ気迫も、どちらもが彼女達の心を震わせたからだ。

気づけば拍手は分け隔《へだ》てなく送られるようになり、都市に影を落としていた境目が少しずつ溶けてなくなっていく。

そしてそれはやはり、アリスト達のもとでも同じであった。

「お二人とも……素敵ですわね」

「……はい。とても」

イルゼとエフィは言葉少なながら、その試合の様《さま》に魅《み》せられ。

賑《にぎ》やかだったアルーシャを慕う者らも、気づけば静かになっている。

メルとアルーシャも随分前から、試合の行く末をただ穏やかに見守っていた。

「バニエスタって、本当に凄い場所なんやね……」

「……ったく、今更かよ。ここはずっと昔から、逞《たくま》しいやつらが生きる都市なのさ」

懸命に、必死に、想いの全てを出しつくすモナとファティエ。

アリストはその様を見て、バニエスタの信仰に触れた気がした。

互いが拮抗《きっこう》する素晴らしい試合ほどに、その結果は神だけが知るものになっていくのだと。

(バニエット様がいるのなら、絶対にこの試合を見てくれているはずだよね)

そんな風に思う彼の視線の先で、いよいよグランデは終わりを告げる。

「インッ！　勝者……モナ！」

そして茜色の空にその名が響いた後。

――ワァアアアッ！

会場には今日初めての歓声が巻き起こったのだった。

モナという少女がファティエ様に勝利して数日。

私はアルーシャ様の邸宅にいた。

夕日が差し込む応接間でしばし待たせてもらっていると、邸宅の主が姿を見せる。

「システが俺のとこに来るとは珍しいな」

「突然お邪魔して申し訳ございません」

立ち上がった私に座るよう言いつつ、彼女は苦笑した。

「突然やってくる客は慣れてるさ。応接間に勝手に上がってくるやつさえいるしな」

おそらくアルーシャ様を慕う女性らの一部のことだろう。

彼女の舎弟を自称し、ほとんど押し掛けるような形で部下になったと聞く。

今は邸宅の管理や、商業区のとりまとめをするアルーシャ様の補佐をしているらしい。

「今日はあいつらに休みを取らせてな。だからまぁ、こんなもんで勘弁してくれ」

少し照れ臭そうに彼女はテーブルにお茶を出す。

ふわりとしたいい香りが部屋の中に漂った。

「ありがとうございます」

私がそれを口につけると、アルーシャ様はソファに座る。

その豪快な座り方が少し懐かしかった。

「しかし今日は妙に客が多いな」

「私の他にも、どなたかいらしていたのですか？」

「ああ。ファティエ派とか言ってうるさくしてた奴らがな」

「！」

私はいい予感がしなかった。

ファティエ派というのは、ファティエ様を支持する女性の中で、ここ最近過激な応援活動や排他的な言動を繰り返すようになってしまった一団だ。

先日のグランデ以降目立った活動は無いけれど、結果を良く思っていないのは想像できる。

「アルーシャ様に何か抗議を……？」

ほとんど確信を持って聞いたのだが、アルーシャ様の返事は意外なものだった。

「いや代表者と数人がやってきて頭下げてったよ。私達が間違ってました、ってな」

「えっ!?」

私はきっと間抜けな顔を晒《さら》していたのだと思う。

アルーシャ様はくすっと笑い、続けた。

「グランデっていう神聖な場を外から汚しかねなかった。バニエット様がお望みになるような行動ではなかった、だとさ」

「な、なるほど。しかし、いささか急と言いますか……」

訝しく思う私に彼女は苦笑を浮かべた後、窓の外を見ながら言った。

「ファティエとモナの姿に相当思うところがあったらしい」

いい試合だったもんな、とアルーシャ様が言う。

私もその言葉には同意しかなかった。

「ええ。本当に……素晴らしい試合でした」

互いに想いを持ってぶつかりあい、そして全てを出し切る姿。

神前試合グランデの名にふさわしい素晴らしい試合だったのは誰の目にも明らかだった。

確かにあれを見て、心震えない民はいなかっただろう。

「ファティエ派の彼女達もまた、バニエスタ領民であったのですね」

「ま、そういうことだな」

アルーシャ様は嬉しそうに言うと、少し表情を変えた。

「それで、今日はどうした？　あまりいい話じゃなさそうだが」

何気ない言葉だったが、私はすぐに返答できない。

情けない話だけれど、口にすべきかどうかここへきても迷っていたからだ。

ただ、アルーシャ様は私より上手だった。

「ファティエのことだな？」

「………」

アルーシャ様は一見粗野な態度が多く見える。

けれど、その実鋭く、ファティエ様とは違った意味で領主たる器を持っている女性だ。

私はそのことを思い出し、ある意味で観念した。

「ファティエ様を……元気づけてはいただけませんか？」

するとアルーシャ様は目を瞬かせる。

何を言ってるんだ、といった予想通りの反応に羞恥を感じつつも、私は続けた。

「ファティエ様は今、領主の引き継ぎに向けたお仕事をなさっています」

そしてその作業は順調で、遠くないうちに領主の交代は行われる。

執政の混乱もないし、ファティエ様の仕事ぶりもお変わりない。

けれどそれは、あくまで表面上の話だ。

「お傍《そば》で仕えてきた私には分かります。ファティエ様の御心はとても沈みこんでいらっしゃる。おそらく、ご自身を大変に責めていらっしゃるのです」

声の様子も振る舞いもぎこちなく、悲痛な気持ちがにじみ出ている。

しかし私は補佐であり、ファティエ様との付き合いはそこまで長くない。

「どこかへ消えてしまいそうに思えるほどで……。お付き合いの長いアルーシャ様ならば、と」

一介の領民がこのようなことを言うのはおかしいだろう。

けれどそれでも、私はアルーシャ様に頭を下げずにはいられなかった。


私が領主補佐になったのは三年前のこと。

それまではアルーシャ様が立ち上げたバニミッドの調査を行う研究部署で働いていた。

ただいざ働きだしてみると、私は同僚達に圧倒されるばかりだった。

彼女らが持つ知識量は私の比ではなかったのだ。

「この部分の意匠とこの部分の造形から、バニミッドは遺物だという説は正しいのでは？」

「形状から断定は難しいと思うな。意匠は四百年ほど前からの流行だとも考えられているし」

「でも宙へ浮かび上がっているのが何らかの魔法によるものとすれば、賢者様が遺されている魔法効果を持つ他の遺物と共通点は多くない？」

「永続的な魔法というのは存在しないですし、首都の男性方も否定しています」

「魔法が弱まってきている、という考え方はできない？」

「としても数百年単位で続いているとすれば、やはり魔法の域には収まらない。そういう技術、というか秘法はカテドラの大図書館でも研究がされてて、確かあっちの本に――」

学問のために都市を出て各地を巡ってきた女性も多く、議論もあちこちから引用がある。

「システはどう思う？」

「え、あ……ど、どうでしょう。確たるものが無いのでなんとも……」

だからバニエスタしか知らず、普通より少し学問ができたぐらいの私では到底ついていけない。

もちろん、私も知識を増やそうとはした。

けれど後から入ってきた女性を見て、私は暗い気持ちになった。

「も、モナです。よろしくお願いします……！」

会話こそ苦手だけれど知識量とその好奇心、研究にかける情熱は目を見張るばかり。

私は挫折感だけでなく、一生懸命な彼女に対し嫉妬心まで持ってしまうようになった。

そんな自分が嫌で辞職願を提出したのだけれど。

「システ、ファティエ様がお話ししたいって！」

肩で息をする同僚からそう伝えられ、ファティエ様のもとへ出向くことになった。

そして恐縮した私と面会するなり、就任したばかりの領主様はこう言ったのだ。

「研究部署でなく、領主補佐としてしばらく働いてみる気はありませんか？」

「わ、私が……ですか？」

領主補佐といえば、それは領主の館の中でも重役だ。

グランデの勝者に直接仕えるのだから、当然なりたがる女性も多い。

私にとってあまりに分不相応な役職であった。

「とても光栄なお話なのですが、私のような人間には到底務まるはずは――」

ただ私の言葉は途中で遮られた。

「何故、そのように思うのです。理由を説明してください」

その際のファティエ様の瞳は熱くも冷たくもないものだったと思う。

しかしそこには特有の迫力のようなものも感じた。

（この方もやはり、指輪に選ばれた女性なんだ……）

研究部署の水準についていけず、学者としての才覚がないと感じていること。

その上、若手に嫉妬するような器の小さな女であること。

逃げ場がないと思った私は自身の胸の内を全て話した。

「今は雑用をやるので精一杯で、バニミッドに対する有益な知見も持ち合わせていません。運よくアルーシャ様に雇ってはいただけましたが、これではお役には立てない」

「だから辞職をしたい、と思ったのですね」

「はい。運よく得られた場所ですらこの有様です。領主補佐などとても……」

言いながら私は俯く。

領主様の前で無様な顔を晒したくなかったからだ。

けれどファティエ様はそんな私に言った。

「貴女の気持ちは良く分かる……ように思います」

「……え……？」

思わぬ発言に顔を上げると、彼女はほんの少しだけ微笑《ほほえ》んでいた。

「私も自分の側にはいつも眩《まぶ》しい存在がいましたから。後ろ暗い気持ちなったのも、一度や二度ではありません」

ファティエ様はその瞳に少しだけ哀しげな光を浮かべた後、もう一度私の瞳を見る。

「でもそれでも、バニエット様は私に指輪をくださいました。それにはきっと意味がある、私はそう思っていますし、貴女が今ここにいるのも意味あってのことだと思っています」

私は滅多に笑わないと聞いていたファティエ様の笑顔に驚き、うまく口が動かなかった。

そんな私に彼女は続けた。

「研究についていけていない、と貴女は言いましたね？」

「は、はい……」

「それは現場にいる貴女が感じることですから、おそらく事実なのでしょう」

ですが、とファティエ様は言う。

「貴女が纏めてくれている研究報告書は、他のどの学者が持ってきたものより分かりやすい。門外女である私にとってこれほどありがたいものはありません」

「……！」

「アルーシャがこの点を高く評価して貴女を採用したのは想像に難《かた》くありません。学者達に話を聞いても、貴女の書類を参考に見返すことが多いと口を揃えています」

ファティエ様は一度そこで言葉を区切り、再び口を開く。

「システを辞めさせないでほしい、と数日前に学者達が私のところへ来ました」

「えっ……!?」

「貴女に直接言っても、よく伝わっていなかったようだから、と。貴女のことをよく知らない新人領主があっさりと辞職を認めてしまうかもしれないと思ったのでしょう」

私はファティエ様の言うことが信じられなかった。

あくまで社交辞令的な意味合いで言われていると思っていたからだ。

「研究の現場には合わなかったのかもしれません。ですが物事の内容を伝える能力や、要点をまとめる把握力は貴女自身が思っている以上に重宝されているのです」

こみ上げるもので視界がぼやけていく私に、ファティエ様は言った。

「システ、ただ指輪に選ばれただけの非力な私に……どうか力を貸してくれませんか？」

あの日のことを思い出していた私の耳に、深いため息が聞こえる。

顔を上げると、アルーシャ様は呆れ交じりの笑みを浮かべていた。

「ったく、領主になっても真面目すぎるとこは変わってないんだな。いやむしろ領主になったからもっとそうなったのか？」

「い、いえ、どうでしょう……」

「ま、要は――」

アルーシャ様が話を続けようとした時、応接室の扉の外が少し騒がしくなった。

「ではモナちゃん、早速調理場に参りましょう♪」

「は、はい！　アリスト様とエフィさんはお夕食までごゆっくりなさっていてください」

「いいのかな？　なんか申し訳ないような……」

「イルゼ様、私もお料理のお手伝いを――」

「そ、そういえばアリスト様！　エフィに何かお願いがあるとか……!?」

「あ……そ、そうだった！　エフィさん、ちょっと手伝ってもらってもいいかな？」

「私でお役に……？　も、もちろんです！　なんなりと御申しつけくださいませ」

複数人が邸宅に入ってきたようだ。晴ればれとした顔つきの、モナの姿も見える。

そちらに私が気を取られていると、アルーシャ様がニヤリと笑みを浮かべた。

「ちょうど良い。これも神のお導きってやつかもしれないな」

「……？」

「アリスト！　良ければ皆でこっち来てくれ。例の件だ」

すると、室内にはぞろぞろと女性達がやってきた。

ただ私はその一人一人の顔を確かめる余裕は無かった。

アルーシャ様を含め、見覚えのある男装ホストを巡るやり取りが意図せぬものだったからだ。

「ほ、本当にやるの？　アルーシャ……って、わぁっ!?」

「アリスト、お前は俺の隣だぞっ♪」

「アルーシャ殿、強引なのはいけませんわ。アリスト様のお隣は貴重なのですから♪」

「お、イルゼ殿もなかなか良い身のこなしだな。バニーボールもいけるんじゃないか？」

「ふふっ、恐縮ですわ♪」

あっと言う間にソファに座る女性二人に挟まれる形になった男装ホスト。

以前見た時から確かに人気が出そうな容姿だとは思っていたが、いつの間にかアルーシャ様のお気に入りになったらしい。

（確か、アリスという名前では……？）

些細《ささい》な疑問はともかく、今は大切な話をさせてもらっている最中だ。

女性二人に挟まれた男装ホストと私が向き合うような形だと困ってしまう。

「あの、アルーシャ様。流石にホストを同席させるのは……」

が、アルーシャ様は私の言葉など聞こえていなかったように、再度話を戻してしまった。

「ま、要するに。ファティエはグランデに負けた後から意気消沈してる。それでシステからも声はかけてみたが、あまり効果的じゃなかったってことだよな？」

「ま、まぁ、そういうことになります」

室内はなんとも奇妙な雰囲気ではあるけれど、アルーシャ様の言葉は真実だ。

今のファティエ様の様子だと、アルーシャ様ご自身が出向いても、あまり心をお開きにはならない恐れさえある。

私が頷くと、アルーシャ様は室内に立つモナを見た。

「だとよ。悪いことしちまったな、モナ」

「ぼ、ボクのせい……ですか……？」

ふるふると震えるモナに私は焦る。

「いえ！　とても良い試合でしたし、ファティエ様もご納得はされていますよ！」

「そ、そうでしょうか。ボク、その、やっぱり庶民だから……」

「そのようなことを気になさる方ではありません。安心してください」

軽く腰を浮かせた私と若干涙目になるモナを見て、アルーシャ様は笑った。

「ははは、冗談さ！　だがまぁグランデが良かったからこそ、はっきり分かることもある」

「はっきり分かること、ですか？」

「ああ。ファティエが今何を考えてるかってことさ」

アルーシャ様は確信めいた様子で続ける。

「執政に関しては何の成果も得られず、そのまま領主を去ることになった。つまりファティエは何も成せなかった領主ってことになる」

「そ、そんなことはありませんっ！」

私はその言い方にカッとなってしまった。

少なくともファティエ様の執政は成功を収めていないというのは誤りだ。

急激すぎる改革の反動を抑えたり、地道な財政に対するテコ入れなども行っていた。

「アルーシャ様の執政に比べれば華々しくは無かったかもしれませんが、決して何も成果が無かったなどとは……っ！」

「だよな。俺もそう思う。あいつは領主として単純に優秀だ。まぁ俺も負けないくらい優秀だし、考えもあったからグランデをしてたわけだけどな、ははは！」

「えっ……」

アルーシャ様は驚く私に、更に続けた。

「つまり、あいつ自身が何も成せなかったって思ってるって話さ。しかも毎日オナニーしてるが、ファティエがスる時はバニミッドの高度が上がってないって言うんだろ？」

「おなっ……！　た、確かにそのような話はなさっていましたが……」

「仕事もできず、神に認められたモナの理屈通りのこともできなかった。それこそ『何かの間違いで指輪に選ばれただけ』なんだと思っちまってるのかもな」

「……!!」

「姫としての役割が終わった時、指輪は外れると言われてる。だがファティエの指輪はついたままだろ。それに指輪が無くたってあいつが優秀であることには違いはない」

私が何度も頷くとアルーシャ様は苦笑し、意外なことも口にした。

「実際、謝罪に来たファティエ派の連中もかなり心配してたしな」

「ファティエ派の女性達も、ですか？」

「ああ。消えてしまいそうだって、システと同じことを言ってたよ」

そこまで話して、アルーシャ様はニヤリと笑う。

「そこでだ。俺にありょうじ……んんっ！　妙案があるぜ」

そう言うと、アルーシャ様は自らの隣にいる男装ホストをちらりと見やった。

「だがその案は言葉で説明するより、見てもらったほうが早くてな」

「見る、ですか？」

案を見る、とは妙な言い回しだ。

だがそれでも、それをしないという選択肢は私に無かった。

「で、ではそれを見せていただくことはできますか？」

ファティエ様は私に『たまたまここにいる人物』ではないと伝えてくれた。

だから私も補佐の立場として伝えたかった。

ファティエ様は決してたまたま領主になられた方ではない、と。

「その意気やよし。じゃアリスト、カッコいい身体を見せてやってくれ♪」

それにアルーシャ様の妙案というのだから、それはきっと効果的に違いない――

「うぇっ!?」

「旦那様。お召し物は私とモナさんにお任せくださいませ♡」

「あ、アリスト様、ぬぎぬぎしてくださぃ♡」

——!?

「わわっ!」

「ふふっ、アリスト様のもの、とっても可愛らしいですわ♡」

「おいおい、緊張してんのか?」

「では、ここはわたくしが……はむっ♡じゅぞっ♡」

「あっ、イルゼさ、急に……っ!」

えっ、ちょ、えっ……!?

「ちょ、ちょっと!? み、皆さん一体何を!? そ、それにそのホストは一体……!?」

「んっ♡ちゅぱっ♡じゅぞっ♡」

「ホストじゃないぞ。首都から放り出された世界一カッコいい男だ♪」

アルーシャ様はにやりと笑い、自ら乳房を露出させせながら続けた。

「モナの研究によれば、強い快楽に浸《ひた》るほど、指輪もバニミッドも反応するって話だ」

「つよい、かいらく……?」

「ああ。つまり、アリストとのセックスでイキまくればいいってことさ。それで指輪の姫としての役割はしっかり全うできるってわけだ。な? モナ」

「そ、そうだと思います! ボクとアルーシャ様で、いっぱい試したので……♡」

目の前にある、男性に対し女性が触れ、あまつさえ性器まで咥《くわ》えるという状況。

（これは夢？　それとも幻……？）

頭が理解することを放棄しかける中、アルーシャ様はその〝妙案〟を口にした。

「ファティエとアリストがセックスすりゃ全部解決。簡単だろ？」

そして私はこの日、様々なことを見て、そして経験することになった。

同時に彼に大きな懸念があることも理解した。

（アリストと呼ばれた男性は、呪いの指輪の所持者だった……!!）

しかしそれでも、私はその妙案に賛同した。

アルーシャ様の指輪が外れていないとか、彼自身があまりに人畜無害だとか。

あるいは指輪が光り、バニミッドへ影響しているのを目の当たりにしたからだとか。

色々と理由はあったけれど、結局一番は『女の勘』だったのだと思う。

「あっ♡い、イクッ♡イクイクッ♡」

「システさん……っ！　射精《で》るっ！」

いや、『牝《めす》の勘《かん》』というほうが正しかったのかもしれないけれど……。

俺は美しい金髪の女性と、月夜の寝室に二人きりだった。

「早速、始めましょうか」

その女性、ファティエさんはベッドに座り、落ち着いた声色で言う。

でも俺はとてもじゃないが落ち着いてはいられなかった。

だって彼女が身に着ける衣装は、おっぱいやお尻、鼠径部《そけいぶ》もほとんど丸出しなのだ。

「さぁ、どうぞ。こちらが私の女性器です」

その上で、自ら股間部についたジッパーを下げ、大事なところを見せつけてきている。

（いつもなら絶対我慢《がまん》できないし、我慢したら恥をかかせちゃうと思うけど……！）

けれど今日はどうしても俺の身体は動かなかった。

というのも、彼女の瞳に深い哀しみが浮かんでいるのは明らかだったからだ。

「それとも、私の身体は悪魔好みではありませんか？」

人形のように無表情なファティエさんだけれど、その瞳は昏《くら》い色をしている。

それがいたたまれず、俺は急いで首を振った。

「そ、そんなことはないです！　むしろ、とっても好みです！」

焦ったせいでつい情けない本音が漏れてしまう。

すると、ファティエさんは薄く笑った。

「そうですか。指輪も外れていませんし、やはりこれは神の思《おぼ》し召しということなのでしょう」

神の思し召しかはともかくとして。

俺がここにいるのはアルーシャの〝妙案〟がシステさんに採用されてしまったからだった。

そして託されたのは、ファティエ領主の抱える『指輪の姫として自身は無能であった』という思い込みを捨ててもらうこと、というとてつもない任務である。

（しかもその手段が、俺のセックスで気持ちよくなってもらうこと、だなんて……）
そんなの絶対通らない、という俺の主張と現実は逆であった。
なんと、ファティエ領主まで俺との逢瀬に同意してしまったのだ！
しかも、俺が呪いの指輪持ちであることを知った上で、だ。
（ファティエさんは、本当に自信を無くしちゃったんだ）
以前モナさんや俺に見せた、指輪の姫としての誇りと矜持《きょうじ》。
もしそれがあったなら、悪魔である俺を砂漠のどこかへ放り出したはずだ。
「抵抗はしません。貴方のお好きなようになさってください」
指輪が外れていないことが、今はファティエさんを悪い方向に進ませてしまっている。
でもそんなファティエさんの気持ちが少しだけ分かるような気がした。
（就活の時のこと、思い出しちゃうな……）
応募と不採用通知を繰り返す毎日。
それが当然だと言われても、会社の都合と折り合わなかっただけだと言われても。
繰り返し『お前なんかいらない』と言われているようで、とても辛《つら》かった。
なんとなく生き、薄い人生を送ってしまった俺でさえそうだったのだ。
（指輪に選ばれて、グランデをして。アルーシャを倒して領主になって）
懸命で濃い人生の果ての哀しみは、もっとずっと深いと思う。
「何か問題でも？　それとも私から何かをしたほうが良いのでしょうか」

そんな彼女に俺の言葉はきっと全部軽い。

その気になれないのでやっぱり止めます、なんてもっと酷《ひど》いだろう。

だとすれば……。

（嫌なことを忘れられるくらい、今日は沢山気持ちよくなってもらいたいな）

すけべな俺にできることはきっとそれくらいだ。

そしてこの世界でもっともすけべな男だからこそ、それをするべきだ！

『あいつだってその手の本は持ってるからな。ふふ、男に興味が無いわけじゃないぞ』

アルーシャの言葉を思い出しながら、俺は手袋を外す。

そして着慣れてきたホスト服をちらりと見て、気合を入れた。

（俺はホストだ！　それでファティエさんというお客さんにいい気分になってもらうんだ！）

男装ホストがすけべなことをしたら大問題……と聞いたのは一旦忘れよう。

うん、メルさんも今日は見逃してくれるはず。

「ファティエさん、痛かったら言ってくださいね」

「っ……ちょ、ど、どこに顔を……っ!?」

ともあれ、俺にとってのグランデはこうして始まったのである！

『ファティエ様に折り入ってお願いがございます』

——悪魔とセックスをしてほしい。

システから遠回しにそう言われた時、私は驚き、そしてひどく哀しくなった。
最も信頼していた人物の一人が、ついに私を見限ったのだと思ったからだ。
しかしそれでも、私は悪魔と会うことにした。
（これも神のお導きなのかもしれない）
そう思ったし、指輪の姫として何か一つでも貢献したかったからだ。
そして見込みはある意味で正しかったのだと思う。
（やはり贄《にえ》となれ、ということなのですね。バニエット様）
砂の無いところではバニーシューズの能力を借りることができない。
そこに指輪の姫自ら悪魔を招くという行為をしたのに、指輪は外れなかったからだ。
（悪魔に嬲《なぶ》られるために、私は姫に選ばれた）
涙はとうに枯れ果てたのだろう、もう一粒も出ない。
脳裏をよぎるのはモナとのグランデ。
アルーシャとただの友人であった頃、何かにつけて試合をしたあの日々を思い出せた。
（ありがとう、モナ。アルーシャ）
ベッドに上がってくるのは黒髪茶色目の見目麗《うるわ》しいホストだ。
自身を男性だと告げたこの者の正体は悪魔だったらしい。
その悪魔が私の両内ももに手をかけ、いよいよセックスをされるのだと分かった。
（……っ……）

一応は私の知るセックスと同じように女性器を露出したものの、それだって女の妄想でできた本の内容の受け売りにすぎない。

相手は悪魔であるのだから、女の妄想が通用しない可能性のほうが高いだろう。

それに一説には、指輪の姫を食べてしまうという話もある。

が……悪魔は私に妙なことを言った。

「ファティエさん、痛かったら言ってくださいね」

そして——唐突に四つん這いになり、私の股間へ顔をうずめたのだ。

「っ……ちょ、ど、どこに顔を……っ!?」

思ったより唐突だったことで、私は驚きの声をあげてしまう。

そしてすぐに何か暖かく肉厚なものが、女性器付近を撫で上げた。

(い、いったい、これは……!?)

未知の感覚に腰を引こうとしたが、それはできなかった。

臀部は既に悪魔の両手で押さえられていたからだ。

そればかりか、いつの間にかゆったりと左右の尻肉を揉みしだかれていた。

「んっ……」

ぞわりとした感覚が背筋を上っていく。

すると、今度は右の太ももに肉厚なものが触れた。

「うっ、くっ……」

くすぐったいような、まどろっこしいような。
なんと表現してみようもない奇妙な感覚が、ぞわりぞわりと昇ってくる。
そこでようやく、私は理解した。
（な、舐めて……!?）
悪魔は私の太ももを舐めていたのだ。
「ちゅっ、ぇろっ……ちゅぱっ……」
じっとりと舐められ、そして吸い付かれ。
痛みの無さに驚いている間に、今度は悪魔の唇は左の内ももへと移動する。
「ん、ちゅっ、ぇろっ」
涎を刷り込むかのような動きが再開し、同時に私の尻肉が揉みしだかれる。
やがて背中側と、太ももから上がってくるぞわりとした感覚は私の中で一緒になった。
（な、なにか、昇ってくる!?）
身体の中で何かが膨れあがり、だんだんと抑えられなくなっていく。
「ふぅっ……はぁっ……」
どうして息が荒くなってしまうのだろう。
私はその理由が分からず、とにかく困惑していた。
（内側に……！）
やがて悪魔の唇は鼠径部にまで到達する。

身体を支配する奇妙な感覚がますます大きくなった。

「ぁっ……ふぅっ、はぁっ、はぁっ……」

と、悪魔は唇を私の下腹部から離す。

そして上目遣いで私に問いかけてきた。

「ぷはっ、痛くありませんか？」

「はぁ、はぁ……い、痛くは、ありません……」

いま一つ考えがまとまらない頭で応じる。

すると悪魔は微笑んで再び顔をうずめ——瞬間。

唐突にその唇と舌が、私の女性器の上を這いまわり始めたのだ。

「あっ!?　はぁんっ♡」

私は自分でも制御できないまま声を上げてしまった。

「じゅぞっ！　ぇろぇろっ！　ぴちゃぴちゃっ！」

「……っ♡くっ♡はぁ、はぁっ♡」

信じられなかった。

(私は官能を感じていたというのですか!?　あ、悪魔の舌で……!?)

あり得ない。

そう思うが、臀部を揉みしだかれると意図に反して腰が動く。

そして悪魔の唇へ股間部を押し付けるような形になってしまった。

「ちゅううっ！　ちゅぱっちゅぱっ！」

すると待ち構えていたかのように、悪魔の標的は陰核に変わった。

「っ♡……ふぅっ♡」

肉厚な舌で滅多打ちにされ、同時に吸引される。

「ぇろぇろっ！　ちゅぱっ！　ぢゅぞぞっ！」

身体が震え、乳首隠し同士をつなげた鎖がはしたなく揺れてしまう。

（あ、悪魔に官能など……っ……！）

そんなわけがない。

ある種の恐怖を感じた私は、思わず悪魔の頭を掴んでしまう。

すると悪魔の動きは止まり、私の臀部からその両手を離した。

そして再び私の顔を見る。

「あ……」

贄《にえ》が勝手に触れたのだ。

何らかの報復をされる、そう思ったのだけれど。

悪魔は私の両手を取ると、優しくそれを握るだけだった。

「大丈夫です。思い切り気持ちよくなってくださいね」

いや、正確にはそうではなく、再び顔をうずめ。

「じゅぞぞっ！　ちゅぱちゅぱっ！　じゅるるるっ！」

さきほどより更に激しい口撃を加えてきたのだ。

優しい言葉をかけられ、女性器を激しく吸われ、しゃぶられる。

両手を力強く、そして暖かく握られる。

(どうして、どうして……っ)

同時にそのような扱いを受けて、私は……私は……っ。

「んはぁあああっ♡♡♡」

どうして、どうしてこんなに気持ちいいのでしょう。

相手は悪魔なのに、バニエスタを滅ぼすかもしれない存在なのに……。

その舌は、唇は蕩《とろ》けそうなほど気持ちよいのです。

「あぁっ♡あああっ♡やめ……てぇっ♡くださいっ♡」

これ以上は駄目。

これ以上こんなことをされたら、私は私でなくなってしまう。

けれど黒髪の悪魔は全然許してくれません。

「じゅるっ！　ちゅううっ！　ぢゅっ！　ちゅぱちゅぱっ！」

「だ、だめっ♡ですっ♡だ、だめなのですっ♡あっ♡はぁっ♡」

私はその舌技に翻弄され、びくびくと無様に身体を揺らすだけ。

悪魔に気持ちよくさせられるなんて、なんて恥知らずな女でしょうか。

こんなの指輪の姫でも、領主でもありません。

にも関わらず悪魔は私に囁《ささや》くのです。

「ファティエさん、もっと気持ちよくなっていいんだよ！　ぢゅぱっ！　じゅぞぞっ！」

それは残酷な言葉でした。

だってもう、とても気持ちよいのですから。

「こ、これ以上、なんてぇっ♡で、できませんっ♡あっ♡ああっ♡」

自慰であっても、これほどの快感には到達したことがありません。

こうなる前に止めるのが私にとっての普通なのです。

「こ、怖いっ♡こわいですっ♡ああっ♡とんでしまいそうっ♡あっ♡あっ♡」

なんと愚かな言いざまでしょう。

けれど全身を快楽に侵された私には、もう自分の口を止めることはできません。

ただ、そんな私を肯定するように、両手がぎゅっと握られます……♡

「あっ♡あっ♡はぁっ♡あああっ♡」

私は悪魔に安心させられてしまいました♡

あっ♡駄目です♡安心したら、どんどん気持ちよくなって♡

女性器が、おま×こが、いえ全身がおかしくなっていきます♡

「な、なにかくるっ♡くるっ♡あっ♡こわいっ♡わたし、こわいっ♡」

幼子のように私が言うと、悪魔は再びぎゅっと手を握ってくれました♡

けれど、私のおま×こを許してはくれません♡

「そのまま思い切り気持ちよくなって！　んむっ！　ちゅぱっ！」
怖いのに気持ちよくて、恐ろしいのに優しくて……私はもう限界です♡
ああ、何かくる♡
身体の奥から、くるっ♡くるくるっ♡きちゃうっ♡
「じゅぞぞぞぞっ!!」
吸いすぎですっ♡　おま×こそんなに吸われたら変になるっ♡
「あっ♡」
し、舌、入ってきたっ♡　穴の中に入ってきたっ♡
そんなところ、入っちゃだめなのにっ♡
気持ちいい♡　あっ♡くるっ♡でるっ♡でるでるっ♡
「んぁああああっ♡♡♡」
私は初めての体験に頭が真っ白になってしまいました。
なのに、悪魔はやっぱり許してくれません。
もっと、もっとと艶《つや》のある声で私に言いながら、舌を突っ込んでくるのです♡
「イって！　ファティエさん、思いっきり気持ちよくなって！」
「い、イク？　これがイク、というものなのですかっ？　あっ♡ぐりぐりっ♡だめですっ♡」
イク、それはおそらく絶頂のことでしょう。
しかしそれこそ本の中の妄想だと思っていました。

おま×こからはしたなく汁を漏らすような、我を忘れるような官能など、この世にあるはずもない……そう思っていたからです。

「あっ♡あああっ♡い、イキそうっ♡またっイキそう、ですっ♡」

ですがそれは私の浅慮だったのです。

だって私のおま×こからっ♡またっ♡気持ちよいのが出てしまうからっ♡

あっ♡またすごいのっ♡くる、くるくるくるっ♡

「いくっ♡いくいくいくっ♡おま×こ、イくぅうううぅッ♡♡♡」

私は初めての快楽と、深い哀しみを一緒に味わいました。

悪魔にイかされる指輪の姫なんて、バニエスタの恥に違いないからです。

「はぁっ♡はぁっ♡はぁっ……♡」

涙を流しながら、はしたなく身体を震わせる私。

けれど悪魔は、そんな私を嘲笑はしませんでした。

そればかりか何かとても大切なものを扱うかのように、私の手を持ち上げて言ったのです。

「ファティエさん。これ、見てください」

悪魔が言うそれは、私の左手の中指に嵌められた金の指輪です。

ですが私にとってそれを直視するのは難しいことでした。

なぜなら――

「ひ、光が！」

――今まで見たことがないほど、その指輪が光っていたからです。

驚きの出来事はそれで終わりではありませんでした。

指輪がひときわ眩《まばゆ》く光ったかと思うと、

「きゃっ!?」

指輪から細い光線のようなものが放たれたのです。

あっという間に窓を越えたその光線は、バニミッドへ衝突し。

そしてその変化は起きました。

「上弦の文様っ……!」

バニミッドに、六年前から浮かばなくなった文様がうっすらと現れたのです。

そう、私が指輪を貰ったあの時以降、一切浮かばなくなっていた文様が。

「あぁ……っ……」

それを見た時、私の涙は堰《せき》を切ったように溢れ出しました。

もうすっかり枯れてしまったと思っていたのに。

「うぅ、うぅっ……」

そんな私を悪魔が抱きしめてくれました。

恐る恐る、震える手で。

そして私が泣き止むまでしばらくの間、悪魔は優しく温かく寄り添《そ》ってくれたのです。

つい背中側から抱きしめてしまったファティエさんは、思ったよりすぐに涙を収めた。

「も、申し訳ありません……このようにして、いただいて……」

腕の中で振り返った彼女に見つめられ、俺は言葉に窮する。

少女のように恥じらう彼女の破壊力にやられてしまったからだ。

「あ、いや、その、こ、こっちこそ勝手にその……」

俺が離そうとした腕を彼女は控えめに止める。

そしてそのまま、俺のことをじっと見つめた。

「……貴方様は、本当に悪魔なのですか……？」

「正直、自分でも分かりません。転移をしたと思ったら、もう指にこれがついていたので」

俺が苦笑すると、ファティエさんは狐の指輪に触れる。

その手つきはとても優しく、俺は胸のうちでぐっと拳を握っていた。

（よし！　任務完了だぞ！）

成果は二つだ。

一つはモナさんの推論を立証できたこと。

『自慰をしても何も起きないということは……も、もしかしたら……ファティエ様は、ちゃんとイッたことがないのかもしれません。ボクやアルーシャちゃんは、その、ちゃんとイっているので……』

これからはイけるだろうし、ファティエさんも自分でオナニーをして、バニミッドにエネルギーを送れるはず。

となれば彼女も少しは自分を責めなくてよくなるはずだ。

実際もう一つの成果として、ファティエさんの表情は明らかにましになっていた。

「指輪は外れないのですか？」

「はい。もう慣れちゃいましたけど」

ぽつりぽつりと会話をしてくれるのも嬉しい。

きっとシステさんやアルーシャ、それから支持者の方もこの変化には気づくに違いない。

……が、少し気になることがあった。

「そう、ですか……」

さきほどから俺の指を撫でる手つきがしっとりとしている。

というか、もっと端的に言うと。

（なんかすけべな触られ方してる気がする……いや、気のせいかな）

こんな美人にあれこれしたのだから興奮してしまって当然だ。

だからちょっと触られただけでも、ズボンの中でガチガチの息子が期待してしまうのだ。

（いかんいかん。今日はファティエさんの気持ちを軽くするのが仕事だぞ）

と、ファティエさんがすっと俺から身体を離し、俺と向き合った。

「……私に良い案があります。貴方が悪魔かどうか、知るための」

「よ、良い案ですか？」

「ええ」

アルーシャとちょっと似た切り出し方にどきっとする。

何かとんでもないことを言われるのではないか、と思ってしまうからだ。

（まぁでも、ファティエさんはそういう感じじゃあないよね）

むしろ真逆――

「そ、それは、今から私とセックスして、指輪が外れないか、じっくり確かめるのです……♡」

――じゃなかった！

「えっ!?」

驚く俺の前で、彼女は股を広げて言う。

「さ、さぁ、どうぞ。こちらが私の女せ……おま×こです♡」

そして股間部のジッパーを上げ、もう一度下ろす。

そこから覗いた花びらはずぶ濡れで、ひくひくと俺を誘っている。

「それとも、私の穴は……アリスト様のお好みではありませんか？」

それは俺が経験した中でもっとも素晴らしいデジャビュだった。

だけれど、いや、だからこそ俺の反応は変わってしまう。

「ファティエさんっ！」

「きゃっ！　あっ、アリスト様っ♡」

ホストの服なんてもういらない。

今から彼女は俺のお客さんじゃないのだ。

俺はさっさと服を脱ぎ散らかし、ファティエさんを押し倒す。

そして大きく両足を大きく開かせて、ガチガチの肉棒をその中央へ押し当てる。

「いくよ……っ！」

「はい♡お願いしま——あ、ああっ♡あああああっ♡」

返事も待てずに処女を奪う俺。

まるでか弱い兎を狩ろうとする肉食獣だ。

けれど過激な衣服の兎さんはそんな俺を甘やかす。

「んはぁっ♡ああ……っ♡ちょ、ちょっとイってしまい、ました……っ♡」

そればかりか恥じらいつつも、素晴らしい報告をしてくれる始末だ。

明らかに表情豊かに、そしてすけべになったファティエさん。

「……っ！」

俺が辛抱などできるはずもなく、たて続けに容赦のないピストンを始めてしまった。

「あっ♡あっ♡うあっ♡はぁああっ♡」

「ふーっ、ふーっ！」

ばちゅっ、ばちゅっと水っぽい衝突音が部屋に響く。

と同時に、ファティエさんの胸元では金色の鎖が踊りだした。

それは左右の乳首を隠す金プレートをつなぐ、いやらしいチェーンだ。

（引っ張ってくれってことだよね……っ！）

その鎖を持つと、双丘を上下に揺らす美女が表情を変える。

「そ、それはっ♡あっ♡ひ、ひっぱったら、いけませんっ♡」

少し焦ったようにするファティエさん。

しかしその声がどこか期待を含んでいるような気がして、俺は間髪を入れずに鎖を引っ張る。

すると二つのニプルカバーは、彼女の乳輪を強く引っ張った後に剥がれる。

「あっ!? お許しくださ……いっ♡イぐっ♡♡♡」

その感触で絶頂する様子も、カバーが剥がれて明らかになった大きめの乳首も素晴らしい。

が、俺は絶頂に荒れ狂う膣中《なか》に、それを楽しんでいる余裕はなかった。

（締まって……くぁっ、上のほうがぞりぞりする……ッ）

それは甘くざらつく天井と、柔らかく吸着する床。

ファティエさんの蜜壺は、お腹側《なか》と背中側で大きく感触が違う。

が、どちらも肉棒を追いつめようと迫ってくるのは同じだ。

（一度に二人の女性に責められてるみたいっ）

けれど簡単に射精してしまうわけにはいかない。

すかさず俺は露わになった乳房に吸い付き、乳輪を舐め回した。

彼女の大きめの乳首と、深い谷間から香る女性の匂いを味わう。

「あっ♡ふぁあっ♡お、おちちっ♡きもちいい……っ♡」

彼女はとても乳首が敏感だった。

俺が舌を動かすと分かりやすく身を捩《よじ》り、甘い声をあげる。

柔らかな乳肉で頬《ほお》を撫でられつつ、俺は金のプレートをやや乱暴に彼女の乳首へと戻した。

「えっ？　あっ♡はぁんっ♡んっ♡」

ファティエさんは少し驚いたようにするが、すぐに俺の意図に気が付いたらしい。

顔色を変え、いやいやと首を振る。

「あっ♡だ、だめですっ♡ありすとさまっ♡だめぇっ♡」

もちろん俺は止まらない。

夜のグランデでは、お互いの弱点を責め合うのが大切なのだ。

俺は一度強めに彼女の奥を突き、女体を反り返らせる。

「あぅっ♡」

目論見通りに弓なりになってくれたファティエさん。

俺は彼女が突き出した乳房を握り、思い切り鎖を引っ張った。

「ふんっ！」

再びテープが剥がれるような音がする。

そして続いたのは、ファティエさんの大きな嬌声だった。

「だ、だめぇぇえええッ♡♡♡」

無論、一度では終わらせられない。

俺は彼女からポイントを奪うべく、何度も鎖を引っ張った。

「あゔッ♡♡♡んはぁっ♡♡♡あああぁっ♡♡♡」

金のプレートが舞うたび、美しい兎は身体を弓なりにする。

もしかしたら、彼女はこんな服装をしていたことで、乳首が敏感になったのかもしれない。

(あるいはそういう風な慰め方をしていたのかも……！)

なんと素晴らしい話か！

だが、そんなすけべな想像をして、肉棒を更に硬くさせたのがいけなかった。

彼女の膣壁のコントラストが、すかさずペニスを襲ってきたのである。

「ううっ！」

ついにこらえきれず、俺は彼女の上へ倒れ込む。

するとすぐさま俺の首にファティエさんの両腕がかかり、熱い口づけが始まった。

「んちゅっ♡ちゅっ♡ぇろっ♡ぢゅっ♡」

涎《よだれ》が垂れるのも気にしない、といった貪るようなキス。

金髪を振り乱し、実った乳房を揺さぶり、舌を追い回す彼女はまさに発情期の兎だ。

無論、肉棒に対する下の口のキスも濃厚だ。

(あぁ、身体全体が溶かされちゃいそうだぁ……)

気づけば試合は劣勢であった。

唇を離しても蕩けた表情で誘われて、すぐにキスが始まってしまう。

「はぁっ♡ありすとさま♡んむっ♡ちゅっ♡ちゅぱっ♡」

そして加速度的に膣中《なか》の具合は良くなっていき、肉棒が追いつめられていた。

このままではあえなく搾り取られてしまう……！

（それは駄目だ。セックスでも気持ちよくなってもらわないと……！）

男としての矜持が俺を奮い立たせ、ついにファティエさんのキス攻撃を逃れる。

「あっ……♡」

名残惜しそうな表情に胸が痛くなるが、それは彼女の無自覚で巧妙な作戦なのだ。

俺は断腸の想いでファティエさんの両腕を取り、思い切りピストンを始めた。

「んぁぁあっ♡ああっ♡そ、そんなにつよくっ♡してはっ♡ああっ♡」

途端に甘い声を出し、身を捩る美人領主様。

彼女の両腕で挟まれて強調される乳房に煽られながらも腰は止めない。

「おっ♡ほぉっ♡あぅっ♡ああっ♡やぁあっ♡おま×こっ♡へんになるっ♡」

子宮口を押し上げるピストンに、ファティエさんは淫らに悶える。

けれど俺ももう限界だった。

「はぁっ！　はぁっ！　ファティエさん、いくよっ！　俺も、イク……！」

「はいっ♡あっ♡へんにっ♡してくだしゃいっ♡おま×こ、へんにぃっ♡」

絶叫に近いトーンで、彼女は淫語を放つ。

第一印象からは考えられない様に煽られて、睾丸から勢いよく精が昇る。

「ああ、イクっ……出るッ！」

そしてその勢いそのままに。

「くだしゃい♡ファティエのおま×こ、こわしてくだしゃいっ♡こわしてぇっ♡」

俺は淫靡に跳《は》ねる兎の膣中《なか》に、自らの欲望をぶちまけた。

――ビュルルルッ!! ビュルッ!! ドビュルルッ!!

「いくいくッ♡♡おま×こいぐぅううっ♡♡」

身体を反り返らせ絶頂に達するファティエさん。

彼女の甘い嬌声とともに、指輪からは光が放たれ、バニミッドのほうへと飛んでいく。

ただそれは、セックスの最中の流れ星と同じ。

つまり、俺達の視界には入っていなかった。

「ファティエさんっ！ ふーっ！ ふーっ！」

その証拠に俺の腰は一度の射精では止まらない。

彼女の谷間に顔をうずめ、ピストンを続ける。

「ああっ♡ま、まってっ♡くだしゃい♡ありすとさまっ♡いまはいけませ……っ♡」

そして注いだばかりの精子を追い出すかのように、二度目の射精に至る。

「また……射精《で》るっ！」

――ドビュルルッ!! ビュクビュクッ!! ビュルビュルッ！

「いぐっ♡♡またイグぅっ♡♡」

そうして互いにだらしない表情を見せながら、俺達は身体を震わせ合ったのだった。

夜空から雲が消え、窓から優しい月明りが差し込む頃。

ファティエさんは生まれたままの姿になって、改めて俺と繋《つな》がっていた。

「ん、はぁっ……♡」

ただそれは激しい行為をするためではなく、互いに繋がりあうためのもの。

「アリスト様の、とても温かいです♡」

「ファティエさんの膣中《なか》も……」

「ふふ♡」

と、ファティエさんはふと微笑み、俺に自身の左手を見せた。

「じっくり、確かめられました」

そこには未だ発光を続ける指輪が嵌まったままだ。

「アリスト様は、悪魔でいらっしゃいます」

「えっ!?」

梯子を外されて驚く俺。

ファティエさんはくすくすと笑みをこぼし、頬を染める。

「はい……セックスの悪魔、です……♡」

羞恥のためか、彼女の膣中は再びざわめき、きゅっと締まった。

ファティエさんの恥じらい混じりの笑みに釘付けだった俺に、その快感から逃れる術《すべ》はなく。

「あっ……！」

――ビュルッ！　ビュルルッ！

「あっ♡急なお射精はずるい、ですっ♡あ、またイ……っ♡♡♡」

俺達は再び身体を震わせてしまった。

……と、その時、不思議なことが起きた。

俺の指に嵌まった呪いの指輪が強く発光を始めたのだ。

「わっ!?」

「アリスト様、これは……!?」

しかし光っていたのは俺の指輪だけではない。

「わ、私のものも……？」

見ればファティエさんの指輪も瞬くように発光している。

しばしその瞬きを見せた彼女の指輪は、ひとりでにするりと指から離れ、部屋の宙へ浮かんだ。

「「えっ!?」」

驚きの声をあげる俺達の前でファティエさんの指輪は光の粒子になり、元の形を失う。

異変はそれだけでは終わらない。

「アリスト様、そ、外から光が入ってきます……！」

「なっ!?」

どこからともなく部屋に入ってきた別の光の粒子が二組、そこに合流したのだ。

もやもやと宙で集まるそれは混ざり合い。

「ちょ、えっ……!?」

まっすぐに俺の指輪へと集まってきたかと思うと――次の瞬間。

「わぁっ!?」

「アリスト様!?」

粒子の集まりと俺の指輪が溶けあい、巨大なビームのようにそれがバニミッドへと飛んでいく。

それはファティエさんやアルーシャ、モナさんの指輪がかつて放った光線を思わせる。

が、その巨大さは今までの比ではない。

またそれがバニミッドにぶつかり引き起こした変化も、まったく違うものだった。

「バニミッドが、わ、割れています……っ！」

巨大なビームはバニミッドに浮かぶ完成した文様の中央、そこを一閃し。

ファティエさんの言葉通り、バニミッドを縦に半分にしてしまったのだ。

そして磁石が反発しあうように、二つのハーフバニミッドはじわじわと横へ距離を取り。

「「……っ!!」」

館が軽く揺れるほどの振動を起こしながら、湖へと着水した。

俺達は咄嗟にベッドから跳ね起き、服の乱れも直さないまま窓際へ駆け寄る。

そして揃って胸をなでおろした。

「湧き水は無事、みたいですね……」

ふぅ、と俺は息をつく。

一方、ファティエさんは微笑んでいた。

「『バニエスタに破壊をもたらす』……そういうことだったんですね」

その意味が分からず、俺が首を傾げた時。

寝室の扉がばんっと開け放たれた。

「ファティエ！　俺の指輪が光になって消えちまったんだが」

「「ファティエ様っ！」」

顔を見せたのはアルーシャとモナさん、それからシステさんの三人だ。

「ファティエさまー！」

「バニミッドが大変なことに！」

「お部屋が大層光っておられたようですが、ご無事ですか!?」

そしてその後ろからは領主の館関係者の女性が血相を変えてやってくる。

皆一様に驚きと心配の表情で、無論それは今起きたことに対するものだろう。

けれど。

「お前の指輪はどうなっ……あ」

「はわわわ……！」

「も、申し訳ございませ……っ」

「は、はだか……っ……!?」

「おち、おちん、おちっ、おちん!?」

「ごご、ごぶじ!? え、あ、ふぁ!?」

皆一様に言語を失ったかのような状態になってしまった。

そのあまりの変わりように、俺とファティエさんは首を傾げる。

「「?」」

が、それは一瞬のこと。

すぐにファティエさんの顔が、いや全身が真っ赤になっていく。

そして――。

「きゃあああああっ!!」

――魅力的な裸を晒して白濁液を垂らす領主様の声が、夜のバニエスタに響いたのだった。


バニミッドが変貌を遂げ、砂漠のオアシスから金の指輪という存在が無くなって一週間。

着水したバニミッドが一切湧き水に干渉しないことが分かったことで、バニエスタでは各所で憂いのない活気が戻り、しばしお祭り状態となった。

それは領民たちの喜びが作り出したものであり、これといって名前のついた祝祭などでない。

ただ今日だけは違った。

その証拠に、都市の中心部にある広場に多くの女性達が詰めかけている。

「わっ、凄い人だかり……!」

「三人はまだ出てきてないのよね？」

「うん。でもそろそろのはず」

「あ、こっちこっち！」

真昼の青空が見守る中、女性達は広場の中央の舞台がよく見える位置を確保していく。

その舞台は指輪の姫が舞を奉納した場所だ。

そしてまもなくその舞台上には、ファティエとアルーシャが共に姿を現した。

「きゃー!!　素敵ー!!」

「アルーシャ様、かっこいいー!!」

「ファティエ様ー！　こちらをご覧になってー!!」

早速集った女性達から歓声が上がるが、そこに以前は滲《にじ》んでいた政治的な色はない。

そして違いはもう一つ。

舞台上の二人に急かされ、一人の女性が引っ張り上げられたことである。

「おいおい、お前が来ないと意味ないだろ」

「そうですよ。さ、早く」

彼女はかつて過ちを犯し立場を失った後、本だらけの部屋で異邦の客を迎えることとなった。

そしてその出会いをきっかけにある説を主張することになり、グランデに名乗りを上げ、都市のしきたりに挑んだ。

「ほーらっ。今日は皆がお前を見に来てんだ、何を遠慮してんだよ」

「こちらへ。皆が言葉を待っていますよ」

数奇な運命をたどり、バニエスタを救ったその女性の名はモナ。

そして今、バニエスタに於《お》いてその名を知らぬ者はいない。

「あ、あわわっ……！」

だからこそ、彼女が舞台に登った途端。

――ワァアアアアアッ!!

割れんばかりの拍手と歓声が上がった。

「モナー!!」

「モナ嬢ーーー!!」

「ありがとうーーー!!」

地響きすら起きそうなほどの大歓声に、当のモナは驚愕し身体を強張らせる。

「ひゃえ……!?」

自身の登壇でこのようなことになるなど想像だにしていなかったからだ。

一体どうしたら良いか分からず、彼女はおどおどと二人の姫に隠れるようにする。

「あ、アルーシャちゃん、ファティエ様……ぼ、ボクどうしたら……？」

困り果てた顔をする彼女に、指輪の姫だった二人は揃って少し意地悪に微笑んだ。

「ふふ、まぁしばらく気持ちよくなったらいいんじゃないか？」

「モナ、もう『様』はいらないと言いましたよ」

「そ、そんなぁ……」

モナが眉をハの字にすると、二人は更に楽しげにする。

ただその時間はそこまで続かなかった。

まもなくアルーシャが顔の横で手を叩き、広場を静かにさせたからだ。

続いて響いたのは、ファティエの凛とした声だった。

「皆も知っての通り、バニエスタが継いできた指輪は私達の水源を守ってくださり、その役目を終えました」

つまり、と彼女は続ける。

「指輪の姫はいなくなり、よってグランデの在り様も、そしてバニエスタそのものの在り様も変わっていかざるを得ないでしょう。それは、我々が『自分の足で立った』ということの証明でもあると私は思います」

しんと静まり返った広場に集った女性達。

彼女らは皆、ファティエの言葉に耳を傾ける。

「けれど一方で、指輪の姫が競った最後のグランデにも意味があったはず。だから私は領主を退き、その席をモナへと託します」

彼女がそう言うと、広場は大きな拍手に包まれる。

そしてファティエは、自身の隣に立っていたモナの背を優しく押した。

「ではモナ、挨拶を」

「は……はい……っ……！」

ぎこちなく前に出るモナ。

そんな彼女へ、集った多くの女性達の視線が集中した。

モナはどきんと胸が跳ね上がり、嫌な汗をかく。

（こ、怖い……!!）

ただ、今までの彼女ならそこで逃げ出してしまっていたかもしれない。

けれど、今日はそうはならなかった。

その理由の一つは、アルーシャとファティエが優しく声をかけてくれたから。

「モナ、大丈夫です」

「……全員、芋かなんかだと思っとけ」

そしてもう一つ、舞台周辺に集った女性から少し離れた場所に彼女は見つけたからだ。

（あ……！）

足回りが特徴的な馬車と、穏やかに頷くアリストとメル。

そしてぐっと拳をつくって励ましてくれるイルゼとエフィを。

（……うん、大丈夫……）

モナは一度は俯かせてしまった顔を上げ、ゆっくりと口を開いた。

「……ぼ、ボクは、バニエスタが大好きです」

秋の終わりを思わせる澄んだ空気の中。

モナの声は広場を通り抜けていく。

「話すのが苦手なボクでも……悪いことをしちゃったボクでも。受け止めて、許してくれる。そんな暖かな人々が大勢いる場所だと、思うからです」

彼女は一度そこで言葉を区切り、呼吸を整える。

嫌な汗が少しずつ引いていくのを感じながら、モナは更に続けた。

「……だから、どうしても。皆さんに笑われてしまったり、冗談だと思われてしまうような説でも。ボクは主張したかった。伝えたかった。そして幸運なことに、ボクはそれをお伝えする機会を得ることができました」

けれど、と彼女は言う。

「それはあくまで幸運だったからなのです。素晴らしい方々に協力してもらい、話を聞いてもらい、背中を押してもらえた。得難い偶然が、奇跡が、ボクの身に起きたからなんです」

もし、アリスト達と出会わなかったら。

もし、メルがモナを受け入れてくれていなかったら。

もし、アルーシャと話が出来なかったなら。

今日のこの日は無かったのだから。

「ボクは都市の伝統であるグランデというしきたりによって、ここに立つことができました。けれどその伝統は、とてつもない幸運の力を借りなければ越えられない、分厚い壁にもなりました」

モナの声はファティエやアルーシャほど大きくない。

けれど今、彼女の声は集った女性達の耳に、そして心に確かに届いていた。

「だからこれからのバニエスタは。もっと広く意見を募り、幸運だけにも、伝統だけにも、誰か一人の意見だけにも縋《すが》らない……そんな都市にしたい」

指輪が無くなった今。

誰が言うか、ということを重視する必要は無くなったのだから。

「だけどボクは一人じゃ何もできません。こうしてお話しをするのも、怖くて堪らないんです」

と、彼女は不意に一歩下がると、ぎゅっと目を瞑《つむ》って宣言をした。

「な、なので……今、領主として最初のお仕事をします……！」

言うが早いか、モナは両側に立っていたファティエとアルーシャをぐいと引き寄せる。

「きゃっ!?」

「ちょ、モナ!?」

そして二人が驚きの声をあげるのもお構いなしに、最初の領主令を彼女は通達した。

「ファティエ様とアルーシャちゃんにも、領のこと手伝ってもらいます……っ！」

それは具体性もなく、役職名すら告げない雇用宣言であった。

だから普通なら不信感を与えかねないものだったが。

バニエスタの広場は笑いと拍手を持ってそれを受け入れた。

それは形式にとらわれない、新領主モナの気持ちが伝わっていたからであった。

「いいぞー!!」

「新領主！　期待してるよー!!」

「モナー!!　頑張ってー！」

暖かな拍手に包まれる広場。

そしてその雰囲気を以《も》って、彼女の言葉は確かに命令となった。

「……おい、これってもう断れない流れだよな」

「ええ。上手くしてやられたということでしょう。新領主はしたたかですね」

二人の姫にジトッとした目で見られ、モナはにわかに慌てる。

「えっ!?　あ、そ、そういうつもりは……」

そんな彼女に対し、強制的に雇用された二人は意地悪な笑みを浮かべた。

第五章　発情バニー達に誘われて

モナさんの領主就任式の翌日。

「んん……」

俺は領主の館にある、男性向けの豪勢な寝室で目を覚ました。

幅広なベッドの上で身体を起こすと、窓の外に見えるのは青空に高く昇った太陽だ。

（なんか数年ぶりに朝寝坊した気がするなぁ）

この世界は早寝、早起きが基本。

だから昼まで寝る、ということにどこか懐かしさを感じつつ、俺はベッドを見渡す。

そこで寝息を立てているのはイルゼさんとエフィさん……に加えて。

ケイトさん、オリビア、ジュリエの姿もあった。

（まさか馬車を改造して迎えに来てくれるなんて……）

数日前に特製馬車でやってきてくれた三人。

馬車の改造には父さんやニュートさんも大いに協力してくれたそうだ。

ただ馬車の座席には限界があり、加えて父さんは面倒を避けるため、ニュートさんは領地の執政を代行しているため、彼女達だけが来ることになったというわけであった。

（実際、領主が替わったばかりのところに大貴族がやってきたら大変だっただろうなぁ）

そういう意味でも、二人の男性がウィメに残ってくれたのは良かったと言える。

そこまで考えた時、俺の左隣で褐色美女が身体を起こした。

「ん……もう朝……？」

ずれた上掛けからのぞくオリビアの生おっぱいは日差しより眩《まぶ》しい。

（うん、俺にとっての太陽はこっちだな！）

なんて馬鹿なことを考えていた俺に、彼女はくすくすと笑う。

「アリスト、見すぎ。ふふっ」

「あ、ごめん。つい……」

「こーら。見るだけじゃ挨拶にならないでしょ？」

彼女はそう言って、俺の両手を取り、自ら二つの果実を握らせてくれる。

世界で一番素晴らしい挨拶要求に、俺は嬉々として応じた。

「おはよう、オリビア」

「んっ♡ふふ、おはよ♪」

と、今度は右隣で衣擦《きぬず》れの音がした。

「ん、ふわぁあぁ……」

可愛らしいあくびをしたのはジュリエである。

彼女は一糸まとわぬ身体を見せつつ、寝ぼけ眼でこちらを向いた。

「わたしにも、あいさつ……」

朝から素敵なものを見せてくれる彼女に嬉しくなりながら、俺はその胸に手をやる。

「ぁんっ♡……ふふ、ありすとくんのすけべ」

「えっ」

間抜けな声を出した俺にジュリエはくすっと笑う。

「おはよ、ちゅっ♡」

でもその後が可愛かったので問題無し！

でれっとした俺に呆れたようにオリビアが笑い、ジュリエもくっくっと笑みを深める。

「皆、ぐっすりね。この調子だと夕方まで寝てるかも」

オリビアの言う通り、ベッドの上は昨晩のことが嘘のように静かだ。

「お昼まで寝ちゃうなんて、久しぶり。誰かさんのせいね」

いたずらっぽい言い方に、ジュリエも乗った。

「ほんと、誰のせいかな」

「い、いやだって皆が昨日、っていうか今朝まで……」

「あら？　アリストったら、あたし達のせいにするの？」

「オリビア先生、わたしはアリストくんがいつまで経《た》っても帰ってこなかったせいだと思います。不在にした分、対価を要求するのは当然の権利です」

「合格よ、ジュリエ。貴女《あなた》には今晩最初におち×ぽされる権利を上げましょう」

馬車の改造に際し、素材面の管理はオリビアが、実作業の監督はジュリエが行ったらしい。

そのせいか二人はいつの間にか息ぴったりであった。

「ふふふ」

「くすくす」

二人の美女はしばし密やかに笑った後、揃って窓の外へ視線をやる。

その先にあるのは青空と、二つに割れて着水したバニミッドだ。

「にしても、あれが少し前まで宙に浮いてたって信じられないわね」

オリビアの言葉にジュリエが続く。

「ペレ伯爵が『遺物』って考えるのも納得かも」

バニミッドは一万年以上前に作られた不思議な力を持つ『遺物』である……というのが父さんの仮説なのだという。

俺達が転移するきっかけになった像についても元々研究をしていたらしい。

(帰ったら、色々詳しく話せたらいいな。俺も興味あるし)

せっかく転生した異世界なのだ。

もちろんこの不思議な都市の遺物のことももっと知りたい、と思ったけれど。

(いや待て。そうなると、俺は女性の絶頂について父さんと話すのか……!?)

俺はあまりに大きな壁があることに気づき、それ以上は考えないことにした。

そんな時、寝室の扉が外から控えめにノックされた。

「はい、どうぞ」

小さめの声で返事をすると、静かに入室してきたのはシステさんであった。

「おはようございます、アリスト様。湯浴みの準備ができております」

「あ、すみません！　遅くまで寝ちゃってて……」

「いいえ、どうかお気になさらずに。アリスト様は領の恩人でいらっしゃいます。むしろもっとやりたい放題していただきたい、と館の使用人が皆申していますよ」

上品に笑うシステさん。

アルーシャの邸宅に来た時より遥かに明るい表情が嬉しい。

一方オリビアとジュリエはじとっとした目で俺を見ていた。

「アリスト、おち×ぽしたでしょ」

「間違いない。あれはアリストくんの女になった顔だね」

「うっ……」

事実なので俺は呻《うめ》き、システさんは頬《ほお》を染めていた。

「い、いえ私はそのようなことは……」

「アリストの、気持ちよかったでしょ？」

「またバニエスタにも来るって言ってるから安心して」

「そ、そうなのですか……あっ!?」

更に顔を赤くするシステさんに二人は悪い笑い声を出す。

「「にひひ」」

ここでも抜群の連携を見せる二人に苦笑しつつ、俺は脱ぎ散らかした寝巻きを手に取った。

「アリストくん、今日もホスト行くんだっけ？」

「うん。一応今日が最後の出勤日だよ」

バニミッドも無事着水して落ち着いたものの、俺には一つ心残りがあった。

それは男装ホスト『美兎館』の所属だったのに、ほとんどお店に貢献できていなかったことだ。

『色々あったとはいえ、流石に出勤しなさすぎて申し訳なかったなぁ……』

何かの拍子に俺がイルゼさんにそう漏らしたところ、ウィメに出発するまでの数日間、俺はホストとして働くことになったのだ。

爆乳領主様はその際、

『一部のお客様がとーーっても喜びますわ♪』

と述べていたのだが、果たしてお店はその通りになった。

「まーたアリストくん目当てに領主の館の子たちがいっぱい来るんでしょ？」

「あ、あはは……」

今俺の正体を知っているのは、領主の館の関係者だけだ。

まぁファティエさんと裸でいるところを見られて隠せなかった、というほうが正しいかも。

そしてありがたいことに、彼女達は入れ替わり立ち代わり、俺のお客さんになってくれている。

「ちょっとお金を払えばアリストと話せるんだから、そりゃ行くわよ」

あたしも通うわ、とオリビアが笑ってくれるのは単純に嬉しい。

(そしてバニー姿のお客様に囲まれるのも、大変嬉しい)

まぁ当然ムラムラもしちゃうんだけど！

ちなみに今日はその後、モナさんと会うことにもなっている。

「アリスト、いやらしい顔してるわよ」

「ぃッ!?」

「あのモナって子のこと考えてたんでしょ」

「アリストくんに相談とか言ってたけど、怪しい」

「すけべな相談でしょうね」

モナさんは基本真面目だ。

それにメルさんも同席するはずだし、流石にそういうことはないんじゃないかとは思う。

「ほら鼻の下伸ばしてるもの。説得力ないわよ」

「悪いんだ、アリストくん」

「の、伸びてないって」

二人は悪い笑顔をして再び俺を笑う。

「「にひひ」」

ともかく、朝まで女体に耽《ふけ》った身体で出勤とはいかない。

「じゃ、行ってくるね」

「「いってらっしゃい♡」」

俺は二人の美女に見送られ、頬を染めたままのシステさんとともに浴室へ向かうのだった。


俺は広々とした湯船を独占して、ゆったりと寛《くつろ》いでいた。

「ふー、やっぱ朝風呂はいいなぁ」

昼近くに起きてしまったとはいえ、まだ出勤までたっぷり時間はある。

温かいお湯で身体全体がほぐれていくのが心地よい。

ただ、ごく一部例外があった。

（……君は本当に元気だよね）

毎度おなじみ、我が愚息である。

朝勃ちしないくらい昨晩——というか早朝まで——頑張ったというのに、すでに半勃ち状態だ。

ただこれに関してはシステさんにも原因がある。

だって彼女は更衣室で俺の服を脱がせてくれた後、自らおっぱいを見せつけてきたのだから。

『ご挨拶、お願いします♡』

もちろん挨拶しないという選択肢はない。

そして美女三人に挨拶をすれば、血気盛んな息子が起床しても仕方ないというものだ。

（うん、俺は悪くないぞ！）

これが収まってから上がろうか、ともう一度大きく息をついた時。

浴室の扉ががらりと開かれ、二人の女性が現れた。

「入るぞー」

「おはようございます、アリスト様」

登場したのは、アルーシャとファティエさん。

二人は揃って兎耳もバニー服も身に着けていない。

そして裸体を隠しもせずにずんずんとこちらへやってきた。

「うぇっ、な、なんで!?」

「風呂も一応領主の館の施設、副領主様が使ってもおかしくないだろ?」

「いやお風呂は一応、男性専用なんじゃ……?」

「前例に囚われないのが、モナ新領主の方針ですから♪」

「アリストが使ってるついでなら、入ってもいいってことに今決めたのさ」

とても良い笑顔で俺の質問をさらりと受け流した副領主二人。

彼女らは湯船に浸かる俺の両脇へ当然のように座り、ぎゅうと身体を寄せてきた。

「ふ、二人とも仕事は?」

「今日はもう上がりです。式典も終わりましたし、館勤めの女性達にも休みは必要ですから」

「明日も休みだ。やれやれってとこさ」

「そっか……お疲れ様」

モナさんも含め、三人の忙しさは傍から見ても明らかだった。

休日が取れるのはいいことだと思うし、お風呂で疲れを癒すのもいいことだと思う。

(思うんだけど……！)

さっきから、お湯に浮かぶ柔らかい果実が俺の両腕を挟み込んできている。

(お、おうふ)

素敵な感触に、あえなく本勃ちになってしまう我が息子。

流石に反応が良すぎて恥ずかしい。

(二人は仕事を頑張っているのに、俺ときたらすけべなことばかり……)

これでは後先考えない性獣だ。

ここはお湯の揺れでうまく息子を隠して、二人のリラックスモードを優先する紳士に――

「ファティエ……まだ仕事が残ってたみたいだぞ。ふふ♡」

「ええ、本当ですね。とっても大事なお仕事を忘れてしまうところでした♡」

――というわけにはいかなかった。

湯の中のペニスは、すぐさま白と褐色の手のひらで逮捕されてしまっていたのだ……！

「昨日も沢山シてたくせに。部屋の壁に何人女が耳を張り付けてたことか」

「えっ……聞かれてたの!?」

「この館ではアリスト様がセックスなさるのは公然の秘密です。その上でイルゼ殿やエフィさんがそわそわしていれば、残業に励む女性達も増えるというものです」

「風呂があるからってこっちに来てもらったが、領主の館の風紀は乱れっぱなしだぞ？」

「ええ。このままだと悪評が残ってしまいます」

副領主二人が言うことはごもっともだし、俺も反省している。

ただ反論もあった。

「ふ、二人だって……」

領主の館に移って以降、二人からもアプローチをしばしば受けていたからだ。

例えばファティエさんに挨拶すると。

『もっと……んっ♡直接、揉んでください、あっ♡』

なんて言って、生おっぱいで俺を興奮させてお手洗いに誘ったり。

アルーシャに至っては早朝からベッドに潜りこんできて。

『ぢゅぞっ♡ちゅぱっ♡口か？　ま×こか？　んちゅっ♡どっちも準備万端だぞ♡はむっ♡』

なんて誘ってくるのである。

（まぁ、凄《すご》く嬉しかったけど！）

ただ両脇の美女は俺の抗弁をあっさりと受け流す。

「何をおっしゃりたいのか、分かりません♡」

「本当だぜ。妄想の話をされても困っちまうな♪」

そして俺の話を誤魔化すかのように、激しく手を動かして湯の中のペニスを気持ちよくしてくるのだ……！

「ったく、これだけ言っても全然反省してないじゃないか」

「私達のお話、ちゃんと聞いてくださったのですか？」

なんて理不尽で気持ちいいマッチポンプであろうか。

「こんなにカチカチになさって……いけない御方です♡」

左側から俺に囁《ささや》くのはファティエさん。

彼女はしなやかな指で俺の玉袋をねっとりと揉みほぐしていた。

そしてそれに加え、俺の首元にも唇を這わせ始める。

「ちゅっ、ちゅっ♡アリスト様、反省なさっているのですか♡」

「は、反省してます……あっ……！」

甘い囁きとキスで更に硬度を増すペニス。

その竿を手のひらで包み、上下に擦り上げるのはアルーシャだ。

「お、また硬くなった♡やっぱり反省してないじゃないか。嘘ばかりつく口はこうだぞ」

彼女はそう言うと、深いキスで俺の唇をふさぎ。

「ぇろっ♡ちゅぱっ♡ほら、舌だして……ちゅううっ♡」

俺の舌をいやらしく吸う。

（ああ、舌をフェラされてるみたい……気持ちいい……！）

しばしアルーシャにそうされた後、今度はファティエさんの唇がやってきた。

「アリスト様、んむっ♡ちゅっ♡ぇろぇろっ♡」

性的なものとは無縁に思える顔立ちの彼女。

しかしそのキスは口内を隅々まで舐め回すいやらしいものだ。

「ぷは、はぁっ、はぁっ！」

じわじわと射精欲が昇る中、二人の美女の唇が今度は俺の左右の耳へ寄せられた。

そしてしっとりとしたステレオの囁きが始まった。

「アリスト様の大切な袋が上がってきましたよ♡　お射精なさりたいのですか？」

「こっちも膨らんできたぞ♡射精《で》るのか？　射精《で》ちゃうのか？」

むしろどうして射精しないと思うのか、と聞きたくなってしまうくらい気持ちよかった。

腰が浮き始めた俺に二人は更に囁く。

まずは前領主のファティエさんだ。

「いやらしく腰が動いてきました♡　お顔もいやらしい♡　いけない御方です♡」

しかし彼女の手は言葉とは裏腹だ。

作り出された精を竿のほうへ送り出すように、いやらしく玉袋を揉みしだく。

続いた囁きはアルーシャのもの。

「悪いやつだ♡そうやって女を狂わせて、夢中にさせるんだからな♡」

彼女が言うと、二人の手は入れ替わった。

今度はファティエさんが竿を扱き、玉袋をアルーシャが揉む。

「はぁ、はぁ、射精したいですか♡　白いおしっこ、射精したいですか♡」

「射精《で》ちゃうのか♡この袋からいっぱい射精するのか♡」

左右から迫る囁きが、俺の脳髄を溶かしていく。

「あぁ、だめだ……でちゃう……っ……」

ついに耐えきれなくなり、射精に至ろうとした瞬間。

「あうっ!?」

俺は情けない声を出してしまう。

それは二人がいきなりぎゅうっと男性器を握ってきたからだ。

痛くはないが、唐突にそうされた驚きで竿を昇りかけた精が引っ込んでいく。

(な、なんで……?)

行き場を無くしたペニスは混乱し、俺の腰も中途半端にひくつく。

もっとしてほしい、二人の気持ちいい愛撫で射精したい。

欲望を持て余す俺をよそに二人の姫は揃って立ち上がった。

「え……っ……?」

まさかこれで終わりなのか、あまりの性獣っぷりに二人が呆れてしまったのか。

ただそれは杞憂《きゆう》だった。

二人の姫は壁に手をつき、揃ってお尻を突き出してくれたのだから。

「いけない御方の白いおしっこは……おっ、おま×こで出すしきたりです……♡」

「そ、そうだぞ♡お風呂のついでに、アリスト専用のハメ穴を使わないといけないんだ……♡」

お湯に濡れた尻肉を揺さぶり、自ら女性器を指で大きく開く二人。

ぬちゃあっと糸引く液体が溢れるその穴を前に我慢《がまん》なんてできないし、してはいけない。

二つならんだ桃の片方を掴み、俺は思い切り肉棒をぶち込んだ。

「あっ!?　んはぁあ……ああっ♡か、かたぁいっ♡」

浴室に高い嬌声を響かせたのはファティエさん。

美しい背筋を反り返らせる彼女に、俺は休憩なんてさせない。

というか二人に焦《じ》らされたせいで、我慢が利かなかっただけなんだけど……。

「ふーっ！　ふーっ！」

「あっ♡あっ♡はやいっ♡ありすとさまっ♡ぱんぱん、はやいっ♡」

片方の手を俺のほうに伸ばし、待ったをかけようとするファティエさん。

しかしその程度の抵抗で俺の獣欲が止まるはずもない。

むしろ更に燃え上がってしまい、俺は後ろから手を回して彼女の乳首をつねった。

「あはぁああっ♡あっ♡ちくびいやっ♡ちくびいやぁっ♡」

彼女の膣中《なか》からびゅっびゅっと愛液が噴き出す。

そして分かりやすく子宮口が降りてきて、俺の鈴口にキスをしてきた。

（これで嫌なんて無理がありすぎるよっ！）

寸止めされたことに対する鬱憤を晴らすため、俺は彼女の尻肉を掴み、更に責めたてる。

「ほら、ファティエさんのほうが、くっ……いっぱい出ちゃってるけどっ！」

「あっ♡はぁっ♡そ、そんなことありませんっ♡そ、そんなのうそですっ♡」

「嘘じゃないよっ！　こんなにいやらしく出てくるよ……っ！」

「あっ♡でて、いませんっ♡なんにも……でて、いませ……んッ♡んっ♡あああっ♡」

強情で嘘つきで、とてもいじらしいファティエさん。

俺はガチガチになった肉棒で子宮口を強引に突き上げる。

すると彼女は全身を震わせ、今度こそ素直になってくれた。

「あ、それでるっ♡でますっ♡おつゆでます♡あってるっ♡でるでるっ♡」

「いいよっ！　いっぱい出すとこみせてっ！」

「あああっ♡いくいく♡ありすとさまぁああっ♡♡」

湯面が激しく音をたて、彼女が噴いた愛液を受け止める。

それはまるで大人のお漏らしだ。

俺はそのはしたない絶頂を見届けた後、次の姫の穴へと潜り込んだ。

「わっ!?　ちょっ！　あっ♡い、いきなりかよぉっ♡」

「つ、使っていいんでしょっ！　アルーシャ、自分で言ったよねっ！」

「あっ♡はぁっ♡い、言ったっ♡けどっ♡こんな、きゅうにぃっ♡」

誘っていたのは二人のほうだ。

だから俺みたいな獣に、こんなふうに食い散らかされても文句なんて言えないのだ。

……た、多分、言えないと思う！　きっとそう！

「くっ♡はぁっ♡ま、またっ♡お、おくばっかりぃ♡ず、ずるいぞっ♡」

「嫌い？　はぁ、はぁっ！」

「き、きらいじゃ、ないっ♡あぁっ♡で、でもっ♡しつこいっ♡ち×ぽ、しつこすぎっ♡」

俺の腰がぶつかる度に、褐色の尻肉が弾み、背中からでも見える大きな果実が跳《は》ねる。

それは彼女の全身を使った淫靡なダンス。

俺は果実二つにしがみつき、それをもみくちゃにしながらピストンする。

「すき、でしょっ！　アルーシャっ！　ほらっ、素直になっててっ！」

「んぎっ♡あっ♡う、うるさいっ♡も、もうすなおにっ♡なってるっ♡おッ♡」

確かに彼女の身体は素直に反応してくれている。

乳首は硬くしこっているし、膣中は痙攣《けいれん》しっぱなしだ。

（でも、アルーシャに好きって言ってほしい……っ！）

その想いを伝えるため、肉棒が抜けるギリギリまで腰を引き、思い切り突きこむ。

ぱぁんっと褐色の尻肉が音を立てると、ついにアルーシャは言う。

「す、すきっ♡おくっ♡しつこいのっ♡すきぃっ♡」

「アルーシャ……っ！　いいよ、気持ちよくなって！」

「すきっ♡すきぃっ♡ありすとぉっ♡すきぃっ♡いぐっ♡ああ、いぐぅうッ♡♡♡」

脱衣室はおろか、その外の廊下にまで聞こえそうなアルーシャの嬌声が響き渡る。

けれど館内の風紀を憂慮する声はない。

それをしそうだったファティエさんに、再び俺が肉棒を突っ込んだからだ。

「きゃっ!?　ありすとさ……っ♡ん おッ♡♡♡」

吸い付きたくなるくらい美しい喉から出たとは思えない、獣のような声。

彼女が絶頂したのは明らかだが、俺はまだ責め手を緩めなかった。

二人には思い知ってもらわないといけないのだ。

「『ついで』なんて、くっ、言っちゃだめだから、ねっ!」

これほど素敵な女性達を前にしたら、それ以外の全てがついでなのだ。

美女二人は賢いし、カッコいいし、尊敬できるけど。

自分の持つすばらしさをもっと知ったほうがいいのだ!

「おっ♡ほぉんっ♡んぉっ♡おっ♡」

「分かったら……っ!　返事、してっ!」

正確にはファティエさんは『ついで』とは言っていない。

けれど俺は焦らされた鬱憤と合わせて、彼女にぶつけてしまう。

「わっ♡わかり、まひたっ♡あっ♡」

「た、大切な身体なんだからっ、『ついで』は、くぁっ、禁止……っ!」

「あああっ♡はいっ♡はいっ♡おっ♡ほぉっ♡いぐっ♡♡♡」

ファティエさんの返事に満足した俺は、余韻に浸るアルーシャの膣穴に指を突っ込んだ。

「はぁっ、はぁっ……んあっ!?　あっ♡ちょっ♡まてっ♡いま、かきまわすなっ♡」

「アルーシャも、分かった!?」

「わ、分かったっ♡わかったからぁっ♡♡ああ、くそっ♡またいく、イグぅっ♡♡♡」

アルーシャは言葉と潮で応じてくれた。

ちゃんと自分の気持ちが伝わったと思うと同時に、俺の肉棒は急速に射精へと近づいていく。

そしてそれはしっかりとバレていた。

「はぁっ♡ああっ♡ありすとさまっ♡ふ、ふくらみましたよっ♡おっ♡ほぉんっ♡」

ファティエさんは嬌声を上げながらも、自ら俺にお尻をぶつけはじめた。

より勢いよく肉棒が入り込み、どちゅっどちゅっと蜜壺が音を立てる。

(き、気持ち、良すぎ……ッ!)

こりっとした感触に鈴口を責め立てられつつ、根本やカリを締め付けられる快感は耐えられるものではない。

しかも視線を外せば、そこにはアルーシャがねちっこいおねだりをしていた。

「ありすと♡つ、つぎは俺だぞ♡こっちの穴でも、ださないとゆるさないからな……っ♡」

自ら腰を動かし、膣中《なか》に入ったままの指を牝口《めすぐち》でしゃぶるように締めてくる。

なんていやらしい褐色のお姫様だろうか。

俺はこみ上げる衝動のまま、射精に駆け出す。

「んぉっ♡ほぉっ♡い、いいっ♡おま×こイイっ♡しろいおしっこっ♡くださいっ♡」

「あっ♡またゆびっ♡うごかすなっ♡こ、こらっ♡ありすとぉっ♡」

浴室に響くいやらしい声。

おおよそスポーツなら絶対に勝ちえない二人が、俺の肉棒でそうなってくれているのが嬉しくてたまらない。

（あぁ……最高！）

ついに精が昇りだす。

そして、今度はそれを止めるものなど何もない。

「いくよ……イクっ……ファティエさん、射精《だ》すよっ！」

「はいっ♡おっ♡おっ♡はいっ♡いっぱい、くだしゃい♡おち×ぽじるっ♡くだしゃいっ♡」

ファティエさんに導かれるまま、俺は思い切り腰を突き出す。

同時にアルーシャの膣中も強く引っ掻いた。

「出るッ！」

――ドプドプッ!!　ビュルルルッ!!　ビュルッ!!!

「あぢゅいっ♡いぐっ♡おしゃせいで、いぐぅうううッ♡♡♡」

「んあッ♡ばかっ♡ありすとそれっ♡いぐッ♡イぐイグイグぅうッ♡♡♡」

俺達は同時に身体を震わせて絶頂に達した。

不規則に痙攣する膣中に重さすら感じる精が吐き出されていく。

（気持ちいい……っ！）

ただ俺はファティエさんの膣中《なか》だけでは満足しない。

精神力で肉棒を引き抜き、すぐに隣の穴へねじり込む。

「アルーシャっ……」

「おほぉっ♡♡そ、そうだ……射精《だ》せっ♡お、おれにもっ♡射精しろっ♡♡♡」

もちろん、ファティエさんを寂しがらせるようなことはしない。

俺は白濁液塗れでひくつく彼女の蜜壺を、指でかき回す。

「あっ!?　あひぃっ♡ぐちゅぐちゅっ♡だめですっ♡だめだめだめぇっ♡♡♡」

二人の膣を下品に食べ比べる。

贅沢で背徳的な行為が俺を興奮させ、次なる射精を促した。

「んあっ♡で、でてるぞっ♡ありすとっ♡またでてる……ッ♡しゃせい、イグっ♡♡♡」

「あぅッ♡♡♡お、おち×ぽじるっ♡どぷどぷっ♡きてますっ♡」

片方の姫に半分射精したら引き抜いて。

指でたっぷり耕した隣の姫穴に残りを注ぎ込む。

「おッ♡いいっ♡ありすとち×ぽ、イイ……ッ♡♡♡」

「あっ♡あっ♡も、もうはいらない、ですっ♡ああ、あふれちゃいますぅうっ♡♡♡」

俺達はしばらく、その素敵な遊戯に浸る。

そして肉棒が収まる頃には、お風呂のお湯は人には見せられないような状況になっていた。

ただそれ以上に。

「はぁっ……はぁっ……♡あ、ありすと、だしすぎ……だぞ……っ♡」

「その、とおり、です……っ……♡なにごとにも、げ、げんどが……あっ、たれて……♡」

二人の姫の表情のほうが、他人には見せられないものだったと思う。

……ちなみにこの後仲良く三人でお風呂から上がったのだけれど。

「皆さま、お戯《たわむ》れが過ぎます……」

「「「すみません……」」」

三人仲良くシステさんから怒られたのは、当然の帰結だったと言わざるを得ない。


営業終了後の男装ホストクラブ『美兎館』。

俺はその一隅《いちぐう》で身動きが取れなくなっていた。

というのも、ホストの先輩である女性達に囲まれていたからだ。

「お疲れさまでしたアリスくん。やっぱり、今日でお辞めになってしまうんですね」

「居なくなっちゃうの寂しいよ〜。あと三年くらいホストやらない？」

「それがいい。数日でここまで指名が来る人見たことない。絶対天職」

バニエスタに来たばかりの頃と、ここ最近の数日しか出勤していないのに、これほど惜しんでくれるというのはとっても嬉しい。

けれど、どうしても困っていることがあった。

それは先輩ホストの皆さんに連れ込まれた先が、更衣室であったこと。

「あ、ありがとうございます。でもそろそろ上を着ないと、か、風邪引いちゃいますよ？」

そして彼女達が上半身裸でいることだ……！

「この解放感が大事なのです。鋭気を養うと言いますか」

男装ホストは営業中、サラシでおっぱいを押さえている。

お客さんに『男性とお喋りしている感覚』を味わってもらうためだ。

（確かに先輩達は巨乳な方が多いし、苦しそうではある……）

美兎館の女性達は俺を同性だと思っているし、生おっぱいを遠慮する理由なんてない。

うん……それは分かるんだけどね！

「サラシを取ってようやく上がり、という感じがしますからね」

「アリスくんは抜群の身体つきだから分かんないかぁ。いいな、羨《うらや》ましい～」

「私服でもホスト服が好きだなんて、アリスくんにホストは天職。辞めないで」

お椀型、釣鐘型、ロケット型と素敵な果実に囲まれるのは股間に悪いよ！

（なんかこう無防備な感じがまた良い……っていやいや、そうじゃない！）

しかし我が息子のスイッチが入るより前に、頼もしい援軍が到着した。

「こら、皆して無理言うたらあかんよ。アリスはんにも事情があるんやから」

赤いドレスの貴婦人、メルさんである。

更衣室に入ってきた彼女は、おっぱい丸出し女性達の肩を軽くたたく。

「いつまでもそんな格好しとらんと。先輩としてしゃっきりしなさい」

一方の女性達は文句たらたらだ。

「だってぇ。アリスくん格好いいし、まだまだ一緒に働きたいんですよぉ」

「ホストになるために生まれてきたとしか思えない」

「店長。アリスくんの可能性を伸ばすべきです」

そうは言いつつも彼女達はバニー服に着替えを終える。

そして俺に名残惜しそうな、それでいて穏やかな笑みを向けてくれた。

「今度はお客さんで来ていいですからね」

「そうだね！　先輩が一生懸命楽しませてあげちゃうぞ♪」

「従業員でも大歓迎。出戻り最高」

笑顔の三人が更衣室から出ていくと、メルさんが苦笑を浮かべた。

「騒がしい子らですみません。アリスト様のこと、随分好きになったようで」

「あはは……でも、俺としては嬉しいです」

せいせいした、と言われるよりはずっと良いもんね。

思わず頬を緩めた俺に対し、メルさんはやや心配そうに言う。

「今日も大勢お相手なさっていらっしゃいましたし、お疲れですか？」

「あ、それが全然というか。まだまだ大丈夫です」

昼まで寝たせいか、むしろいつもより目が冴えているくらいである。

この後はモナさんの相談を聞くことになっているが、その予定にも支障はないと思う。

「ではお部屋にご案内してもよろしいですか？」

「はい。あ、メルさんも一緒に？」

俺が言うと、メルさんは頬を染めて頷いた。

「……ええ。ご一緒させてもらいます」

「？」

妙な間に首を傾《かし》げつつも、俺は彼女と一緒にモナさんの待つ部屋へと向かうのだった。


到着した部屋は美兎館の個室だった。

「モナ。アリスト様いらしてるけど、もう入ってええ？」

その部屋の扉にメルさんが手をかけたのを見て、俺は転移したばかりの頃を思い出した。

（ここで初めてグランデを見たんだったな）

皆で揃って言葉を失ったのが、まるで昨日のことのようだ。

けれどどこか懐かしいような気もして、とても不思議な気分だった。

（それだけ充実してた……ってことかな）

そのことを嬉しく感じていると、扉の向こうからモナさんの声が聞こえた。

「ど、どど……どうぞ!!」

明らかに緊張した声色に、俺は少し笑ってしまう。

きっと改まって相談ということだから、妙に肩に力が入ってしまっているのだ。

（領主様になっても、モナさんはモナさんってことかな）

……などと頬を緩めた俺であったが。

「ではアリスト様。どうぞ」

メルさんが扉を開けた途端、俺は驚愕《きょうがく》に目を見開いた。

「なっ……!?」

その室内が俺が知っている部屋とは似ても似つかない状態になっていたからだ。

(ステージ……ポール!?　え、ここ、こういう部屋だったっけ!?)

ソファとテーブルが置かれ、落ち着いた内装だったはずの部屋は一転。

室内中央にはポールが立てられた円形のステージが用意されていたのである……!

そしてそのステージの上に、モナさんが立っていた。

「あ、アリスト様……こんばんは……!」

ポールに軽く触れながらお辞儀をする青いバニーガールさん。

そんな彼女の挨拶に、俺はやや遅れて応じる。

「こ、こんばんは……」

するとメルさんが俺の肩に軽く触れた。

「アリスト様。こちらへお座りください」

彼女に促された席は円形ステージ真正面に用意された、三人掛けのソファだ。

俺がそこへ腰を下ろすと、少し緊張した様子でメルさんが右隣に座った。

「し、失礼しますね……」

ただその態度とは裏腹に俺との距離はとても近い……！

それは少しでもメルさんが首を傾けたら、俺の肩に頭が乗ってしまいそうなほど。

それだけでもドキドキするけれど、問題はもう一つあった。

（スケスケスカートからパンティ見えてます！　メルさん、見えちゃってますよ！）

彼女のスカートは中央が透《す》けている。

だから座った状態の彼女を上から見下ろすと、下着がほとんど丸見えなのだ！

（い、いかん。今日はモナさんの相談を受けるためにやってきたんだぞ！　しっかりせねば！）

女性から相談相手として指名してもらえるなんて、これほど嬉しいことはない。

良き相談相手になれるかはともかく、できることはやりたい。

俺は煩悩を振り払うために軽く咳払いをする。

「ん、んんっ！　それでモナさん。俺に相談というのは……？」

すると円形ステージ上の彼女は少し逡巡した後、口を開いた。

「その、相談させていただきたい、のは……指輪の姫に関わるしきたりのことで……」

新領主は少し俯き加減で言う。

「色々と変化は必要なのですが、さしあたり『兎の舞を誰が奉納するか』というのが、問題になっているんです」

舞を奉納する儀式。

それはファティエさんとアルーシャが街の広場で、ポールダンス風の舞を披露していた儀式だ。

ただあれは、金の指輪に選ばれた女性がやる儀式であった。

「……そっか。金の指輪が無くなっちゃったから……」

金の指輪は俺の指輪とともに、光の粒子になって消えてしまった。

だから現状バニエスタには指輪の姫がおらず、次期指輪の姫を決めるかどうかも未定である。

そして指輪が消えた一件には、大いに俺も関わっていたわけで。

「ご、ごめんなさい……！」

としか言い様が無かった。

が、モナさんはぶんぶんと首を横に振った。

「ち、ちちっ、違うんです！　バニミッドをあしてくださったのは、間違いなくアリスト様のお力のおかげで、事情を知っている皆が感謝しています」

ただ、と彼女は言う。

「グランデの後は指輪の姫、皆で舞の奉納をするのが習わしで。相談の結果、ファティエさんとアルーシャちゃん、それから……ぼ、ボクも舞をすることになっちゃって」

モナさんはそこまで言って、ぎゅっとポールを握った。

「き、今日はアリスト様に、ボクの舞を見ていただきたいんです」

「お、俺に？」

俺は首を傾けた。

だって例の舞に関して、俺はまったくの素人なのだ。

出来栄えに関して何か有用なことを言えるとは思えない。

「ファティエさん達に見てもらったほうがいいんじゃ……」

そんな俺の疑問にはメルさんが答えてくれた。

「当日までに大勢の人前での緊張を克服したいそうです。でもアルーシャ達はモナに舞を教えている側《がわ》だし、普段から一緒にいて緊張って感じじゃない……ってことやな？」

「う、うん……！　男性でいらっしゃるアリスト様の前で舞えれば、大勢の人前でもきっと大丈夫かなと……難しいでしょうか？」

俺としてはそんなに距離を感じてほしくないし、実際モナさんも最初よりは随分親しくしてくれるようにはなった。

（でも男に披露するって意識するだけでも、この世界の女性は緊張するんだろうな）

モナさんが自信をつけるステップになれるというのなら断る理由などない。

「そういうことなら、喜んで！」

俺が勢い込むと、モナさんはぱぁっと表情を明るくする。

「じゃ、じゃあ、えと、お願いします……っ！」

そして再びポールに手を触れる。

その横顔は真剣そのものだ。

（グランデ前と一緒だ。本当に綺麗でカッコいい女性だよな）

転移をしたことで、心配をかけてしまった人達もいるし、混乱することも多かった。

けれど素敵で尊敬できる女性達にも沢山会えた。

都市にかける想いやそれをぶつけ合う勇気、どれもが大きな刺激になった。

（心が震えた感覚を忘れないようにしよう。いつか、異世界の女性に追いつけるように）

などと、考えたのも束の間。

「では、始めます……ふっ！」

それらの考えはすぐに吹き飛んでしまった。

それはモナさんが披露する舞が股間に悪すぎたからである……！

（そ、そうだった！　この都市のポールダンス、やたらすけべなんだった……！）

舞の最初にモナさんが披露したのはY字バランス。

ポールを左手で握りつつ、右足を高く上へ上げるポーズだ。

一応、体操選手のように見えなくもないが、彼女が身に着けているのは体操服ではない。

過激なハイレグバニー姿なのだ。

（うぉ！）

むっちりとした太ももの間にある股間部が、容赦なく見せつけられる。

網目模様のタイツで幾分鮮明ではない、と思ったがそれも誤った認識であった。

そもそもタイツが凄く薄く、ほとんどスケスケだ。

かつ円形ステージは目と鼻の先。

薄手のバリアなんてあってないようなものである。

（あ、は、はみ出しちゃってる！）

しかも彼女の開脚は美しく大胆。

そのため割れ目には布が食い込み、アナルはそのほとんどが見えている。

生唾を呑む俺の前で、モナさんは次なるポーズへと移った。

「ふぅ……っ……！」

息を吐きながら、彼女はくるくると美しく旋回する。

そのまま身体の正面にポールを迎えると、そのまま大胆に開脚しつつしゃがみ込む。

そして今度はポールに大切な部分を押し付けるように、腰を前後に振り始めたのだ……！

（こ、これは……アルーシャもやってたやつだ）

儀式用の舞なのだから、振り付けも決まっているんだと思う。

だとしても、鼠径部《そけいぶ》を見せつけながら大事な部分を擦り付ける様はあまりに刺激的だ。

男を誘うためか、あるいは擦りつけオナニーにしか見えない……！

（ま、まずい、かも）

初めて舞を見た時と同じように、我が息子はじわじわと首をもたげ始めてしまう。

しかし今はモナさんが緊張を乗り越えるための練習なのだ。

俺は両膝に手をのせ、ぐっと拳をつくって耐える。

（こら、真剣なモナさんに失礼だぞ！）

そう自身を叱咤した矢先、俺は当のモナさんと目が合う。

「！」

彼女の表情は、ついさきほどまで真剣そのものだった。

けれど……気づけば全然違う顔をしていた。

「ぁっ……♡はぁっ……♡」

その頬は赤らみ、聞こえる吐息は運動のためのものとは思えない。

あくまで腰を振る時にポールと接触していたはずの股間も、今はぐりぐりとその棒に押し付けているではないか……！

「んっ……♡ふぅっ……♡はぁっ……♡」

目と鼻の先で繰り広げられる、青い兎のいやらしい舞に夢中になる俺。

すると、不意に俺の下腹部に奇妙な開放感を覚えた。

一体何事か、と視線を下げると。

「め、メルさん!?」

そこにはすっかり欲情した表情の貴婦人がいた。

右隣から俺の股間部に顔を突っ込みつつ、彼女はちらりと俺を見る。

「アリスト様……♡大きくなったら、いつでも言うてもらわんと困ります♡」

言いながら、彼女は目にもとまらぬ速度で肉棒をズボンから取り出してしまう。

「あっ……」

「あぁ、大きい♡」

しかしペニスが外気に晒《さら》されることはほとんどなかった。

すぐさまメルさんの口内へ迎え入れられたからだ……！

「いつもみたいにうちに任せてください……はむっ♡」

熱く火照《ほて》った口内で、早速彼女の舌が動きだした。

ねっとりとカリ首にそれが絡み、その後エラをしつこく叩かれる。

「くぁ……っ……」

俺が呻くと、彼女は亀頭を浅く咥《くわ》え込みなら竿を扱《しご》き始めた。

同時に鈴口を舌でつつかれると、肉棒はだらしなくカウパーを漏らしてしまう。

（メルさんのフェラ、上達しすぎっ！）

ホストのお客さんは——俺の感覚からすると——際どいバニー服の女性ばかり。

だがそんな女性達と密着して座るのがホストの基本だ。

となれば当然、退勤前には肉棒はガチガチだ。

『アリスト様♡うちのお口、使っていってください♡』

そんな俺の昂ぶりを、上下の口で飲み干してくれていたのがメルさんだった。

「じゅぽっ♡ちゅぱっ♡ちゅっ♡ちゅっ♡」

「あっ、はぁっ……！」

熟練の舌技に翻弄され天を仰いでしまう。

そして再び視線を正面に戻すと、モナさんはポールを撫でながら立ち上がり。

「……んっ♡」

大きな乳房を露出してみせる。

更にその生おっぱいで、ポールをいやらしく挟み込んだ。

「はぁっ♡ありすと、さま……♡はぁっ♡」

そのまま上下に動き始めるモナさん。

言い訳のしようもない、それは完全にポールを男性器に見立てた疑似パイズリだ。

(こんなの練習でもなんでもない……けど、最高!)

前を向けば、乳首をはっきり勃起させた女性の痴態。

「はぁッ♡ありすとさま♡ありすとさま……♡」

下を向けば、メルさんの舌が絡みつくフェラチオ。

「じゅぽっ♡じゅぽっ♡じゅぽっ♡」

世界で一番素晴らしい観客席がそこにあった。

快感と喜びで、俺の気持ちも肉棒もどんどん高ぶっていく。

「はぁっ、はぁっ……!」

鼻息荒く俺はメルさんの身体をまさぐり、いやらしいデザインのスカートを捲った。

そしてお尻側から手を突っ込み、彼女の濡れた割れ目を指で楽しむ。

「んふぅっ♡ぢゅっ♡ぢゅっぽっ♡じゅぞっ♡」

するとお返しとばかりに、メルさんのフェラチオはより激しくなった。

俺の行為を見てエスカレートしたのは彼女だけではない。

ステージ上のモナさんもだ。

「はぁッ♡はぁっ♡」

パイズリを止めた彼女はポールの前へ出る。

そしてそのポールに背を預けつつ、自分のタイツの股間部を破った。

途端にレオタードの脇から愛液が滲み、ぽたぽたとステージへ落ちる。

「ありすとさま……♡はぁっ……♡みて、ください……っ♡」

彼女はそう言うと、再びしゃがみ込んで太ももを開く。

そして青いレオタードをぐいとずらし、たっぷりと濡れた穴に指を突っ込むと、すぐに快楽を貪り始めた。

「あっ♡ああっ♡ありすとさま♡みて、みてっ♡」

彼女のオナニーを俺が目にするのは二度目。

一度目は転移した時で、その時彼女は悲鳴を上げていた。

しかし今は、自ら女性器を見せ、視線を外さないように懇願してきている。

「ありすとさまっ♡ぼ、ぼくのいけないところっ♡みて、くださいっ♡」

「う、うん！　見てる……はぁっ、はぁっ、見えてるよ……！」

「あぁ♡みられてる♡ありすとさまがみてくれてるっ♡あっ♡あっ♡あっ♡」

その違いが、この二か月過ごした日々を思わせて堪《たま》らなかった。

（モナさん、すけべすぎだよ……！）

俺はますます昂ぶり、メルさんの穴をほじくる。

すると彼女は一旦は口を離すものの、

「んぁあっ♡ありすとさまっ♡う、うちがしますからっ♡あっ♡んむっ♡」

再び顔をうずめ、徹底的に裏筋を舐めしゃぶるフェラチオに変わった。

「じゅぞっ♡じゅぞぞっ♡じゅっぽっ♡ぢゅっぽっ♡」

「あっ！　メル、さん……それっ、やば……！」

完全に精を搾り取ろうとする動きだ。

玉袋も同時に揉まれ、もはや下半身全体が気持ちいい。

どんどん射精に近づく俺と同じように、ステージ上のモナさんも盛り上がっていく。

「あっ♡いくっ♡ありすとさま♡いくっ♡いくいくっ♡」

俺のほうへどんどん腰を突き出す青い兎。

漂ってくるのは、発情した牝の香りだ。

その香りにあてられ、メルさんの口淫にほだされ、精が駆け上る。

「お、おれも……いきそう……くぁっ、メルさん、イクよ……！」

「ろうぞっ♡じゅぽっ♡ろうぞっ♡じぇんぶっ♡のみます、からっ♡んぷっ♡」

全てを肯定されるようなフェラチオと言葉。

「ありすとさま、イク♡ぼくもイク♡いっしょにイクっ♡おま×こイクイク♡」

そして甘えるようなモナさんの声に誘われて。

メルさんの穴を乱暴にほじくりながら、俺はモナさんと一緒に達した。

――ビュルルルッ！　ビュルッ!!　ドビュルルッ！

「イクイクッ♡♡♡ありすとさまぁっ♡♡♡」

絶頂するモナさんの愛液を浴び、俺は射精中なのに、更に興奮が高まった。

そして思わずメルさんの喉奥を突きあげてしまう。

「〜〜〜〜〜〜ッ♡♡♡」

しかし彼女は言葉なく身体を震わせ、俺が指を突っ込んだ穴からびゅるびゅると愛液を吹く。

どうやら彼女もまた、激しい絶頂へと達してくれていたらしい。

(喉奥でイクなんて……！)

小柄な女性が喉をペニスで突かれて絶頂する。

その様子は俺の下腹部を熱くさせ、我慢の暇もないまま二度目の射精をしてしまった。

「また、射精《で》る……っ！」

――ドビュッ!!　ビュビュッ!!　ビュルルルルッ!!

「んんッ♡〜〜〜ッ♡ッ♡♡♡」

くぐもった声とともに、再び愛液を吹くメルさん。

そこに普段の貴婦人らしい様子は一切ない。

それは精を飲み干して、肉棒を口から離しても一緒だった。

「ぷはっ……はぁッ♡はぁ……ッ♡んっ♡あっ♡ぁっ……♡」

あられもない表情で、ぴくっ、ぴくっと震えているのだ。

そんな彼女を俺はソファへ寝かせ、立ち上がった。

「はぁ、はぁ……」

俺は荒い息を吐《つ》きながら、ステージに昇る。

それはびくびくと余韻に震えるモナさんと、もっと思い出をつくりたい……という非常に身勝手な想いからだったのだけれど。

モナさんは怯えたようにびくっと反応した。

「ご、ごめんなさい……っ！　あの、アリスト様が、も、もうお会いしてくれないかもって……」

彼女の言葉を聞き、欲望に支配されていた俺の脳に若干理性が戻る。

一体何のことだろう、と考えている最中にモナさんは更に続けた。

「う、ウィメにお戻りになったら、ぼ、ボクのこと、忘れちゃう……かなって……」

「！」

確かに近いうちにウィメには戻るが、そんなことは全くない。

むしろ今度はきちんと旅行で来よう、と思っているくらいである。

そしてそれはモナさんにも伝えたはずなのだけれど。

「そ、そのっ、アルーシャちゃんとかファティエさんは綺麗だし、め、メルは気が利くし……指輪も無くなってしまったから……」

ボクは何もないんです、と彼女は言う。

「だ、だからせめて、その、こ、こういう舞で。最後にセックス……したいなって。イルゼさんから、アリストさまがこの舞をお好きで……頑張ったらいいって、聞いた、ので……」

イルゼさんのいたずらっぽい笑顔が脳裏に浮かぶ。

「アリスト様にすごくお世話になったのに……ボク、なんにもお返しできてないから……」

何が好きか、何で喜ぶか、きっと彼女は俺のことを二人に色々聞いてくれたんだと思う。

そしてイルゼさんの発言はまったくもって正しい。

「まぁ、その……うん。いやらしい踊りは好き、というか、大好きなんだけど……」

けれどモナさん……いやモナは大きな勘違いをしている。

(最初から相談とかじゃなくて、俺の気持ちを掴もうとしてくれてたんだな)

きっと自分から色々見せつけるのは恥ずかしかったことだろう。

「指輪なんてなくても……」

だから俺も恥ずかしいけれど、下品な本音をちゃんと言うことにした。

「俺、次にバニエスタに来たら、モナと絶対、その、セックスしたいけど……!」

身体目当て、ともとれる最低な発言である……。

でも努力家で、勇気があって、それでいてすけべ。

そんな女の子を逃がすほど、俺は寛容な男ではないのである。

「ほ、ほんと……ですか……?」

俺は頷き、そして彼女のいじらしさでパンパンになった亀頭を見せつけた。

「……っ……」

モナは息を呑む。

それで分かってくれたらしい。

次どころか、俺は今すぐ彼女の膣中《なか》へ突っ込みたくてしょうがないのだと。

「モナは……ど、どう？」

ここでどもってしまうのが、いかにも俺の限界という感じだ……。

でもそんな俺に対し、モナは再びポールに掴まってするすると立ち上がって言う。

「ぜ、絶対……おち×ぽ、してほしい、です……♡」

今度は美しいI字バランスをしてくれた。

けれどそれは綺麗なだけじゃない。

レオタードをぐいと動かして、牝の香りをさせるおまけつきだ。

「仕事中でも、ごはん中でも、いつでも、おち×ぽほしい……です♡」

俺は露わになり、ひくつく割れ目にぴったりとペニスをつける。

「今も、ほしい？」

「はい……♡ボクのおま×こで、白いの、沢山だして――」

そして彼女が言いきらないうちに、思い切りぶち込んだ。

「モナっ！」

「んはぁあああっ♡♡♡」

透き通った嬌声が部屋に響いた。

彼女の身体の震えから、その絶頂が深いものであるとすぐに分かる。

ただここでピストンを止めるわけにはいかない。

「あっ!? あっ♡あっ♡ありすと、さまっ♡い、いまは……まだっ♡」

俺はあえて彼女の抵抗を無視する。

そして高く上げられたモナの左足を掴む。

汗と愛液がしみついたタイツからは、言葉にできないくらい淫靡《いんび》な香りがし、俺の腰を更に激しくさせた。

「おっ♡んっ♡あ、ありすとっ♡さまっ♡い、いくっ♡それイクっ♡イクッ♡♡♡」

ずっしりと実ったおっぱいを震わせ、彼女は二度目の絶頂に達する。

ぼたぼたっと愛液がステージに垂れるが構わない。

不規則に痙攣する膣中《なか》を俺は何度も何度も耕す。

「ゆ、ゆるしてっ♡くだしゃいっ♡おま×こっ♡へんになるっ♡へんにっ♡」

「だめだよ……っ! もっと変にならないと、駄目だからっ!」

「ああっ♡ど、どうしてぇっ♡おま×こっ♡ばかになるっ♡やぁああっ♡♡♡」

跳ね上がるように脚を伸ばし、再び絶頂するモナ。

無論、それによって膣中は激しく締まり、竿が根本から強烈に絞りあげられる。

普段ならここで堪えるけれど。

「モナっ！　はぁっ、はぁっ！　出るッ！」

俺は我慢などしなかった。

――ドプドプッ！　ビュクッ！　ビュルルルッ!!

「あッ♡あぅっ♡あ、ありすとさまっ♡でてるっ♡でてるぅッ♡♡♡」

メルさんに飲んでもらったばかりでも俺の肉棒は関係ない。

急いで作り出した精をモナの中へ送り込む。

が、まだだ。

俺は下腹部にぐっと力を入れ、イキ狂う兎をもっと責めたてた。

「おッ♡ほぉんっ♡ありしゅとしゃまっ♡でてるのにっ♡ついちゃ、らめっ♡」

「ふーっ！　ほ、ほんとに駄目!?　すごい出てるよっ！」

白濁液も出ているけれど、それと同じくらい愛液も噴き出している。

それは彼女の膣中に肉棒を突っ込んでいるからこそ分かるのだ。

「素直になって……！　モナっ！」

「だ、だめじゃないれしゅっ♡おッ♡しゅごい♡おち×ぽっ♡しゅごいでしゅっ♡」

人に見せたら駄目な顔を晒しながら、彼女は全身で悦《よろこ》びを表現してくれた。

そして今一度大きく達する。

「いぐっ♡おま×こ、いぐぅううッ♡♡♡」

ひときわ沢山の愛液が撒き散らされ、濃厚な性臭が部屋に漂う。

俺はその香りと締め付けにやられ、再び射精に至る。

――ビュクビュクッ！　ビュルッ！　ビュルルルッ！

「おおんッ♡♡♡」

腰を動かしながら、休まずの射精だ。

目の前がちかちかして、まるで転移したあの時のように視界が白む。

周囲の様子も白く潰れ、今はただ彼女と俺だけの空間のように感じられた。

「まだ、射精《で》るよッ！」

「んぉおおおッ♡♡♡」

だからこそ、俺は思い切り射精を繰り返しながら、モナに伝える。

「こんなに、いっぱい、くっ……射精《で》ちゃうくらい……ッ、モナは素敵なんだよっ！」

「あっ♡はぁっ♡ほ、ほんとにっ♡す、すてきっ♡ですかっ♡あっ♡」

「うんっ！　好きなっ、女の子じゃなきゃ……っ！　こんなに……あ、射精《で》るッ！」

「あああぁッ♡♡♡ま、またぁっ♡すごいよぉっ♡」

射精しているのか、それともしていないのか。

それすらも、だんだんと曖昧《あいまい》になりながら、俺は懸命に伝える。

「ぜ、ぜったいっ！　また来るからねっ！　またっ、モナのこと、こうしちゃうからねっ！」

「はいっ♡はいっ♡またきてくだしゃいっ♡ぼくのこと、めちゃくちゃにしてぇっ♡」

身体中が震えだし、いよいよ俺にも限界が来た。

可愛くて、格好いい、そしてとっても気持ちいいモナ。

彼女は俺のものだと世界中に示すために、俺は最後の射精へと至った。

――ビュルルッ！　ドプドプッ!!　ビュクッ!!　ビュクッ!!

「ありしゅとしゃまっ♡しゅきぃいいいッ♡♡」

完全に真っ白になる視界。

ただ今回は身体の感触が全て無くなってしまう……なんてことは無かった。

熱くぬかるんだ膣に締め付けられる感触や、ぶるぶると震える女体の感触も。

「モナ……俺も、好きだよ……」

「あっ♡ぼ、ぼくもしゅき……でしゅ……♡」

モナからの嬉しい言葉も全部聞こえたまま。

「「はふぅ……」」

二人揃って意識を手放しただけであったからだ。

それはとても気持ちよくて、幸せな体験だった……けれど。

ある意味で地獄の入り口だったのかもしれない。

「ほらっ♡アリストっ♡すきって言って♡あたしにも沢山いいなさいっ♡んっ♡」

「わたくしにもっ♡すきって♡おっしゃって♡あっ♡はぁんっ♡」

「旦那さまっ♡私にもっ♡んちゅっ♡おねがい、します♡はぁっ♡はぁッ♡」

「エフィばかりずるいですっ♡じゅぞっ♡ケイト、好きっておっしゃってください♡」

「つ、次は、ジュリエ好きって言うのっ♡ほら、アリストくん、ちゃんと舐めてっ♡」

翌日から二日間ウィメから来た女性達に搾られ続けることになったのだから……。

(気持ちいいけどっ！　秋休み！　今こそ秋休みがほしい……ッ！)

俺の悲痛な叫びは熱烈なキスで塞がれて。

バニエスタ最後の思い出は、結局女性達に溺れる淫らな日々で彩られたのだった。


ボクが領主になって二カ月が過ぎた。

未《いま》だに綺麗すぎて落ち着かない執務室で、ボクはシステさんが纏《まと》めてくれた書類に見惚《みと》れていた。

「はぁ、いいなぁ。ボクもこれくらい上手く纏められたらなぁ……」

ボクには到底こんな書類を作れないだろう。

以前学者として働かせていてもらった時より、更に洗練された気がする。

「しかも凄く字が綺麗。システさんは見た目も素敵なのに、いいなぁ」

そういえば、メルもとっても字が綺麗だった。

(仕事ができる人って、皆字が綺麗なのかなぁ)

と、ボクは机に置かれた別の書類が目に入った。

そこには元気一杯といった感じの文字が跳ねていて、ボクは思わず笑ってしまう。

「アルーシャちゃんの字は……ふふ、特徴的かも」

「なるほど、なかなか良い言い回しだな。流石有能なモナ領主だぜ」

「ひゃあっ!?」

気づけばすぐ側《そば》に、ニヤニヤと悪そうな笑みを浮かべるアルーシャちゃんがいた。

いつの間にか執務室の中に入ってきていたみたい。

そして部屋の中にはもう一人の副領主、ファティエさんもやってきていた。

「ファティエ聞いたか？　俺の文字は特徴的なだけなんだ」

「いいえ、下手です。部下に書き直せと言われる文字が美しいはずはありません」

「文字も個性のうちさ。な、モナ」

「えと……アルーシャちゃんの字は好きだけど、読めないと困るんじゃない、かな？」

「おい！　お前は俺の味方だったはずだろ！」

アルーシャちゃんの言葉に、ボクはつい噴き出してしまった。

ファティエさんもくすくすと笑っている。

「ふふ、味方はいないようですね。諦めなさい、アルーシャ」

「ぐ、ぐぬぬ……」

領主様の時はちょっと近寄り難い雰囲気があったファティエさん。

けれど今は違う。

こうして笑ってくれるようになって、声も柔らかくなった。

「モナ。それは例の研究の資料ですか？」

「あ、はい。禁忌の遺跡から、また出土品があったらしくって」

「また本か。どんどん出てくるなぁ。しかも読めるくらい状態がいいとは」

ボクが領主になって決めたことの一つが『禁忌の遺跡』の調査と研究。

システさんがくれた資料は、見つかった書籍の内容をある程度まとめてもらったものだ。

「学者陣にも熱が入っているようですね。もう少し抵抗があるかと思っていましたが」

ファティエさんの言う通り、ボクも方針を決めた時は不安だった。

禁忌、とまで言われたところの調査なんて、皆怖がったり嫌がったりするかなって。

「ま、アリストが転移してきた像が置いてあったとこだからな。領主の館に勤務してるやつらからすりゃ、むしろ神聖な場所さ。忌避するほうが失礼ってもんだ」

「顔も知らない賢者より、顔の分かるアリスト様。なんとも現金なものですね」

ファティエさんが苦笑する。

ボクも正直そうだとは思うけれど、その気持ちも分かる。

アリスト様はバニエスタにとって救世主だったし。

「館に滞在してたわずかな期間で、アリストの凄さも知れ渡ったしな。なぁファティエ？」

「ど、どうして私に言うのです！」

「おやぁ？　あっちこっちで突っ込まれてあんなに悦んでたくせに」

「あ、アルーシャもそうでしょう！　モナも気絶するくらいでしたし！」

「ふぇっ!?　あ、あれはアリスト様が、す、すごく逞しかっただけで！」

「始末に困るくらい頂いたとか。まったく羨ま……んんっ！　感心しませんね」

「ファティエ、誤魔化せてないぞ」

「うっ……」

ボク達女性にとっても、素敵な救世主様だったのだから。

「で、結局どうするんだ？　アリストのことは公には伏せておくのか？」

「……うん。悩んだけど、そうしようと思う」

バニミッドという巨大な構造物の変化。

人を選ぶ不思議な指輪と、転移の魔法が封じ込められていた像。

今まで『遺物でない』として見逃されてきた数々の要素が公になり、かつそれにアリスト様が大きな影響を与えたと知れてしまえば……。

「他の貴族様に何か干渉を受けるだろうって、イルゼ様達も教えてくださったから」

「まぁバニエスタ特有のものだったとはいえ、魔法みたいなことをやってのけちまったわけだしな。アリストを追い出した側としちゃ面白くはないだろうぜ」

だからアリスト様がバニエスタにしてくださった貢献は伏せられることになった。

領民の皆はボク達三人が沢山自慰をした結果、バニミッドが変形したと思っている。

「後世では、私達はとんだ淫乱女として伝わるかもしれませんね」

「もう伝わってんじゃないか？」

「そ、そうかも……二人とも、ごめんなさい……」

「別に良いのですよ。バニエスタが平和なら、それが一番なのですし」

「ああ。すけべには違いないからな、俺も」

くすくすと笑う二人に、ボクは救われる。

とはいえ、バニエスタという都市にはまだまだ分からないことが沢山ある。

あの遺跡を、どうして賢者様が禁忌としたのか。

指輪やバニミッドは何なのか。

どうしてそれらが女性の性的絶頂によって動いたのか。

「……これから、もっと分かるといいな」

ボクが言うと、アルーシャちゃんとファティエさんが笑った。

「やっぱ領主、向いてないかもな」

「ええ。結局学者らの報告書見をている時が一番楽しそうです」

「えっ……!?」

驚くボクにアルーシャちゃんは言う。

「まぁ俺も少しはお前の気持ちが分かったぜ。何しろ、この世界には女の裸が好きな男がいたんだ。常識やしきたりってのは一旦疑ってかかるほうが面白いんだな」

それにファティエさんが深く頷いた。

「アリスト様が全てを飛び越えていらっしゃいましたからね。イルゼ殿らが転移現象にさほど驚かなかったというのも納得です」

ボクもそれに頷きつつ、改めて報告書に目を通す。

そこには出土した古文書にあったという興味深い記述が抜粋されていた。

（こ、これは……！）

ボクが目を見開くのとほぼ同時に、執務室の扉が開く。

姿を現したのは肩で息をつくシステさんだった。

「はぁっ、はぁっ！　み、皆さん、大変なことが……！」

領主補佐四年目の優秀なシステさんが、ここまで慌てるなんて。

一体何が、と立ち上がったボク達は続いた言葉で硬直してしまった。

「あ、アリスト様が、バニエスタにいらっしゃいました……っ！」

「「「!?」」」

最初に口を開いたのはアルーシャちゃんだ。

「い、いやいや！　予定より二週間も早いじゃないか……！」

その言葉に続いてボクとファティエさんも動き出す。

「ぼ、ボク何か間違っちゃったのかな……!?」

「いえ。単純なやり取りでしたし、間違いが生じるとは」

首を捻るボク達にシステさんはやや言いにくそうに口を開いた。

「それがどうも……お手紙の内容を勘違いなさったそうで、その、文字が……」

「……アルーシャが手紙の担当でしたね」

「アルーシャちゃん……」

「や、やめろ！　そんな目で見るな！　あ、アリストが悪いんだ！」

慌てるアルーシャちゃんをよそに、システさんが続けた。

「と、ともかく、まもなくこちらへいらっしゃいます。皆さんも面会のご準備を！」

ボク達は皆で頷き急いで書類をまとめ、部屋を飛び出す。

そして領主の館の玄関を目指して早歩きしていると、ふとアルーシャちゃんが口を開いた。

「……なぁ、『疲れマラ』って聞いたことあるか？」

聞いたことのない言葉に、ボクもファティエさんも首を傾げる。

すると彼女はニヤリと笑った。

「アリストは身体が疲れた時、あそこをカチカチにしちまうことがあるらしいんだ」

「!!」

「ウィメからバニエスタは長旅だろ？　だから――ちょっ、まてっ！　歩くの速すぎだろっ！」

「お疲れならば、ますます急がなくてはいけません。すぐにお休みいただかないと」

「う、うん……っ！」

ごくりと生唾を呑み、息を荒くしつつ進むボク達。

お股の準備ができちゃっているのは、きっとボクだけじゃない。

鼓動が速くなるのを感じながら、ボクは報告書にあった古文書からの抜粋を思い出す。

（『指輪は都市で最も性欲の強い女性三人を選ぶ』……）

鵜呑《うの》みはいけないとは思うけれど。

「お、俺が最初だぞ……！」

「いいえ。私です。もう準備できていますから」

ボクも含めて、間違っていないような気がしてならなくて。

「ふふ……」

ボクはこっそり笑い声を漏らしてしまうのだった。

あとがき

『左遷先は女性都市！ＴＢ』をお手にとっていただき、誠にありがとうございます！

本作では書籍版オリジナルの女性都市を登場させたり、スポーツ的な要素を取り入れたりして、拙作ウェブ版や前巻とはまた少し違った体験を楽しんでいただけるよう執筆を進めました。

挑戦の多かった今作を鮮やかに彩ってくださったアジシオ先生、いつも様々な角度から支援をしてくださる編集者様をはじめ、出版に関わってくださった皆様、並びにノクターンノベルズにて拙作を応援していただいている皆様に、この場をお借りして深く御礼を申し上げます。

そして改めて本作をお手に取ってくださったあなたに、心より感謝致します。

アリストとヒロイン達の奮闘と、バニエスタでの甘いひと時はいかがでしたでしょうか。

本作の物語が、あなたの心にひと時の潤いを提供できるオアシスになっていたのなら、作者としてこれ以上の幸せはありません。

二〇二三年　十二月　一夜澄

●本作は小説投稿サイト「ノクターンノベルズ」（https://noc.syosetu.com）にて連載中の『左遷先は女性都市！　～美女達と送るいちゃラブハーレム都市生活～』を修正・加筆し、改題したものです。

Variant Novels

左遷先は女性都市！TB　～バニーの街でいちゃラブハーレム～

2023年12月29日初版第一刷発行

著者……………………………………　一夜澄
イラスト…………………………　アジシオ
装丁……………………5gas Design Studio

発行人………………………………………後藤明信
発行所……………………………株式会社竹書房
〒102-0075　東京都千代田区三番町8－1
三番町東急ビル6F
email:info@takeshobo.co.jp
竹書房ホームページ　http://www.takeshobo.co.jp
印刷所……………………………………共同印刷株式会社